Jürgen Alberts
Familiennacht

Eine hanseatische Juristensaga, Teil 4

Der Autor:
Jürgen Alberts ist promovierter Journalist und Schriftsteller in Bremen. 1987 wurde er für seinen Roman »Landru« mit dem »Glauser«, dem bedeutendsten Krimipreis, ausgezeichnet.
Mehr unter: www.juergen-alberts.de

1. Auflage 2019
Copyright © Edition Falkenberg, Bremen
ISBN 978-3-95494-170-4
www.edition-falkenberg.de

Alle Rechte vorbehalten. Kein Teil des Werkes darf in irgendeiner Form (durch Fotografie, Mikrofilm oder irgendein anderes Verfahren) ohne schriftliche Erlaubnis des Verlages reproduziert oder unter Verwendung elektronischer Systeme verarbeitet, vervielfältigt oder verbreitet werden.

www.edition-falkenberg.de

Jürgen Alberts

Familiennacht

Eine hanseatische Juristensaga

Drei Romane für eine Person

Edition Falkenberg

»Wir wollen nicht herrschen,
aber auch nicht beherrscht werden.«

Emma Goldman

Für Marita & in Erinnerung an meinen Bruder Hans

Teil 1
Hannah van Bergen

ich muss mit dem Leichnam anfangen wahrscheinlich oder mit dem Leichnam ohne Arme ohne Beine ohne Kopf diesem Leichnam corpse trifft es besser sagt Emma gibt es einen Leichnam ohne Hände Füße der erste Satz muss sitzen Neugier erwecken der erste Satz muss

a corpse catches attention meint Emma aber welcher Leichnam wer & was & weil er ohne alles ist nichtmalhaut&knochen sondern nur irgendein Leichnam steht er schon im Verdacht missbraucht zu werden für eine billige Geschichte

wer sind diese versprengten diese hirnis diese gnaden & rechtlosen bombenbauerbastlerterroristen ich weiß es nicht aber ich weiß ich muss mit dem Leichnam anfangen das steht schon mal fest wahrscheinlich oder vielleicht

Zwei Minuten, eher weniger. Zwei Minuten, in denen sich entscheidet, ob sie mitfährt. Zwei Minuten, mehr Zeit hat sie nicht. Erstmal aussteigen lassen. Lassen Sie doch die Leute erstmal aussteigen. Was drängeln Sie denn so, lassen Sie uns doch erstmal aussteigen. Einer und noch einer und noch einer und noch einer und noch eine Frau mit Kinderwagen und noch ein Mann mit zwei riesigen Koffern und noch einer. Und dann ist die Zeit fast vorbei einsteigen ist zu spät ist einfach viel zu spät ist jetzt mal schnell schauen aber gleich weitergehen oder mitfahren was ist das wieder für ein Gedränge

Wagen 7 Sitz 66 besetzt

Aussteigen ganz schnell aussteigen jetzt Beeilung Drängeln von der anderen Seite lassen Sie mich durch bitte

»Ist das der Wagen 6?«

»Nein, der Wagen 7.«

LassenSiemichdurch bittebittebitte
Keine Chance. Die Türen schließen sich. Jetzt heißt es auf dem Gang vor der Toilette stehen. Wartenwartenwarten. Bis zur nächsten Station. Eine volle Stunde.

ich sollte anfangen mit dem Leichenbegängnis dem Hautversaufen dem Trösterich wie man im Hessischen sagt dem letzten gemeinsamen Treffen der Trauernden bei Kaffe&Kuchen&Grappa&altenGeschichten&Anekdoten wie meine Mutter mal auf den Rehbraten gekotzt hat beim sonntäglichen Huneus-Dinner weil sie es nicht mehr ausgehalten hat meine Tante Hannah-KarlaEmma war dabei & versuchte ihr beizustehen der Rest der Familie hat versagt ich muss mit dem Leichenschmaus anfangen wahrscheinlich oder vielleicht

Am Anfang stand der Zweifel und der war
bin ich besoffen?
in besseren Zügen gibt es keine Betrunkenen oder ganz selten haben sich im Griff die trinken Pegel & dann ab dafür manchmal hab ich das Gefühl dass das Leben im Zug mein Leben hier ist jedenfalls so
wer kann mir sagen wo wir demnächst halten nächste Station Kentucky Gebratene Hühner oder Bürgerkönig oder verdammt ich sollte was essen

Aus dem Personenregister
Erstaufnahme: 3.10.1993 (Nichte von Hannah Huneus – T.-V.)
Name: van Bergen
Vorname: Hannah
Geboren: 6.6.1978

Eltern: Gabriele, geb. Huneus, Wolfgang van Bergen, sind dem Amte bekannt
Größe: 160 cm
Gewicht: 53 Kilo
Augenfarbe: blaugrün
Gesichtsform: oval
Haarfarbe: wechselnd, blond, dunkelgrau
Weitere Bemerkungen: frech bis impertinent, nach einem anfänglichen Erfolg voller Selbstzweifel
Fotografische Quellen: siehe Band 88/4002001/a bis e
Berichterstatter: 27 Strich 13 Strich 27 Strich 1968

ich sollte mit der Beerdigung anfangen was für ein Gezerre eine Beerdigung mit dem leeren Sarg getragen von sechs leeren Männern die nix wussten über den allzu leichten Sarg die einfach Paps ihre Hilfe anboten weil der nicht in der Lage als hätte sich alles gegen ihn verschworen der Leichnam die Rettungskräfte die Terroristen alles was Beine hat hat sich gegen ihn gestellt & da ist er zusammengebrochen wie ein verdorrter Ast bei einer Windböe gab keine Chance ihn da rauszuholen ich war ganz nahe bei ihm & weiter entfernt als der Mars als er es erfuhr wir haben zusammen gezittert gewimmert zersplittert verlimmert wir haben es nicht geschafft unserefüßeaufdenboden nichts war mehr da von unserem Leben alles ausgesaugt vom Tod ja ich muss mit der Beerdigung anfangen wahrscheinlich oder vielleicht

Züge sind Gedankensärge, sagt Hannah, Züge sind mentale Schlafkojen, sagt sie auch, Züge sind Synapsenkiller, manchmal braucht es eine ganz Zugfahrt querdurchoderlängsaufwärts um ein neues Wort zu finden. Ein Wort. Nur ein neues Wort, das sie in einem Notizheft niederschreibt, da stehen schon 300 Worte, auf die Frage eines Berufsberaters, schon mehr als ein Dutzend Jahre her, was sie denn könne, hat sie geantwortet: Träumen. Im Träumen bin ich wirklich gut. Traummeisterin wenn nicht Traumweltmeisterin

So! Das ist mein erstes Opfer der Mann scheint mir genau richtig zu sein er liest er ist nicht zu gutsituiert angezogen ab & zu lacht er vor sich hin was das wohl für eine Lektüte auch so ein Wort das ich notieren muss Lektüre von der man nicht weiß was sie so anbietet Lektüte

»Entschuldigen Sie, wenn ich Sie störe, darf ich Ihnen ein Buch schenken.«
»Ich hab schon eins.«
»Glaube ich Ihnen gerne, aber Sie scheinen so sympathisch.«
»Sind Sie die Autorin des Buches?«
»Nein, nein. Das ist von …«
»Wollen Sie mit mir anbändeln?«

Der Mann kennt so ein Wort also genau der Richtige

»Ich möchte Ihnen gerne ein Buch …«
»Das hab ich verstanden, aber was haben Sie davon?«
»Nichts.«
»Und warum verschenken Sie dann das Buch?«
»Aus reiner Lust am Schenken.«
»Nein danke.«

Hannah van Bergen kehrt zurück zu ihrem Sitz: Wagen 7 Platz 66 und starrt den Mann, der ihr einen Korb gegeben hat, an, nicht mal ein Buch will er geschenkt haben. Der Stenz hat sich längst wieder in seine Lektüre/Lektüte, rasch notiert sie den Satz: Züge sind Handlungssärge »Noch Zugestiegene, die Fahrausweise bitte!«

Am Anfang stand die Verwirrung und die war

was hat man mir nicht alles geraten tolle Vorschläge more of the same verbrauchte Vorschläge weniger Experiment mehr Handlung weniger Avantgarde mehr Plot weniger Bewusstseinsstrom mehr Action weniger dies weniger das als ob sie ein Rezept hätten um meine Gedanken zu bändigen meine Blackouts Flashbacks Gehirngewitter meine Flüge über Land & Meer & meine Fahrten ungesteuert durch die Republik die zusehends eine Republik des Grauens wird & immer einen Leichnam im Gepäck einen Leichnam ohne Hirn & Verstand ohne Zehen & Ohren einen Leichnam ohne ichglaubichbinbesoffenichkanndiebildernichtmehrstoppen hier endet eine Fahrt am Kopfbahnhof einer Provinzmetropole da wollte ich gewiss nicht hin

»Und wo soll es heute hingehen?« fragt der Zugbegleiter.

»Mal sehen«, antwortet sie.

»Dann viel Vergnügen!«

Sie lässt ihm die Bemerkung durchgehen, weil sie keine Lust hat, noch etwas zu antworten. Sie steckt ihre Bahncard 100 ein und widmet sich ihrem Laptop.

Platz 66 besetzt, mal wieder. Aber sie hat einen Sitzplatz eine Reihe dahinter ergattert.

Bin ich besoffen oder was? hickx@nuncx
Hirngezeter
      Kopfgewinsel
            Gedankengärtnerin
                  Heilandhelferin
                        Ikonenideal

Wagen 7. Platz 66. Und wer sitzt da? Ein Kahlkopf, Kohlkopf, Gniesebrecht, wer sonst

»Darf ich mich vorstellen«, sagt der Mann neben ihr auf dem Platz 72, »ich bin der Graf von Quedlinburg.«

»Aha«, antwortet sie, »Und ich die Königin von Saba.«

»Hoheit, meine Verehrung!«

So vergehen die Zugfahrten mit Schmeicheleien und Höflichkeiten mit Animositäten und Invektiven und Satzfetzen mit Verletzungen und

»Waren Sie nicht gestern auch schon in diesem Zug?«, fragt die Frau mit dem grünen Gemüse auf dem Kopf.

»Da müssen Sie mich verwechseln. Gestern war ich in Bayreuth.«

»Aber ihr Gesicht kommt mir bekannt vor.«

»Ich hab ein Allerweltsgesicht.«

»Das hätte jeder gerne«, sagt die Frau mit dem grünen Gemüse auf dem Kopf und vertieft sich in den Roman, in Packpapier eingewickelt.

Vielleicht wäre die eine geeignete Kandidatin, denkt sie, die liest immerhin, sie zeigt Mut mit dem Kopfschmuck, sie ist gewisslich nicht von hier, na ja, vielleicht käme sie infrage.

manchmal kommt es vor dass ich eine Station verschlafe meistens in Hagen scheint so ein Schlafnest zu sein Hagen Hagen Unbehagen was hast du bloß dass ich dort eingepennt vorbeifahre es gibt viele Städte in diesem Land die eingeschlafen sind & manche gibt es gar nicht & andere wieder nur zum Teil ich sage nur Friedrichshafen auf keiner Wetterkarte verzeichnet & auch nicht existent noch weniger als

jeden Tag eine neue Verstellung jeden Tag eine neue Person Die Mitfahrenden fragen ich antworte mit einer Lüge was immer wieder Spaß bringt mal Souffleuse dann Sopranistin mal Klosettfrau dann Hoch-Adlige etwas Verblüffung sollte sein das hab ich von meiner Tante HannahKarlaEmma erst musste sie sich verstecken dann spielte sie verstecken bis heute

Wenn Hannah van Bergen auf ihrem Platz sitzt, sucht sie nach Gesichtern, Typen, Originalen, Verletzten und Versehrten, Wölfen und Hyänen, sie sucht ein Objekt für ihr Experiment.

Sie hat in den letzten Jahren eines gelernt: umkehren kann eine Lösung sein, umkehren, nicht die Reise fortsetzen, sondern aussteigen, innehalten, aussteigen, abwarten, aussteigen um wieder einzusteigen und weiter zu suchen, bis die den Richtigen gefunden hat. Drei Bücher sind präpariert, drei ganz unterschiedliche Titel: ein Klassiker Höhe Goethe, ein Romanticthriller Ebene minus drei und ein Krimi so lala. Bereit zum Einsatz. Verschenkt und versenkt zu werden. Eigentlich wollte sie mit ihrem Vater

ich nutze die Gelegenheit der guten Stimmung & schenke einer Frau den Romanticthriller sage ich hab den schon gelesen ich brauche ihn nicht zurück. Bücher sind viel zu teuer kann man doch verschenken wenn man sie nicht behalten will nach der Lektüre versteht sich

die Frau ist begeistert über das Geschenk genau die Art von Büchern die ich mag gibt viel zu wenig gute romantische Romane aber der hier wird mir gefallen denke ich danke

ich gehe auf meinen Platz & ziehe die Kopfhörer über

die beschenkte Frau blättert ein wenig in dem Buch greift zum Smartphone & wählt eine Nummer

Hannah van Bergen hört mit.
»Fritz, mir ist gerade was Seltsames passiert.«
»Was denn?«
»Eine Frau hat mir ein Buch geschenkt. Einfach so.«
»Was ist daran seltsam?«
»Ist mir noch nie passiert.«
»Mir auch nicht. Und isses gut, das Buch?«
»Keine Ahnung. Ich muss es erst mal lesen.«
»Dann melde dich wieder. Wann kommst du eigentlich?«

es funktioniert hätte nicht gedacht dass es so einfach klar & deutlich obwohl die Frau ganz leise spricht & auch Fritz ist gut zu verstehen wie der wohl aussieht sie ist eine Überschlanke mit einem Giraffenhals um den ein Collier mit kirschroten Kugeln baumelt vielleicht ist er ein kleiner Wamperter der beim Tangotanzen hochgehoben werden muss auf jeden Fall hat sie sich gefreut dass ich ihr ein Buch geschenkt habe Treffer gleich beim ersten Versuch

»Elsbeth, mir ist gerade was Seltsames passiert.«
»Dir passiert doch immer was Seltsames.«
»Jemand hat mir ein Buch geschenkt.«
»Wo?«
»Im Zug.«
»Hat ihm wahrscheinlich nicht gefallen.«
»War eine Frau …«
»Dann hat es ihr nicht gefallen und sie wollte es loswerden.«
»Sie meinte, die Bücher seien zu teuer, um nur von einem allein gelesen zu werden.«
»Da hat sie Recht. Hast du dich wieder mit Eugen getroffen?«
»Elsbeth, bitte, du sollst seinen Namen nicht erwähnen.«
»Wieso? Hört doch keiner.«
»Ich hab …«
»Mir brauchst du nichts zu erzählen. Der Eugen ist dein Adler, nicht so ein Langweiler wie dein Fritz.«
»Nicht neidisch werden. So einen Lover hättest du auch gerne, was?«
»Ich hab meinen Georg. Natürlich nicht so elegant wie dein Eugen, aber durchaus brauchbar.«
»Bleibt alles unter uns, Elsbeth. Ich bitte dich dringend …«
»Wenn du mich nicht verrätst, dann verrat ich dich auch nicht.«
»Ich spür den immer noch in mir.«
»Wie schön für dich. Ich treffe heute Abend Georg. Er hat im Savoy ein Zimmer …«

Mist gerade wo es so spannend wird Batterie alle oder was ich kann ja schlecht der Frau das Buch wieder wegnehmen hat prima geklappt bis plötzlich der Ton weg war im Savoy trifft sich also die Freundin von Elsbeth edel überaus edel das kann sich die Giraffenhälsin wahrscheinlich nicht leisten Eugen hat besondere Qualitäten als Liebhaber aber auch sonst klar ist Elsbeth darauf neidisch Geschichte 1: zwei Frauen haben jeweils eine Nebenbeziehung – Nebenbuher muss ich mir notieren & belügen ihre Männer nach Strich & Faden bis eine sich in den sagen wir Eugen verliebt & ihrer besten Freundin den Liebhaber ausspannt na ja vielleicht ein bisschen zu trivial aber dann auch wieder

Die Frau geht aufs WC. Nächste Station Mannheim. Hannah sieht den Romanticthriller auf dem Sitz liegen. Schnappt ihn sich wie ein Hund nach einem Stück Fleisch schnappt. Verschwindet in der Gegenrichtung. Als der Zug einläuft, ist sie die Erste beim Ausstieg. Ohne sich noch einmal umzudrehen.

SMS von Paps: »Eilmeldung: Der amerikanische Präsident hämmert so heftig auf dem roten Knopf bis der zerbröselt. (breaks into pieces – make war great again) Er lässt Sylt bombardieren statt Syrien. Belgien hält er für eine wunderschöne Stadt.«

Wolfgangs Sammlung hatte sie anfangs fasziniert. Über 500 Stories. Hatte sie begeistert. 500 Fälle und Todesfälle. Hatte sie in Atem geschlagen. 500 Mal Suspence und Horror und Totschlag. Viel heimlichen Sex, wilde Phantasien, orgiastisch, noch mehr feuchte Träume, manchmal zotig, häufiger erotisch. Und jede Menge von unfreiwilligen Todesfällen. Er überreichte ihr diese Sammlung von kruden X-Plots mit der Bemerkung: Hannah, mach was draus, ich kann es nicht. Diese Textsammlung hatte sie blockiert, gestoppt, zum Einhalten gezwungen. Sie saß da mit dem Stapel beschriebener Papiere und las und las und las und las und wurde immer kleiner und kleiner und kleiner und kleiner bis sie der Literatur abhanden

kaum hatte ich die ersten 50 Seiten fertig hieß es her damit das bringen wir groß raus weiterschreiben keine Unterbrechungen weiterschreiben & dabei wusste ich doch gar nicht hatte nichts an Erfahrung blank im Hirn sollte ich das Schmalspurgewäsch der Familie Huneus zu Papier bringen den Selbstmord meines Urgroßvaters an seinem Ehrentag oder den Tod der Urmutter die ich nur vom Hörensagen kannte vielleicht meinen psychogenen Stupor dieses plötzliche Schwinden aller Kräfte die Steifheit von Muskeln & Nervensträngen ich konnte mich nicht mehr regen für Stunden festgewurzelt

diese 500 Seiten wie ein Bleigewicht das alles bei mir erdrückte 500 Seiten Steinbruchtexte die Paps nicht verwenden konnte so gern er geschrieben hat & immer davon schwärmte wie er sich in die Dachkammer zurückgezogen hat sich mit dem Schreiben zu beruhigen

aber ich will mich nicht beruhigen nicht in diesen unruhigen Zeiten diesen andauernden Kriegen diesen rassistischen Übergriffen dieser Republik am Rande des Nervenzusammenbruchs

vielleicht sollte ich diesen Herrn nehmen der dort in der letzten Reihe sitzt weißer Sportanzug rotes Seidenhemd violettes Einstecktüchlein ein Dandy der alten Schule distinguiert wie meine ganze Familie von der ich nichts an Unterstützung zu erwarten habe außer der Bahncard 100 mit der ich seit dem Schlussknall jeden Tag durch die Lande fahre bis ich in einem Sackbahnhof

»Wie hätten Sie gerne Ihren Kaffee?«, fragt der Mann vom Getränkeservice. »Mit Milch und Zucker!«

»So schwarz wie Ihre Haut«, antwortet die Frau mit der Granatbrosche und lässt ein spitzes Lachen folgen.

Stille. Plötzlich Stille im Großraumwagen.

»Wie bitte?«, kommt eine Stimme von hinten.

»Man darf doch nochmal einen Scherz machen«, verteidigt sich die Frau mit der Granatbrosche. »Mann Gottes, war doch nicht bös gemeint.«

»Dann entschuldigen Sie sich auf der Stelle!«, tönt ein anderer.

»So weit ist es schon, dass ich mich bei so jemandem entschuldigen soll. Wo kommen wir denn da hin?« Die Frau mit der Granatbrosche schrill.

Hannah van Bergen steht auf, geht zwei schnelle Schritte zu der Frau: »Welches Bleichmittel nehmen Sie denn, damit Sie so blass aussehen wie ein gerupftes Huhn.«

»Unverschämtheit« – »Frechheit« – Weiß gegen schwarz. Ein junger Türke kommt Hannah zur Hilfe. Er entschuldigt sich bei dem Mann vom Service, nicht jeder würde so denken wie diese Schnepfe. Außer altem Schmuck nichts an der Waffel …

»Bodenlose Sauerei! Was bilden Sie sich ein?« Sagt die Frau mit der Granatbrosche.

Der Türke erzählt Hannah, wie er immer wieder beleidigt und gedemütigt wurde.

»Woher kommen Sie?«, fragt mich der Personalchef einer Firma.

»Aus Gummersbach.«
»Ich meine, wo kommen Sie wirklich her?«
»Aus Gummersbach.«
»Also ursprünglich, woher kommt Ihre Familie?«
»Aus Gummersbach.«
»Aber bei Ihrem Namen? Özcan Mehmet. Das kann doch nicht sein.«
»Mein Großvater ist in Gummersbach geboren. Ich kann auch noch einen Arier-Nachweis beibringen, wenn der wieder vonnöten sein sollte.«
Der Türke lacht. »Die Stelle hab ich natürlich nicht gekriegt.«
Hannah van Bergen denkt daran, mit dieser Schnepfe ein Experiment zu beginnen. Aber welches Buch soll sie ihr schenken? »Min Kamp« von Knausgard?
Am Anfang war die Unsicherheit und die war

drei Studien & nichts gelernt drei Studien ohne Sinn & Verstand allora drei Studien an drei verschiedenen Universitäten sehr lehrreich für eine Gesellschaft ohne Futur societá senza futuro wie es im Land der Zitronenhändler & Mafiaorangen heißt weil futura kann es nur geben wenn alle daran teilhaben können was bei 5% superricchi & 95% poveri schlecht möglich ist in bella italia konnte ich lernen was es heißt die Armen sich selbst zu überlassen wie den Müll in Napoli & sich derweil die Taschen füllen mit dollari & anderen harten Währungen & allerlei Vergünstigungen da werden komplette Regionen mit Giftmüllfässern aufgefüllt bis die ganze Basilicata zur Hölle wird & tausende von Kindern sterben bella Italia war für mich die beste Lehrzeit mehr als alle Studien in Perugia oder Roma oder Bologna

»Hinweis zum IC 2345 nach Norddeich Mole, unser Zug hat 10 Minuten Verspätung, vielleicht elf. Schauen Sie nicht immer auf die Uhr, das haben wir gar nicht gerne.«

Hannah van Bergen steht auf dem Bahnsteig in Leer und tippt auf ihre DB-App, hat sie Depp getauft, weil sie sich niemals irrt, am besten umkehren, den Gegenzug nehmen, um von diesem Ende der Welt, zu viele Leute auf dem Bahnsteig, zu viele aufgepumpte Plastikelefanten, Eimerchen und Schäufelchen.

im Großraum 7: 2 Tische, 8 Verbindungsstudenten in vollem Wichs, 16 Flaschen Leergut. Sie johlen und kreischen & singen das Lied der österreichischen Burschenschaft Germania aus der Wiener Neustadt: »Da trat in ihre Mitte der Jude Ben Gurion: ‚Gebt Gas, ihr alten Germanen, wir schaffen die siebte Million« – ein Hit aus dem Liederbuch mit dem Titel: »Deutsch und treu in Not und Tod« – nächste Strophe: »Da schritt in ihre Mitte ein schlitzäugiger Chines' Auch wir sind Indogermanen und wollen zur Waffen-SS.«

Lachen, röhrend. Klatschen, rhythmisch. Brüllen, brutal. Ich entgeistert. Will etwas sagen. Werde überlacht. Werde niedergetönt. Werde & stirb

Dann steht sie auf dem Gleis und wartet auf die Ankunft des ICE nach Flensburg. Wagen 7, Großraum, Fenster, Platz 66 sollte frei sein, laut Internet, das sie konsultiert, bevor sie in einen Zug steigt, drei Minuten Verspätung, wir bitten um, Zug läuft ein, kurzfristig; Zug verkehrt heute ohne Wagen 7, sie steht auf dem Bahnsteig, angewurzelt, festgewurzelt, gelähmt, dreht sich um und steigt in einen Regionalexpress, der sie ins

Nimmerland fährt, in ein Reich, in dem nur blaue Pflanzen und gierige Hüte wachsen, ein Paradies der Beleidigten und Aufsteiger. »Die Fahrkarten bitte!«

SMS von Paps: »Der russische Präsident versinkt bei dem Versuch über Wasser zu reiten – wo bist du gerade??«

sitzt wahrscheinlich wieder beim Ausschnibbeln & formuliert die Fake-Nachrichten aus aller Welt wahrer als die täglichen Schlagzeilen oder scribbelt an seinem Romänchen wie er den lebensrettenden Text bezeichnet seinem Romänchen hinter dem er sich seit dem Schlussknall versteckt hält in Deckung gegangen ist als könne ihn die stundenlange Schreiberei vor irgendeiner Katastrophe schützen oder er schneidet sie aus die NaturUmweltBrandLebensmittelHitzeWasserSchneeKatastrophen mitsamt den Verbrechen gegen das menschliche Leben Fälle & Todesfälle, wie er sie schon früher

hab keine Lust Paps zu antworten der ist immer online & wenn er liest dass ich in der Nähe bin dann fragt er warum ich nicht vorbeikomme auf einen Tee einen Rotwein einen Wodka den er sich besonders gerne einschenkt bis er sturzbetrunken wahrscheinlich hab ich die Sauferei von ihm ein Wunder dass er noch nie die Treppe hinuntergefallen ist sehr steile Treppen in seinem Bunker sehr steil so steil dass man sich leicht hinunter stürzen könnte mit letalen Folgen

»Leider verspätet sich unsere Abfahrt um 10 Minuten. Der Grund ist eine Magenverstimmung beim Lokführer.«
Murren auf dem Bahnsteig. »Schon wieder!« – »Die Bahn will ihren Standard halten, was die Verspätungen angeht.« –

Böse Tiraden. »Ich werde den Anschluss nach München wieder verpassen. Bereits das dritte Mal in dieser Woche.« – Einer macht den nächsten Bahnbeamten an. »Was kann ich dafür?«, verteidigt der sich lautstark.

»Der Zug ist jetzt zur Abfahrt bereit, steigen Sie bitte zügig ein. Leider führt der IC heute keinen Bistrowagen mit sich. Wir bitten um Verständnis.«

Murren auf dem Bahnsteig. »Und wie bekomme ich einen Kaffee?« – Böse Tiraden. »Ob die jemals was korrekt auf die Reihe kriegen.« Heftige Invektiven. »Eines Tages fahren die alle nur noch rückwärts. Armes Deutschland!«

»Meine Damen und Herren. Gute Nachricht: der Zug führt doch einen Bistrowagen mit sich. Allerdings schlechte Nachricht: er ist ohne Strom, so dass wir nur Kaltgetränke servieren können.«

Murren im Abteil. »Und woher krieg ich einen Kaffee?« Böse Tiraden. »Wie konnten die den Waggon denn übersehen?« Heftige Invektiven. »Die Bahn, die Bahn – die hat sich verfahrn!« Mittenmang ein zögerliches Gelächter.

»Meine Damen und Herren. Gute Nachricht: wir haben wieder Strom und können auch Heißgetränke servieren. Allerdings fehlen uns Kaffeelöffel.«

Offenes Gejohle im Abteil. »Ich krieg meinen Kaffee.« Beifall. »Die Kaffeelöffel bringen wir selbst mit.« Beifall. Alles vergebenundvergessen.

»Wir bitten nochmals um Verständnis!«

was war das für ein Start meine erste Veröffentlichung mit gerade mal 17 Jahren über 100 Kritiken überall eingeladen die jüngste deutsche Schriftstellerin was für ein Quatsch alle haben mitgemacht haben mich gefeiert in den Literaturhimmel gehoben von der Sensation profitiert die Kritiker der Verlag 20 Lesungen in einem Monat hin & her gereicht wie ein goldener Apfel & ich immer mittendrin die Strahlefrau hat noch nicht mal Abitur aber schon ist sie eine Bestsellerautorin obwohl die Absatzzahlen gelogen waren der Verlag hat sie einfach verdoppelt verdreifacht wenn nicht gar verzehnfacht aber was macht es ich war die Sensation der Saison die neue tolle deutsche Stimme die jeder gerne im Programm haben wollte gelegentlich spürte ich die Spitzen die kleinen feinen Nadelstiche & ich spürte auch die Neidwellen immer wieder Neidwallungen auf meinen Erfolg auf meine Publicity von null auf 180 in weniger als drei Wochen mein Minibuch kletterte bis auf Platz sechs der Bestsellerliste von da an ging es wieder bergab & noch tiefer & noch tiefer & in eine zweijährige Depression hinein ich konnte keine einzige Zeile mehr schreiben vergrub mich & wäre am liebsten für immer ins Ausland gegangen blieb jahrelang in Italien das mich wieder zum Schreiben bringen sollte stattdessen saß ich in Trattorien & Bars & hab mich besoffen meistens mit irgendwelchen ragazzi oft auch allein nichts ist schlimmer als eine one-book-Autorin die ständig gefragt wird wann denn nun der nächste Hammer von mir zu erwarten sei

Giftmischer muss vor Gericht – Feuer wütet an der Algarve – zehn Jahre Haft für Kinderschänder – Tote bei Explosion auf Autobahn – Böschungsbrand bei Siegburg – ein kurzer Blick in die Zeitungen, den sich Hannah van Bergen immer gönnt, bevor sie in einen Zug steigt, der sie irgendwohin bringen wird, und plötzlich wieder Stillstand

SMS von Paps: »Der Präsident des Verfassungsschutzes tänzelt Hochseil auf dem rechten Rand bis er in den Sumpf abstürzt. – Gib doch mal ein Lebenszeichen von dir!!!!«

alle Züge zwischen Köln & Frankfurt fallen aus bitten um Verständnis Grund ist ein Böschungsbrand bei Siegburg überall flirrte diese Meldung durch die sozialen Netze mitten hinein in die Nachrichten die Tagesschau die heute-Sendung prominent platziert weil es im Hitzesommer so erschreckende Bilder gab die unbedingt gesendet werden mussten keine Zeitung keine Nachrichtensendung keine Infostrecke kommt ohne dieses Thema aus RTL macht die abendliche Nachrichtensendung damit auf Böschungsbrand Böschungsbrand Böschungsbrand & ich stehe in Köln auf dem Gleis 7 & weiß nicht in welche Richtung ich jetzt fahren soll im Gepäck meine gefüllten Bücher vielleicht finde ich ja heute jemand mal sehen der Zufall muss helfen keinesfalls will ich wieder in den Norden zurück aber der Süden ist mir versperrt es sei denn ich weiche auf Regionalexpress & Schienenersatzverkehr aus wenigstens kein Personenschaden auf der Strecke

auf einer Fahrt über die Schwäbische Alb entschuldigt sich der Lokführer, dass es keine Toilette gibt: »Bitte sagen Sie mir Bescheid, wenn Sie ein dringendes Bedürfnis verspüren, dann halte ich kurz an ...«

Unpünktlichkeit wird mit der Fahrkarte gekauft, so formuliert es ein König der Sachbuchautoren, bei dem ich gelesen habe: »Pünktlich wie die Eisenbahn, sagten unsere Urväter, und stellten ihre Uhren nach vorbeifahrenden Zügen.«

»Ich hätte einen sehr schönen Krimi für Sie, vielleicht wollen Sie ihn lesen?«

»Gerne. Ich lese alles, was mir in die Hände fällt. Danke.«

Hannah geht auf ihren Platz und setzt sich die Kopfhörer auf. Wagen sieben Platz 63, nicht ganz, was sie sich erhofft hatte, aber in diesem Chaos auf den Bahnsteigen muss sie nehmen, was sie kriegen kann.

»Wann kommst du an?«

»Ich hoffe, ich komme überhaupt heute noch an, müsst leider so lange warten.«

»2 Stunden, 3 Stunden, oder heute gar nicht mehr?«

»Wenn ich das wüsste, würde ich es dir verraten.«

»Wir sind schon so gespannt, was du ausbaldowert hast. Nicht wenigstens irgendeinen Hinweis …«

»Wir werden dem Erwählten einen wunderbaren Empfang bereiten.«

»Etwas genauer geht es nicht?«

»Die Scheiße wird für immer an ihm kleben. Das wird auf allen Kanälen gezeigt werden …«

»Und wie viele Leute brauchst du für die Aktion?«

»Das klären wir alles, wenn ich bei euch bin. Außerdem gibt es auch einen Plan B, der findet in der Elphi statt …«

»In diesen Protzbunker kommen wir doch niemals rein …«

»Das lass meine Sorge sein.«

»Dann könnten wir doch beide Aktionen durchführen, der Erwählte hätte das verdient.«

»Bereden wir alles. Nur Geduld. Ende September ist noch etwas hin.«

Hannah van Bergen muss sich in die Hand kneifen, das macht sie immer, wenn ihre Aufregung übergroß wird, wenn ihr Herz bis zum Hals pocht, Volltreffer: nicht zu glauben, da bespricht einer im Zug eine politische Aktion. Auf einen Erwählten. In der Elphi. Wann sollte nochmal der Staatsempfang sein? August, September. Hannah will sich schlau machen.

Wie lautete die SMS von Paps: »Der türkische Präsident erliegt einem Schlaganfall beim Anblick von 72 kurdischen Jungfrauen«.
  Mein Vater wird heute wieder jede Menge auszuschneiden haben Katastrophen Katastrophen wo immer man hinblickt hinsieht hinhört Material für seine Katastrophenzimmer als ob die Wände nicht schon längst voll sind ausgeschnittene Katastrophenmeldungen auf die Raufasertapete gepappt jeder Raum für sich ein Museum des Untergangs des Desasters ungezählte Todesfälle ungezählte Kriege ungezählte Schicksale Millionen Menschen auf der Flucht Millionen Tote Hunger Hitze & jeden Tag die ganzen Zeitungen voll mit Schreckensmeldungen obwohl ich mir denke dass die uns nur in kleinen Dosen verabreicht werden ein Unglück in Thailand eine Jungenfußballmannschaft wird in einer Höhle eingeschlossen muss durch dunkles Wasser tauchen wäre beinahe zu Tode gekommen auf allen Kanälen immer wieder die Zustandsberichte vor Ort die Live-Kommentare keine Sendung die nicht das Schicksal der eingeschlossenen Jugendlichen wohingegen die 800 im Mittelmeer an einem Tag ertrunkenen Afrikaner nur eine Randnotiz sind
    ich glaube der spricht wieder

»Helmuth hat mir versprochen, dass er mir genau sagt, wo der Erwählte in der Elphi sitzen wird.«

»Du meinst, er kommt an diese Pläne heran?«

»Er macht diese Pläne.«

»Super. Und wie willst du auch nur in die Nähe des Platzes kommen?«

»Ich werde nicht am gleichen Tag dort sein, sondern bei dem Konzert am Vorabend des Staatsbesuchs …«

»Aber was soll das? Ich denke, wir wollen ihn dort erwischen …«

»Bist du so naiv? Bei den Sicherheitsvorkehrungen kommen wir doch niemals in die Elphi.«

»Aber einen Tag vorher? Macht keinen Sinn. Jedenfalls erschließt sich mir der Plan nicht.«

»Dir fehlt einfach die Fantasie, oder? Wenn wir wissen, wo der Erwählte sitzen wird, da kann man was präparieren …«

»Man muss doch vor Ort sein. Ohne das kann es doch niemals klappen.«

hoffentlich hält der Minisender bis jetzt ist er dreimal ausgefallen keine Ahnung warum der so schnell schlapp macht ich hab mit meinem Spezialisten darüber geredet er hat mir geraten ihn erst zu aktivieren wenn ich das gefüllte Buch übergeben habe ein kleiner Knopfdruck auf dem Rückendeckel genau beim ersten Buchstaben des Autors & schon ist die Vorrichtung aktiviert

Geschichte 2: die Vorbereitung einer politischen Aktion wie die Ideen & Pläne hin & her gewälzt werden wie die kühnsten Aktionen ausgedacht & wieder verworfen werden & am Ende alles im Sande verläuft der Anführer sitzt im Zug & steuert die

Mitglieder seiner kleinen Gruppe vom Telefon aus wie die Attentäter des IS die in Nizza & Berlin Paris & London ihre Opfer gefunden haben sitzen im Trockenen & lassen die anderen wahllos Lastwagen & Busse in Menschenmengen rasen um möglichst viele Tote zu erzielen Todesquote 100 % mit dem Versprechen für die Morde im Himmelreich belohnt zu werden

Am Anfang war die DB – Wir bitten um Verständnis.

Wagen 7 Platz 66 endlich mal wieder ein Treffer gelandet auf dem Weg nach Berlin Schnellfahrstrecke die Landschaft saust vorbei ich träumedöse vor mich hin im Halbschlaf letzte Nacht kaum ein Auge zugedrückt mein Zimmer lag direkt über einer Kegelbahn & ab 7:00 Uhr tobten die Bagger durchs Gelände war früher raus als gewöhnlich & erwischte in Karlsruhe den ICE & meinen erwünschten Sitzplatz Geschichte 3: wie nach & nach in einem Zugabteil die Leute versteinern angefangen mit Platz elf bis hin zu hundertelf alle erstarren mit aufgerissenen Augen halbgeöffneten Mündern manche gestikulierend freeze keine Erklärung warum das passiert ist nur beschreiben was den Einzelnen passiert die junge Frau die noch einen letzten Seufzer von sich gibt dem Mann der gerade sein belegtes Brötchen anbeißt der Nebenmann der sich bückt um die Schnürbändel zu schließen das Kind das einen Ball hoch wirft der in der Luft über den Köpfen freeze ein ganzer Großraum voller Steinstatuen sitzend gefangen bewegungslos das Ende

Hannah van Bergen überfliegt die Nachrichten: Vierjähriger schwer verletzt – Kind soll gezündelt haben – Urlauber von

Vulkanen gerettet – eine Ohrfeige empört Frankreich – tödliche Schüsse im Supermarkt – Kinder bei Karussellfahrt verletzt. Alles normal, keine besonderen Vorkommnisse.

SMS von Paps: »Der syrische Präsident stirbt an einer Überdosis Giftgas – tausende von Zivilisten überleben den Angriff.«
er bastelt sich die Welt zurecht lässt seinen Aggressionen & Wünschen freien Lauf ist es seine Lust an Katastrophen Angst Neugier Schrecken Einsamkeit die sein Hirn vor sich hertreibt keine Ahnung wie er tickt vielleicht sollte ich ihn mal wieder besuchen um ihn aus seiner Katastrophenhölle wenigstens ein paar Stunden herauszuholen

Hoher Senat, sehr geehrte Anwesende, heute möchte ich die Chance der letzten Worte nutzen, was mir zugegebenermaßen nicht leicht fällt. Ich habe das Gefühl, dass jedes Wort, und sei es noch von mir so ernst und ehrlich gemeint, falsch bzw. mir nachteilig ausgelegt wird.

ich bin nach München gefahren musste dorthin musste hören was diese Frau zu sagen hat eine Frau die die ganze Zeit geschwiegen hat geschwiegen über Morde Banküberfälle terroristische Anschläge 10 Tote geschwiegen anfangs stand sie immer mit dem Rücken zum Publikum & den Medien als könne sie so ihre Taten ungeschehen machen

Auch jetzt fällt es mir schwer, da über die Jahre in Untersuchungshaft unter anderem immer mehr Konzentrationsstörungen aufgetreten sind.

jetzt nur möchte sie nicht hochnäsig erscheinen nicht überheblich kühl nein jetzt das kleine Gänslein das von den bösen Füchsen gejagt wurde bleich ist sie nervös klammert sich an den Laptop & hält ein Blatt in Händen von dem sie ablesen wird sie lächelt einmal kurz ihren Anwalt an dann beginnt sie ihre Rede nach 437 Verhandlungstagen Schweigen endlich macht sie den Mund auf & herauskommen ein paar Phrasen Gejammer Gewinsele gestammelte Entschuldigungen leichter als das Blatt Papier an dem sie sich festhält

Bewusst traf ich die Entscheidung, mich selbst zu stellen, ich wollte und will die Verantwortung für die Dinge übernehmen, die ich selbst verschuldet habe, und entschuldige mich für all das Leid, was ich verursacht habe. Ich bedaure, dass die Angehörigen der Mordopfer einen geliebten Menschen verloren haben.

ich wollte Paps mit nach München nehmen aber er hat sich in seinem Bunker eingemauert es fehle ihm die Kraft mich zu begleiten so sehr ich auch gebettelt habe es war nichts zu machen ich dachte wenn er mitfährt kommt er raus & auf andere Gedanken aber er hat mir den Gefallen nicht getan wollte lieber in seinem selbst gewählten Verlies bleiben

Leider gibt es nicht mehr als diese Worte des aufrichtigen Bedauerns. Ich kann den Hinterbliebenen ihre Angehörigen nicht mehr zurückgeben.

was ist das für ein Verfahren in dem mehr unter den Teppich gekehrt wurde als offengelegt ein Verfahren das über 20 Millio-

nen € gekostet hat fünf Jahre lang die Öffentlichkeit beschäftigt hat mit Beweisanträgen zur Prozessverschleppung Ablenkungsmanövern Falschaussagen Aktenvernichtungen nur um zu vertuschen dass & wieviel Schuld die staatlichen Behörden auf sich geladen haben ein Verfassungsschützer war ganz in der Nähe einer Tat und durfte immer wieder behaupten er habe von dem Mord in der Imbissstube weder etwas gesehen noch gehört ein Verfahren hochnotpeinlich für diesen Staat

Wiederholt wurde mir vorgeworfen, dass ich wider besseren Wissens nicht zur Aufklärung der näheren Umstände beitragen würde. Deshalb hier nochmals: ich hatte und ich habe keinerlei Kenntnis darüber, warum gerade diese Menschen an gerade diesen Orten von Uwe Böhnhardt und Uwe Mundlos ausgewählt worden.

sie hat eine helle Stimme fast piepsig mit Thüringer Akzent sie sprudelt hervor ohne einmal Pause zu machen es klingt wie ein ratterndes Maschinengewehr wenn ihre Stimme nicht so hell wäre man spürt nicht mal einen Unterton von Mitleid sie steht da mit dem Blatt in der Hand die schwarzen Haare nach hinten gekämmt eine Nonne das farbige Halstuch mehrfach umschlungen ansonsten schwarze Madonna

Auf die Frage der Mutter des Halit Yozgat, ob ich überhaupt noch ruhig schlafen könne, möchte ich heute erwidern: auch wenn die Bundesanwaltschaft die Kläger-Anwälte und die Medien mir genau das absprechen – ich bin ein mitfühlender Mensch und habe sehr wohl den Schmerz, die Verzweiflung der Angehörigen sehen und spüren können.

ob tatsächlich jemand glaubt diese drei Mörder seien der kompletter rechtsradikale Untergrund ohne Verbindungen zu weiteren Mittätern allesamt Terroristen die manchmal sogar angetrieben & angeleitet von Verfassungsschützern die besonders schlau glaubten in der Szene mitzumischen wenn sie nicht sogar Sympathisanten der Rechtsradikalen sind wie kann man eine Öffentlichkeit so lange hinters Licht führen mit einem Kasperletheater in dem es drei böse Buben gibt & viele selbstgerechte & verlogene Staatsschützer vielleicht sind die rechten Terroristen auch für den Anschlag auf den ICE vor zwei Jahren verantwortlich

Ich bin ein Mensch, der gravierende Fehler gemacht hat, und habe diese in einem jahrelang andauernden Lernprozess eingesehen.

ich wollte nicht bis zur Urteilsverkündung in München bleiben nach dieser Sitzung war mir übel wurde fast ohnmächtig auf der Toilette & brauchte eine ganze Weile um wieder zu mir zu kommen

Bitte verurteilen Sie mich nicht stellvertretend für etwas, was ich weder gewollt noch getan habe.

um Entschuldigung bitten & dann wieder alles abstreiten in der Hoffnung nicht zur Rechenschaft gezogen zu werden ein klassisches Verfahren wie oft hat Paps davon zu Hause erzählt wenn er geschlagen von einem Fehlurteil in die Kanzlei zurückgekehrt war mutlos kraftlos voller Zweifel an seinem Beruf & seinen Unfähigkeiten wie oft hatte er da gesessen angespannt die Beine zusammengepresst als wäre ihm etwas ganz Schlimmes widerfahren dabei stand der Schlussknall ja noch bevor

Die Zeit der Lawinenlügen, so hat Wolfgang van Bergen das erste Halbjahr 2018 genannt. Seine Tochter fährt Bahn Bahn Bahn über alle Grenzen hinaus, als könne sie den Schlussknall ungeschehen machen. In diesem Regionalexpress sind alle Mitreisenden von einer Müdigkeit befallen, entweder sie starren auf ihr Smartphone oder sie schlafen.

Hannah van Bergen lehnt sich zurück. Sie erinnert sich an den Mann, dem sie den Krimi geschenkt hat. Leider hat sie ihn verloren, im Gewühl auf dem Bahnsteig. Untergetaucht. Weggeduckt. Entschwunden. Weiter als zwanzig Meter reicht der eingebaute Minisender nicht.

heute Emma davor Karla früher Hannah drei Frauennamen für eine Person was für ein Lebenslauf meine Tante heute hat sie einen Backladen früher ist sie auf Tauchstation verließ das Land verliebte sich in Großbritannien bekam eine neue Identität als Emma Livingstone mit sämtlichen Papieren durch Adoption ihrer Gasteltern die sie vor der Verfolgung durch deutsche Geheimdienste schützen wollten Emma eine beliebte Größe im Viertel nur 50 Brote am Tag Handwerkskunst meistens ganz schnell ausverkauft traditionelle & ausgefallene Brote hat endlich eine Berufung gefunden früher beim Fernsehen soll sie ziemlich radikale Filmberichte gemacht haben bis man ihr zu nahe rückte.

manchmal hab ich EmmaKarlaHannah in ihrem Laden besucht jedes Mal hat sie mir angeboten mitzuhelfen im Verkauf oder in der Backstube vielleicht als Geschäftsführerin ganz gleich sie wollte mich bei sich haben als Ersatztochter was weiß ich jedes Mal habe ich abgelehnt so sehr ich sie bewundere was für eine Biografie von der radikalen Gymnasiastin für die sogar in der guten Stube der Hansestadt demonstriert wurde bis zur stillen Bäckerin die auf Englisch macht mit Emmas Little BakeShop steht draußen an der Tür handgeschrieben sie hat ihren Unterstand gefunden der sie schützt wir haben über alles gesprochen nur nicht über den Schlussknall den sie den Tag X nennt daran wollten wir beide nicht rühren

18 Tote bei Kollision von zwei Hubschraubern – Fliege bringt Dominosteine zu Fall – mindestens 79 Opfer auf Lombok – 20 Menschen sterben in den Alpen – ein ganz normaler Berichtstag voll von Blut und Tränen und Schweiß und Ängsten. Hannah liest mit den Augen ihres Vaters, kann sich vorstellen, welche Meldung in welches Zimmer gelangen wird, weiß genau, wovor Paps am meisten Angst hat

ich stehe hier im tiefsten Schwarzwald auf dem leeren Bahnsteig kein Zug weit & breit nicht mal Schienenersatzverkehr gestrandet wie so manches Mal wenn aufgrund der FrühlingSommerHerbstWinterstürme alles blockiert ist & jeder auf den Klimawandel schimpft dabei will er doch nur möglichst schnell nach Hause mir ist es egal ich suche mir eine kleine Pension & schreibe ein paar der belauschten Gespräche ab wie war das noch mit dem Mann der so tat als sei er auf einer wichtigen Sitzung in Hessen dabei saß er im Zug Richtung Zürich was immer er damit bezweckte oder dieser Grünschnabel der unentwegt auf seine Freundin einredete

»Con 320 euro al mese si può vivere dignitosamente.« Lo ha detto il Ministro Poletti, quello che guadagna 10.000 Euro al mese per sparare cazzate come questa.«

Eine Meldung aus meiner zweiten Heimat Italien: Minister Poletti behauptet, mit 320 Euro könne man durchaus würdig leben. Das sagt ein Mann, der 10.000 Euro im Monat verdient, um solche arschigen Widerwärtigkeiten rauszuhauen.

Trump nennt Afrika ein shithole wie kommt ein amerikanischer Präsident dazu ungestraft

Überlebenswanderung Gelügenschaft Hirngestürm neue Worte für mein Notizbuch obwohl ich das letzte Wort schon mal irgendwo gelesen habe

dieser Frau im Wagen 7 Platz 98 habe ich den Klassikerband geschenkt und bekam zu hören Flüchtlingsgespräche Teil 4

»Der Flug war natürlich mal wieder verspätet, alles verstopft, das Gepäck kam 2 Stunden zu spät an, ich bin es schon gewöhnt, diese Servicewüste da unten ist kaum auszuhalten, gibt nicht ein Glas Wasser zu trinken, keine Entschuldigung, man steht einfach da rum, wartet, nichts passiert, keine Information, man wird wie Scheiße behandelt, womit haben wir das verdient, bezahlen richtig Schotter und bekommen dafür: nichts. Wenn das einem zehnmal passiert, dann fragt man sich wirklich, es ist das wert, an die Costa de la Luz zu fahren, um ein paar Tage auszuspannen, abzuschalten, den Kopf frei zu kriegen, und dann den ganzen Stress wieder zurück, es ist schon eine Sauerei, was die mit uns machen, ist auch kein Trost, dass es anderen ebenso geht, ist mir eh wurscht, das ist …«

»Bist du wirklich nur für drei Tage runtergeflogen?«

»Das mache ich immer so. Wie soll ich denn sonst in mein Ferienhaus kommen? Aber das wollte ich eigentlich gar nicht erzählen, ich komme also an in Jerez, nehme den Wagen, ist auch wieder teurer geworden, die denken doch, sie können uns wie Weihnachtsgänse ausnehmen, aber egal, ich fahre runter nach Conil, endlich am Strand, schließe unser Haus auf, und stelle fest, dass die Abwasserleitung geplatzt ist, die ganze Wohnung unter Wasser, es stinkt, voll die Kacke.«

»Und was hast du dann gemacht?«

»Ich hab die Tür wieder abgeschlossen und bin ins Hotel gezogen. Was sollte ich denn sonst machen? Da wird sich Heppi drum kümmern müssen, ich brauche dringend Erholung und nicht so ein Stress. Aber das Größte kommt das noch.«

»Ist denn das Haus noch zu gebrauchen?«

»Weiß ich doch nicht. Wenn du mich immer unterbrichst, wirst du nie erfahren, was mir passiert ist.«

»O. k. ich höre.«

»Am nächsten Morgen will ich an den Strand, blauer Himmel, kaum ein Lüftchen, hatte meine Badesachen dabei, ein paar Stunden sonnen, da sehe ich die Bescherung, Riesen-Aufregung, jede Menge Leute am Strand, manche in roten Kitteln, andere in Badehosen, Schaulustige und Tote. Mindestens 20 tote Neger, sagt man ja nicht mehr so, aber die waren ja tot. Das Boot, auf dem sie gefahren sind, zerbrochen, war so ein Seelenverkäufer, hätte ich ihnen gleich sagen können, dass sie damit nicht die spanische Küste erreichen können, aber was das Schlimmste ist, das wird die neue Route sein, d.h. wenn ich aus meinem Ferienhaus trete, stolpere ich über tote Neger und darauf habe ich überhaupt keinen Bock.«

»Und was hast du dann gemacht?«

»Ja, was sollte ich denn machen? Es waren genügend Helfer dabei, die sich um die Leichen gekümmert haben.«

»Ich glaube, ich storniere sofort meinen Flug. Wenn das so ist, dann will ich da erst gar nicht hin. Gibt ja auch noch andere Urlaubsziele.«

»Aber das Geld zahle ich dir nicht zurück. Du hast bei mir gemietet und damit basta.«

Die Frau klappt ihr Smartphone zu und sagt keineswegs leise: »Zu blöd, warum hab ich ihr das überhaupt erzählt.«

kann man das erfinden die achsoöden Gedanken einer Frau der jeglicher Mitmenschlichkeit abgeht die sich noch über Tote mokiert die am Strand liegen & sie davon abhalten sich zu erholen das kann man erfinden natürlich kann man das aufschreiben muss man festhalten & verwenden so wie man Zeitungsmeldungen Nachrichten Gedankensplitter Hirnblitze verwendet & sie in literarischer Form aufarbeitet Geschichte 4: eine Frau entdeckt die gestrandeten Flüchtlinge allesamt tot & legt sich zwischen sie auf den Sand vor lauter Kummer & Scham und Mitgefühl & stirbt bevor die Rettungssanitäter sie entdecken

Hannah van Bergen erreicht Berlin mit 2 Stunden Verspätung. Auf dem Gleis gegenüber fährt der ICE nach Hamburg ein. Sie steigt schnell in den Wagen sieben, Platz 66 ist frei. Sie braucht eine Pause, keine weiteren Gespräche, erst mal alles sortieren auflisten Gedankenblitze festhalten

Flüchtlingsgespräche sind anstrengend kosten Kraft machen sie fertig in ihrem bequem gepolsterten Sitz weggedöst nächster Halt Wolfsburg der Bahnhof der manchmal ausgelassen wird ICEs brettern durch mal wieder hat ein Lokführer Wolfsburg übersehen & dabei ist die Autostadt weltweit bekannt durch den größten Abgasskandal MillionenAbermillionen betrogene Autofahrer Hannah van Bergen hat keinen Führerschein dreimal ist sie bei der Prüfung durchgefallen weil sie sich die Vorschriften im Straßenverkehr einfach nicht merken konnte in der Fahrpraxis war sie Spitze in der Theorie weniger als null zu blöd nur dass das Durchfallen zusammenfiel mit ihrer Kündigung am Gymnasium an ihrem 18. Geburtstag als sie sich im Sekretariat der Schule meldete & sagte: ich kündige zum heutigen Tage die Sekretärin holte den Direktor der den Klassenlehrer der die Deutschlehrerin die den Referendar mit dem sie sich angefreundet hatte alle redeten auf sie ein alle versuchten sie zu überzeugen dass es grober Unfug sei so kurz vor dem Abitur aber Hannah ließ sich nicht davon abbringen wollte auch kein Abgangszeugnis haben das man ihr sogar nachgeworfen hätte immer noch den Erfolg ihres Erstlings im Rücken dachte sie sei eine gemachte Frau Bestsellerautorin des Buches mit dem Titel: »Wie unsere Generation um die Zukunft beschissen wird!«

so stolz war man auf mich & so entsetzt waren alle Lehrkräfte jetzt dass dieses Glanzlicht des Kreutz-Gymnasiums sich selbst ausgepustet hat denken Sie doch an Ihre Vorfahren an Ihre Mutter Ihre Tante an Ihren Großvater sie waren alle auf unserem Gymnasium & haben hochanständig & mit großem Erfolg das Abitur & das Leben gemeistert Ihnen steht doch die ganze Welt offen Hannah hat sich bedankt für die vie-

len lobenden Schmeicheleien falschen Untertöne war es nicht der Französisch-Lehrer der mir zugesetzt hatte seitdem mein Buch auf den Markt kam der immer wieder mich dran nahm wenn ich nichts gelernt hatte Neidwellen Neidwallungen auch in der Klasse auch der Tonlehrer/Turnlehrer auch der Musiklehrer der sagte ich sänge wie ein Kanarienvogel kurz vor dem Exitus & dann passiert die Panne mit dem Führerschein aber was macht es ich wurde von allen Seiten bedrängt weiter & weiter & weiter zu schreiben & den Erfolg der frühen Jahre auszunutzen nur mein Vater hatte mich gewarnt es würde nicht immer so weitergehen erst Jahre später habe ich das Abitur nachgeholt

Schüsse nach Umzug – Mann beißt Stück der Nase ab – Tourist von Nilpferd getötet – Kaufhausdecke stürzt ein – Zwölfjähriger überlebt Absturz – weniger Angriffe auf Flüchtlinge: 627 im ersten Halbjahr 2018 statt 1.058 Übergriffe im Vorjahr. Hannah van Bergen schmeißt die lokale Zeitung in den Papierkorb.

Am Anfang war das Zittern und das

Sie schaut einer Frau zu, zwei Reihen vor ihr, die lautstark ihren Koffer ausräumt. Jedes einzelne Teil wird kommentiert, jedes Stück begutachtet. Schon nach kurzer Zeit vermutet Hannah, dass die Mitreisende einen ihr fremden Koffer auspackt. Muss eine Verwechslung sein oder, was auch anzunehmen ist, sie hat den Koffer mitgehen lassen … Es kommen Männerkleider zum Vorschein, Perücken, Lackschuhe. Inzwischen nehmen alle Reisenden im Großraum Anteil an der Auspackaktion. Die Frau lässt sich nicht stören. Irgendwann entledigt sie sich ihrer Bluse und zieht eins der Herrenhemden an, um zu probieren, ob ihr die Sachen passen, Dann ersetzt sie ihren Rock durch eine Anzughose, die von einem Frack stammen muss, wegen der Litzen an der Hosennaht. »Was glotzen Sie denn so«, ruft sie ziemlich aufgeregt, »haben Sie noch nie gesehen, wie ein Mann sich umzieht?«

ich muss zugeben dass ich eine Faszination für kleine Betrügereien habe wenn ich sehe wie die Gauner mit einem intelligenten Trick davonkommen applausi bravo applausi wahrscheinlich hab ich diesen Tick aus bella Italia mitgebracht wo man seit Pinocchio die Aufschneiderschwindlerganoven verehrt

 am Genialsten immer noch der Trick mit dem falschen Bankautomaten war glaube ich in Sizilien jemand hat sich eine Attrappe gebaut saß hinter dem Automaten in seinem kleinen Geschäft & wenn Kunden ihre Karte reinsteckten um Geld abzuheben dann kassierte er die Geldkarte mitsamt der PIN die er mitgelesen hatte & auf dem Bildschirm erschien: Karte muss eingezogen werden wg. Betrugsverdacht manchmal hatte der Gauner am Abend ein halbes Dutzend Karten mit denen er die umliegenden Bankautomaten leerte ich sehe immer noch die Italiener die mit dem rechten Zeigefinger das Augenlid runterziehen vor Bewunderung weil jemand

 jahrelang an der Spitze ein Mann der alle Skandale überstanden hat in Sachen Sex mit Minderjährigen & Korruption & Durchstechereien

 bin ich schon wieder besoffen von Limoncellolitern & Grappakanonaden

 manchmal träume ich davon in Italien den Rest meines Lebens zu verbringen Geld genug wirft die Vermietung der Huneus-

Villa in der Hansestadt ab stattdessen sitze ich Tag für Tag im Zug & belausche die Mitreisenden

»Hier versteckst du dich also!« Die Stimme brüchig, die Haltung tadellos, sandgelber Anzug mit kirschrotem Einstecktuch, schwarze Lackschuhe, goldene Krawatte mit Brillantnadel. Irgendwie die deutschen Farben, obwohl der Mann in Barcelona lebt.

»Verstecken kann man das nicht nennen. Ich fahre öffentlich. Wie hast du mich gefunden?«

»Ich hatte ein paar Zuträger, die dich offensichtlich gesehen haben.«

»Von der DB?«

»Ich glaube schon.«

Hannah van Bergen war so überrascht von diesem incontro, dass sie sich am liebsten verleugnet hätte. Er war immer noch Sozius in der Kanzlei Huneus, Huneus, Huneus & Partner, mit Mandaten in Italien und Spanien, der Paradiesvogel der Kanzlei, der Anwalt fürs Feine, Delikate, der lieber in Rom und Barcelona residierte, nicht zuletzt der Liebschaften wegen. Der Onkel ihrer Tante, Don Alfredo, von dem Emma in höchsten Tönen schwärmte, der mit seiner Tochter ein Bordell für die Oberklasse betrieb. Ist er nicht sogar mein Großonkel?

»Seit wann bist du wieder in Deutschland?«

»Ich wollte die alte Hansestadt nochmal sehen …«

Don Alfredo unterbrach sich und wischte sich mit dem Einstecktuch Tränen hinter den Brillengläsern weg. Er drehte den Kopf zur Seite.

»Habt Ihr den Puff aufgegeben?«, fragte Hannah nicht gerade leise.

»Das war kein Puff«, zischte Don Alfredo.

»Was denn sonst? Mir hat Paps immer erzählt …«

»Dessen Fantasie reichte gerade bis Detmold oder Delmenhorst. Kein Wunder, dass er sich eingesperrt hat.«

»Wieso?« Hannah wusste zwar, dass ihr Vater kaum Besucher duldete …

»Ich musste ziemlich unangenehm werden, bis er mich in sein Haus ließ. Hab ihm sogar gedroht …« Wieder liefen Don Alfredo Tränen über beide Wangen. Diesmal schaute er Hannah direkt an. »Dann hat er mir diese ganze Sache erzählt, zwei Stunden am Stück, kann verstehen, dass ihn der Absturz, wie er das nennt …«

»Den Schlussknall, meinste?«

»Seltsam, welche Ausdrücke ihr für tragische Unfälle kennt.«

Hannah van Bergen wollte lieber über sein Leben als Bordellbesitzer reden …

Geschichte 5: wie aus einem überaus angesehenen Rechtsanwalt in der Hansestadt ein Puffvater in Barcelona wird – zusammen mit seiner Tochter noch immer ist sie an seiner Seite & becirct hohe & höchste Kreise obwohl sie auch schon

»Lange her, Hannah, alles lange her!«

hieß sie nicht Enrica & ist bestimmt über 50 Jahre alt

»Du musst dich um deinen Vater kümmern. Das meine ich ganz im Ernst, Hannah. Der hegt schwarze Absichten. Das habe ich sofort gespürt, auch wenn er seinen Zustand vor mir zu verbergen suchte, immer so kleine Witzchen machte. Auch über diese besessene Katastrophensammelei …«

»Was kann ich für ihn tun, Onkel Alfred?«

»Da wird dir bestimmt etwas einfallen. Soviel Vorstellungsvermögen wirst du doch haben, um zu spüren, was ihm aus diesem schwarzen Tal heraushelfen könnte. Immerhin warst du mal die Begabteste in unserer Sippe. Eine internationale Bestsellerautorin, dein Buch ist sogar auf Spanisch erschienen …«

»Lange her, Onkel Alfred, lange her, sehr, sehr lange.«

»Schreibst du denn noch?«

war froh als der Bahnhof Hagen Hagen Kannbehagen angekündigt wurde sagte da müsse ich umsteigen wäre schön gewesen ihn mal wieder zu sehen wie lange lag das letzte Mal er erhob sich ebenfalls auf den Krückstock mit dem silbernen Knauf gestützt ich bin geflohen als er mir hinterherrief

»Ich könnte doch mit dir umsteigen, dann fahren wir noch eine Strecke miteinander. Man kann bestimmt Fahrkarten im Zug erwerben.«

Er stand hilflos er tat mir leid aber ich hätte selbst eine Stütze gebraucht konnte so viel Familie nicht ab jedenfalls nicht in dem Moment Paps im schwarzen Tal warum lässt er nichts darüber raus verdammt.

Züge sind Leichenwagen voll flüchtiger Begegnungen sind Droschken des Wahnsinns sind Seelenverkäufer der Illusionen

SMS von Paps: »Der ungarische Präsident trifft sich mit dem einzigen Flüchtling, der ins Land gelassen wurde – der vergiftet ihn mit einer Gulaschsuppe«

Scharfes Bremsen
        metallisches Gekreisch
                Stahlgeruch
                        Eisenhitze
Personenschaden
        Böschungsbrand
                Uringeruch
                        Schreie unentwegt
Alles raus hier
        Verlassen Sie sofort
                Aussteigen
                        Alles liegenlassen
Halt auf offener Strecke

Hannah van Bergen starrt auf den Koffer, der mitten im Gang steht. Kann den Blick nicht davon wenden. Ein Koffer, grau, abgeschabt, mit verblichenen Aufklebern, der Haltegriff in Auflösung

Nun gehen Sie schon
        Beeilung
                Jemand hat die Notbremse
                        Los jetzt
Tumult
    Rangelei
        Jemand hilft einem Rollstuhlfahrer
                        Qualm
Feuer
    Brandstiftung

Hannah in Panik. Gelähmt. Der herrenlose Koffer. Erstarrt. Mit einem heftigen Schlag in den Rücken wird sie vorwärts gedrängt. Sie gerät ins Stolpern. Fällt aber nicht.

Dann ist sie draußen bei den anderen Fahrgästen

Gerüchte

      Lautes Geschnatter

            Entsetzen langsam abebbend

Wildes Fluchen

      aufs Maul hauen

           kein Verletzter

Hannah bekommt das Bild von dem verlassenen Koffer nicht aus dem Kopf. Warten am Gleis. Relativ gefasst die mehr als hundert Fahrgäste

Stunden später

Einsteigen

                alle einsteigen

Hastig drängelnd schubsen schiebend Ellbogen ausfahrend jeder will der erste sein ein Tohuwabohu der Konkurrenz

Hannah van Bergen sucht nach dem Koffer im Gang. Er ist verschwunden. Aber auch ihr roter Rucksack mit den gefüllten Büchern. Wer hat den mitgehen lassen?

Verdammtes Pech

muss mir neue Technik besorgen kostet wieder hoffentlich entdeckt niemand die eingebauten Minisender

»Man trifft sich immer zweimal im Leben?«
»Ich kann mich nicht an Sie erinnern.«

»Dann helfe ich Ihnen auf die Sprünge. Sie haben mir mal einen Krimi geschenkt und der hatte es in sich … besonders diesen kleinen … Ich glaube, ich muss nicht weitersprechen.«

Hannah van Bergen erschrickt. Ist das nicht der Typ, der dem Erwählten einen unvergesslichen Empfang bereiten wollte?

»Ich weiß ja nicht genau, was Sie alles mitgehört haben, aber sollte etwas von dem an die Öffentlichkeit gelangen, dann müssen wir zu Gegenmaßnahmen …«

»Von mir erfährt niemand was.«

»Das sagen alle und plaudern doch sofort alles aus. Sogar ganz ohne scharfes Verhör.«

»Ich gewiss nicht.«

»Für wen arbeiten Sie? Darf ich raten, ich brauche nicht lange: VS oder BND oder MAD oder auf eigene Rechnung oder CIA oder FBI oder …«

»Etwas leiser geht es nicht?«

»Ich dachte, Sie haben nichts zu verbergen.«

»Ich schreibe, ich schreibe die Wirklichkeit auf, die Wirklichkeit, wie sie sich in diesem Jahr 2018 verändert, verschlimmert, ich schreibe, was ich höre …«

»Also doch, um es zu veröffentlichen …«

»Von mir geht keinerlei Gefahr aus. Ich bin harmloser als ein Märchenhase …«

Der Mann lacht. Diese Bezeichnung gefällt ihm. Er lädt sie auf einen Kaffee in den Bistrowagen ein. Hannah van Bergen akzeptiert die Einladung, packt ihren gerade neu erworbenen Rucksack, in dem zwei gefüllte Bücher liegen und folgt dem Mann in den Speisewagen.

wer kann denn ahnen dass ich einen von meinen Patienten wie soll ich sie nennen so schnell wiedersehe es gibt doch Millionen Fahrgäste tagtäglich muss ich unbedingt auf diesen treffen ist nicht unsympathisch auch wenn ich nicht weiß wieviel Gewalt er anzuwenden bereit ist um dem Erwählten nicht nur einen heißen Empfang sondern auch einen heißen Abgang zu bereiten

 er interessiert sich für meine Technik möchte als kleines Pfand ein weiteres meiner gefüllten Bücher haben was ich ihm nicht abschlagen kann schließlich muss er mir vertrauen dass ich keinerlei vorzeitigen Gebrauch von dem aufgezeichneten Gespräch machen werde

 mir kommt es so vor als würde er mich gerne bei seiner Aktion dabei haben aber ich bin eine Zugreisende & keine Demonstrantin eher auf der Flucht als fest verwurzelt an einem Ort

Gewaltbereite Szene außer Kontrolle – Hetzjagd in Hessen – die tägliche Dosis Erschaudern

Obdachlose werden verjagt aus dem Bahnhof Hermannstraße in Berlin die DB setzt atonale Musik ein wer kommt auf solche Ideen & als die Liebhaber von Schönberg Reger Webern oder auch Mangelsdorff protestieren ändert die DB die Kampfwaffe gegen die Obdachlosen & Junkies sie sollen mit Naturgeräuschen vertrieben werden dem steten Tropfen in einen Wassereimer zum Beispiel ich würde raten die Lautsprecher abzuknipsen oder eins von diesen wunderbaren Geräten den Handyjammer einzusetzen mit denen man auch Handys &

Smartphone offline schalten kann im Notfall helfen auch Hammer & Sichel

Gewalt beim Staatsempfang unausweichlich – Polizei will deseskalieren – Bürgermeister sieht keine Bedrohung

habe Paps eine SMS geschickt wir müssen uns sehen am besten heute bin auf dem Wege in die Hansestadt gehen wir durch den Bürgerpark kann keine Mithörer gebrauchen nicht zusammen essen das wäre zu gefährlich müssen reden ich will wissen bin gegen 15 Uhr am Bahnhof hol mich ab

Wolfgang van Bergen antwortet es sei ihm nicht wohl er wolle das Haus nicht verlassen Hannah solle das bekannte Familien-Klingelzeichen als ob ich das vergessen hätte dreimal lang einmal kurz dreimal lang aber ich will nicht in seinen Bunker der wochenlang nicht gelüftet worden ist ich will

als ich ihn sehe bin ich erschrocken mager ist er geworden der Anzug schlottert die Schuhbändel hängen schlaff das Haar schütter in der Küche offene Dosen aus denen er nur wenige Löffel er ist obdachlos im eigenen Haus

kann ihn überreden mich zum Essen einzuladen zu einem Asiaten die er immer so gerne mochte ein paar Sushis ein paar Dim Suns da kann er nicht nein sagen aber die meisten Stücke lässt er auf seinem Teller liegen wir reden über na was wohl über seine Fake-News die ihm Spaß machen über seine aber nicht über mich & schon gar nicht über den Schlussknall den er Absturz nennt

erst als wir wieder in seinem chaotischen Haus sind spreche ich ihn an & erzähle von meinem Projekt & frage was mir droht wenn ich erwischt werde beim privaten Abhören er wackelt mit dem Kopf windet sich lächelt sogar ein bisschen du bist genau wie deine Tante Hannah Emma heißt sie versuche ich ihn zu korrigieren für mich heißt sie Hannah du weißt ja gar nicht was uns beide verbindet natürlich weiß ich das du hast sie damals rausgepaukt als sie dieses Schülerblättchen mit der Zeichnung von Beardsley & den aufgerichteten Penissen ach das weißt du

die Privatsphäre ist ein hohes Gut abhören ist eine Straftat die du begehst Verletzung der Vertraulichkeit des Wortes ich glaube das müsste so um den Paragrafen 200 im StGB sein ein solcher Verstoß kann bestraft werden mit Freiheitsstrafe keine Ahnung wie lange drei bis fünf Jahre oder auch nur Geldstrafe

aber wer sagt denn dass du auffällst

ich berichte ihm dass mich ein Mann dem ich ein gefülltes Buch gegeben habe drauf angesprochen hat & der aber korrigiere mich selbst der hat einiges zu verbergen darüber möchte ich lieber nicht reden

»Was hat er denn zu verbergen?«, fragt Wolfgang von Bergen.

»Kein Kommentar! War ganz vertraulich!«

»Reite dich da nicht rein, Hannah! Das kann auch eine Falle sein.«

»Von welcher Seite?«

»Von allen Seiten.«

»Verteidigst du mich?«

»Ich bin kein Rechtsanwalt mehr, vor Jahren schon aus der Kammer ausgetreten, aber würde dir jede juristische Unterstützung zukommen lassen.«

& da lächelt Paps zum zweiten Mal an diesem Tag
ob er wirklich schwarze Absichten hegt wie Onkel Alfredo behauptet schwer zu sagen macht mir den Eindruck eines seelisch Obdachlosen kein Halt mehr
erst als ich mich verabschiedet habe fällt mir ein dass ich ihn nicht nach seinem Romänchen gefragt habe schien ihm aber auch nicht besonders wichtig zu sein

Lesefrucht: Die bewaffneten Gruppen und kriminellen Netzwerke finanzieren sich weiterhin durch den Schmuggel von Migranten und Erdöl. Bis zu einer Million Flüchtlinge und Migranten sollen sich in Libyen aufhalten. Sie kommen vor allem aus Syrien, Ägypten, Niger, Sudan und Mali. Auch in Europa laufen die »guten Geschäfte« mit Flüchtlingen. Die Mafia verdient Millionen an ihnen. So hat das organisierte Verbrechen ein Riesengeschäft mit Europas größtem Asylbewerberzentrum gemacht, wie jetzt die italienische Polizei bekanntgab. Im Zentrum stehen ein Priester und der Chef einer vermeintlich karitativen »Bruderschaft«. Diese betreibt das Asylbewerberzentrum Sant' Anna in Kalabrien. Der italienische Staat hat zusammen mit der EU dafür 103 Millionen Euro aufgebracht. Bis zu 36 Millionen hat die Mafia-Organisation »'Ndrangheta« abgezweigt ... Der zuständige Staatsanwalt listet auf: »Dort gab es Essen, wie man es normalerweise nur an Schweine verfüttert ... Als sich 500 Menschen im Lager befanden, wurden mittags nur 250 Portionen geliefert, wer leer ausging, konnte nur hoffen, am Abend etwas abzubekommen, während der Priester, der Manager, die Mafiabosse Kinos, Theater, Villen, Luxusautos, Luxusyachten erwarben.« Der zuständige Priester stellte sogar eine Rechnung über den »geistigen Beistand« für die Flüchtlinge aus, mit einem Jahreshonorar von stolzen 150.000 Euro.«

(Karl-Heinz Meier-Braun)

Geschichte 6: Damit die Verblendeten & ihre Sympis es endlich kapieren wird sukzessive das Fernsehprogramm geändert erst die rechtlichen dann die öffentlichen zum Schluss die privaten jeden Tag ein weiterer Sender das Programm wird gleichgeschaltet alle zeigen live & 24 Stunden lang Bilder aus den Heimatländern der Flüchtenden Mali Nigeria Senegal & allen anderen & den Flüchtlingslagern in der Türkei Libyen Syrien Griechenland Italien bis nichts mehr in dem Kasten zu sehen ist wird wahrscheinlich keine Geschichte nur so eine Idee

wie lange habe ich schon kein Fernsehen mehr gesehen

»Das ist ihr roter Rucksack!«, sagt der Zugbegleiter und hält ihn Hannah hin. Hannah erschrickt, das gute Stück ist wieder da, ob sie

Sie springt auf, bedankt sich.

bin ich also schon so berühmt dass man mir meinen Rucksack nachträgt das Feuerwehrrot macht einiges her hab ich aus Paris vom Flohmarkt war nicht billig hat aber schon mehr als ein Dutzend Jahre

»Wir mussten alle Gepäckstücke durchleuchten. Hat ein paar Tage gedauert, man war sich nicht so sicher … aber gefunden haben wir nichts.«

Hannah entrüstet: »Was hätten Sie denn finden wollen?«

»In Ihrem Abteil war eine Bombe versteckt«, flüstert der Zugbegleiter, »wenn auch der Mechanismus nicht funktioniert hätte … Amateure aus dem rechten Lager, die schon geschnappt wurden.«

Schmerz wie glühendes Eisen in der Magengegend, Panik wie in tobender See im Hirn, Übelkeit, Würgen, stockender Atem.

Der leere Koffer, habe ich es doch geahnt. Nicht auszudenken, wenn der Mechanismus funktioniert hätte.

Hannah bedankt sich zum zweiten Mal. Dann schaut sie in den Rucksack. Alles da.

»Geben Sie endlich die Tür frei!«, kommt eine Stimme aus dem Lautsprecher. Herrisch. Zum dritten Mal die Aufforderung, Bahnhof Wolfsburg. Gleis 1.

Hannah van Bergen beobachtet den Mann, der in der Türöffnung klemmt. Ende 50. Verstrubbeltes Haar.

»Verstehen Sie kein Deutsch?«, ruft der Schaffner und schubst den Mann ins Wageninnere. Dann schließt sich die Tür.

»Sie haben die Abfahrt verzögert. Schämen Sie sich nicht? Ihren Fahrschein bitte!«

Als der Zugbegleiter das Ticket kontrolliert hat, umständlich, immer wieder einen Blick auf den Fahrgast werfend, sucht der Mann einen Platz. Gleich gegenüber von Hannah am Vierertisch im Großraumwagen. Und weint. Heult. Schluchzt. Kriegt sich gar nicht mehr ein.

Hannah versucht ihm ein Taschentuch zu reichen. Er hält beide Hände vors Gesicht. Und überlässt sich seinem Weinen. Kummer. Kaum auszuhalten.

Vielleicht hilft ein Buch.

Keine Chance. Traurig wie ein Leichenschmaus.

Nicht dran denken nur nicht dran denken

Er barmt. Flennt. Greint. Heult. Jammert. Hört nicht auf. Wird immer lauter. Er jankt. Klagt.

Ein Heulpeter.

Hannah schiebt ihm den Klassiker rüber und sagt: »Lesen Sie – das lenkt ab!«

Der Mann greift nach dem Buch, nachdem er sich langanhaltend die Nase geschnäuzt hat. Er schaut auf den Titel, dann legt er Hannahs Geschenk zur Seite, greift nach seinem Smartphone und telefoniert.

Hannah steht auf und setzt sich auf einen leeren Platz ein paar Reihen weiter hinten. Sie zieht die Kopfhörer auf und erfährt den Grund für diesen Klagegesang. Den Trauercode.

für mich gab es immer nur eine Möglichkeit schreiben oder nicht schreiben was anderes hätte ich mir nicht vorstellen kön-

nen wie ging noch die Geschichte von dem jungen Schriftsteller der 1934 im Pariser Exil völlig verarmte & nur noch einen Ausweg sah als man ihn in seiner schäbigen Kammer tot auffand lag ein Manuskript neben ihm auf dem Boden ein paar hundert Seiten gefüllt mit Buchstaben sinnlos & bedeutungslos aneinander gereihten Buchstaben eine Wüste an Sinnlosigkeiten

Eine Frau zieht Hannah die Kopfhörer von den Ohren.
»Was machst du denn hier, Hannah?«
»Ich fahre Zug.«
»Kommst du zum Klassentreffen?«
Sie erkennt zwar das Gesicht, aber kann ihm keinen Namen zuordnen.
»Hat ja kein Klassentreffen gegeben, wo du nicht Thema warst, Hannah. Schade, hast wirklich was verpasst. Wir hatten immer soooo viel Spaß.«
Wie heißt sie noch, denkt Hannah.
Die Mitschülerin hält sich die Kopfhörer ans Ohr.
»Ein Hörspiel? Wie altmodisch.«
Hannah erobert die Kopfhörer zurück und lässt sie in ihrem Rucksack verschwinden.
»Schreibst du noch?«
»Ja, sicher«, antwortet sie und dann fällt ihr auch der Name ein: Brigit.
»Warum bist du denn nie gekommen? Wir haben doch jahrelang …«
»Ich habe mich vor dem Abitur schon abgemeldet.«

»Klar, weiß ich doch. Aber du hättest doch trotzdem … Wir haben uns immer gefragt … oder warst du was Besseres, nur weil du dieses Buch geschrieben hast? Hab ich übrigens ein paar Mal gekauft und verschenkt, weil ich dich ja kannte. Worum ging es noch? Irgendwas mit Beschiss, oder? Unsere berühmte Mitschülerin und so, du verstehst. Hat immer großen Eindruck …«

Hannah hofft, dass Brigit sich schleicht, aber die bittet die Frau, die neben Hannah sitzt, um einen Platztausch … und schon sitzen sie nebeneinander.

»Eine von uns, die Wally, die hat Artikel, die über dich erschienen sind, gesammelt und in ein Album geklebt. In der letzten Zeit ist ja nicht mehr viel über dich …«

»Ist auch gut so«, unterbricht Hannah ihre Mitschülerin.

»Das wird ein Spaß, wenn wir heute Abend da zusammen auftauchen. Ich darf doch sagen, dass i c h dich mitgeschleppt habe, oder?«

»Ich komm nicht mit, Brigit, ich muss weiter nach Norden fahren.«

»Aber einen Abend wirst du doch für uns Zeit haben«, Brigit fasst Hannah fest an den rechten Unterarm. »Wir würden uns alle freuen.«

»Tut mir leid«, lügt Hannah, »ich werde in Flensburg erwartet, von meinem neuen Verleger. Das ist ein ganz wichtiges Treffen, da darf ich nicht fehlen.«

»Um was geht es denn in deinem neuen Buch?«, will Brigit wissen.

»Es ist eine ganz vertrackte Geschichte, kann man nicht in einem Satz zusammenfassen.«

Der Zugbegleiter kommt. »Die neu Hinzugestiegenen … Ihre Karte kenne ich … aber die Dame nebenan.«

Brigit zeigt ihren Fahrschein. »So bekannt bist du also, dass du nicht mal mehr dein Ticket vorzeigen musst. Chapeau, wie wir Franzosen sagen.«

Und dann erzählt Brigit von ihrem Leben mit ihren französischen Freunden und was für Villen die besitzen und in welchen Gegenden, Wein und Käse und Calvados, und dass sie es gut getroffen hat. Hier und da ein kleiner Job, mehr will sie nicht verraten, aber eine gewisse Berühmtheit habe sie auch …«

Sie erreichen die Hansestadt mit einer Viertelstunde Verspätung. DB – irgendwie passiert hier immer irgendwas.

»Ich muss rennen«, sagt Hannah, »sonst verpasse ich den Anschluss nach Hamburg, »grüß die anderen.«

»Wir treffen uns jedes Jahr. Immer am Tag des Mündlichen. Und schon zum 20sten Mal.«

Beinah hätte Hannah ihren roten Rucksack zurückgelassen, so eilig hatte sie es, Brigit zu entkommen. Mit einer schnellen Bewegung rudert sie zurück, schnappt ihn sich und drängelt sich durch die Aussteigenden. »Würden Sie mich bitte durchlassen. Ich habe es eilig, mein Zug nach Hamburg …«

»Was glauben Sie denn, wer Sie sind? Wir haben es alle eilig.«

»Das war das letzte Mal, dass ich mit der Bahn …« keucht ein mittelalter Herr.

»Und wenn du mal nach Frankreich kommst«, ruft Brigit ihr nach, »komm vorbei, wir haben immer ein Gästebett frei. Wir stehen im Telefonbuch. Würde mir Spaß machen. A bientôt.«

Wie gut, dass ich nicht mehr ihren Nachnamen weiß, denkt Hannah und rennt die Treppen hinunter. Der Zug nach Hamburg wartet noch.

manchmal stehe ich morgens vor der Anzeigetafel unschlüssig wohin es gehen soll kann es mir ja aussuchen west süd nord mal wieder nach Stuttgart ach je heute nicht oder Lengfeld war ich lange nicht ich stehe dann da in dem schönen Gefühl mich selbst zu überraschen wohin treibt mich der Tag & die DB nicht zu vergessen wohin weht mich der Zugverkehr & so kann es sein dass ich am Ende des Tages irgendwo ankomme wo ich morgens noch gar nicht hinwollte völlige Freiheit was für ein Privileg wer kann das schon von sich

die Begegnung mit dieser Brigit hoffentlich hat sie nichts mitgekriegt von meinem kleinen Experiment Hörspiel altmodisch dass ich nicht lache bald sind meine gefüllten Bücher schon wieder ausgegangen ich brauche Nachschub muss meinen Technikfreak anrufen wir haben ein Geheimzeichen ausgemacht wenn ich sage ich habe mir die Haare kurz schneiden lassen dann weiß er dass er die nächsten drei Bücher präparieren muss für gute Kohle versteht sich die Bücher habe ich aus der Bibliothek der Huneus-Sippe mitgehen lassen & meinem Spezi schon einen Schwung auf Halde gelegt

die Abendnachrichten sind deprimierend wenn das so weiter geht werden die Aufmärsche der Faschisten die allerdings noch keiner so nennt wieder zur täglichen Machtdemonstration die Bürger haben weiche Knie & beten dass nicht in ihrer Stadt dabei sind die Verblendeten durch nichts aufzuhalten jemand muss etwas tun & wenn ich es bin

> **An alle Rechten und Nazis, Identitären und "besorgten Bürger" -- und alle, die befürworten, was diese Woche in Chemnitz passiert ist:**
>
> "**Das ist nicht Euer Land.** Das sind nicht Eure Straßen. Hier werden keine Hitlergrüße gezeigt und erst recht keine Menschen aufgrund ihres Aussehens oder ihrer Herkunft gejagt. **Zu lange waren wir zu leise und haben Euch zugesehen.** Damit ist jetzt Schluss. Ihr könnt noch so oft 'Wir sind das Volk' brüllen - Ihr seid es nicht. **Ihr seid nicht Deutschland.** Ihr seid nicht Sachsen. Ihr seid nicht Chemnitz. Deutschland sind wir alle. Wir haben alle Hautfarben und Religionen, Wurzeln in der ganzen Welt und sprechen alle Sprachen dieser Erde. **Ab heute gilt: Die stille Mehrheit schweigt nicht mehr.**"
>
> *Bitte unbedingt und oft teilen!*

in den vielgelobten & vielverachteten sozialen Netzen endlich meldet sich die Mehrheit zu Wort die schweigt weil es viel bequemer ist die Klappe zu halten solche Posts machen Mut auch mir
    nein ich bin keine Stimme meiner Generation nein ich wollte es auch nie sein nein die können noch so oft fragen Sie bekommen keine andere Antwort immer wieder wurde die gleiche Frage gestellt wie kommt eine 17-Jährige dazu so einen Text rauszuhau-

en nur weil ich es gewagt hatte die Frage zu stellen: Wie wir um unsere Zukunft beschissen werden! Bei Lesungen in Fernsehsendungen von Kritikern immer wieder die gleiche Leier als wenn sie alle voneinander abschreiben & ich sollte dafür herhalten eine Stimme einer Generation zu sein die es vorher nie nachher nie gegeben hat eigentlich war mein Buch kein Roman sondern nur die Fortsetzung eines Songs von Kevin den er für die Punkband »the hard ones« geschrieben hatte:

die Alten fressen fetten Speck und kotzen uns Verbote
die Alten saufen unseren Wein und pissen uns ins Leben
die Alten springen frei herum und engen uns mit Zäunen
lasst euch nicht verarschen
glaubt doch nicht einfach jeden Scheiß
verlasst die goldenen Knäste

was ist aus Kevin geworden ich weiß es nicht wir haben noch ein paar Mal Trips unternommen Ostanatolien Nordspanien dann war die Liebeskraft zwischen uns aufgebraucht Kevin hat sich schnell mit einer neuen Freundin getröstet während ich es vorgezogen habe mich in eine Freundin zu verlieben das Coming-out war nicht besonders schwierig weil meine Alten überhaupt nichts dagegen hatten dass ich mit einer Frau zusammen lebe gelebt habe sie ist mitten im schönsten Italientrip in einer Trattoria vom Stuhl gekippt sie war sofort

»Wir brauchen deine Hilfe, Hannah.« Ein Mann steht vor ihr, lächelt so ein sunshine-smile. »Wer hat dieses Buch hergestellt?« Der Lächler hat die Stimme gesenkt. »Wir brauchen mehr davon, nur so kommen wir an die Leibgarde vom Erwählten ran … du verstehst.«

»Ich kann ihn fragen, aber werde dir auf gar keinen Fall seinen Namen nennen. Viel zu gefährlich.«

»Würdest du ihn denn für unsere … Sache fragen?«

Hannah van Bergen zögert. Schüttelt den Kopf. »Erst muss ich wissen, was ihr plant.«

Der Lächler stellt sein Lächeln ein.

»Das ist für uns zu gefährlich, sagtest du doch gerade. Wir brauchen zehn Bücher mit deiner Technik … mehr nicht. Was sollen sie kosten?«

»Was habt ihr vor?«, insistiert Hannah.

»Hartnäckig, wie? Wir wollen dem Erwählten einen besonderen Empfang bereiten, er soll seinen Trip nach Deutschland nicht vergessen.«

»Wird er es überleben?« Hannah weiß, dass sie diese Frage nicht beantwortet bekommt.

»Machst du es oder nicht?«

Sie sagt ganz leise: »Ich werde ihn fragen. O.K., aber das geht nicht bis übermorgen.«

»Wir haben noch sechs Wochen Zeit. Und noch eins: die Bücher müssen natürlich auf Türkisch sein, religiöse Titel, die sind unverfänglich … verstehst du.«

»Und wie können wir uns treffen … für die Übergabe.« Hannah ist schon wieder unsicher, ob sie dem Lächler vertrauen kann.

»Wir finden dich. Ich habe es ja auch diesmal geschafft, dich hier im Zug anzutreffen. – Und sag uns den Preis. Wir zahlen jede Summe.«

Dann erhebt er sich und verlässt schnell den Großraumwagen.

Hannah bleibt zurück. Warum nicht eine Aktion gegen den Erwählten unterstützen, denkt sie. Sie will die Übergabe dazu nutzen, mehr über das Vorhaben zu erfahren.

Woher bekomme ich religiöse türkische Bücher ohne mich verdächtig zu machen

Kinder fahren alleine im ICE – Der Zentralrat der Juden bekommt täglich Hassmails – Teenager schoss auf Touristen – Jagd auf einen Schwarzafrikaner endet tödlich – eine Überdosis Horror Schock jeden Tag

Ich bin nach Chemnitz gefahren IC kein Problem ziemlich leer als sei es Pestgebiet die Frau neben mir konnte nicht verbergen dass sie zu einer »Pro Chemnitz«-Demo wollte ab & zu murmelte sie Schwachsinn um mit mir ins Gespräch zu kommen bis es dann herausplatzte sie fühle sich aufgerufen mitzumarschieren im Trauermarsch für den ermordeten Deutschen – Deutsch-Kubaner verbesserte ich sie – wollte sie aber nicht hören

in Chemnitz stieg ich aus dem Zug mulmiges Gefühl jede Menge Nazis auf dem Bahnhof & ich dachte der Zug sei leer die saßen zusammen in anderen Wagen

dauerte eine Weile bis ich am Marx-Kopf ankam dass die den immer noch stehenlassen liegt wahrscheinlich an der SPD-OB & dann sah ich auch schon die Ärsche Männer drehten den Journalisten den Rücken zu um vor der Presse und der Polizei die Hosen runterzulassen Trauermarsch aha weil es so traurige

Ärsche waren die Stimmung voller Aggression ich spürte dass es nicht mehr lange dauern würde Mörder Mörder Mörder die Polizei hatte es nicht im Griff wie sie später behauptete Hass Hass Hass als sich dann die Reihen schlossen die AfD-Granden sich an die Spitze setzten blieb ich in sicherer Distanz hatte keine Lust auf Gerangel schon gar nicht zwischen die Fronten Wir sind das Volk Wir sind das Volk Wir sind das Volk ich habe noch mit den Gegendemonstranten die Hymne an die Freude gesungen unsere Stimmen klangen zaghaft verzweifelt dass der braune Schoß noch fruchtbar ist hier bei uns in Sachsen so begannen viele die ich gefragt habe hier bei uns in Sachsen ist es schlimm aber es ist doch im Rest der Republik genauso oder

Ich aß im »Shalom« & hörte mir an, was der Wirt Uwe Dziuballa berichtete: »Mir haben sie schon mehrfach die Scheiben eingeworfen & Parolen gerufen wie ›Hau ab aus Deutschland, du Judensau!‹ Einmal haben die mir einen Schweinskopf vor die Tür gelegt. Ganz im Stil der Mafia. Bierflaschen & Steine flogen häufiger in der Woche ins Lokal. Wie oft habe ich schon die Hakenkreuz-Schmierereien überpinselt. Jedes Jahr am 20. April gibt es eine telefonische Bestellung für 88 Gäste. Hat nicht lange gedauert, bis ich herausgefunden habe, dass damit eine klare Warnung verbunden war.« Uwe trägt die Kippa, obwohl der Zentralrat der Juden davor gewarnt hat. »Einmal kamen junge Männer am Shalom vorbei & haben mit der Hand auf die Gäste gezielt – wie mit einer Pistole.«

Was muss noch alles passieren damit die Mehrheit aufwacht die Aufmärsche von »Pro Chemnitz« AfD & Pegida werden mächtiger – alles aus dem Gleichgewicht – Sachsen sei ein braunes Gallien, sagt einer der Wortführer – diejenigen, die den rechten

Arm nicht unter Kontrolle halten konnten, seien von den Journalisten bezahlt damit die was zu filmen & zu hetzen hätten im Netz wurde mit Falschposts mobilisiert es sei um eine deutsche Frau gegangen die auf offener Straße vergewaltigt & als Männer ihr zur Hilfe alles erstunken & erlogen aber nicht mal die Polizei konnte schnell die die Meldungen korrigieren rasend schnell das Netz

leider bin ich in Chemnitz meiner Gewohnheit gemäß morgens in den Zug gestiegen & hab erst am nächsten Tag realisiert, dass ich abends bei der Kundgebung »Wir sind mehr« & dem Konzert hätte dabei sein können aber

im Großraumwagen war so viel los & mal wieder nur ein Thema: die Flüchtlinge sind an allem schuld

wie kommt es eigentlich dass alle Flüchtlinge an der Grenze schon ein eigenes Smartphone kriegen

denenwirddochallesvorne&hinten

hab es nicht mehr ausgehalten bin aufgesprungen & habe gerufen alle die den Flüchtlingen die Schuld geben hätten keine Ahnung warum die fliehen ich hab so laut gebrüllt dass erstmal alle baff waren zuhörten schon nach kurzer Zeit setzten die ersten Buhrufe ein

Hunger Massenelend Millionen in Flüchtlingslagern jedes Jahr über 3.000 Tote im Mittelmeer Kriege Vertreibung Völkermord Vergewaltigung Verzweiflung kein anderer Ausweg Flucht als letzte

hören Sie sofort auf, schrie eine Frau & die anderen stimmten zu ein Buh-Konzert unisono lautstarker Tumult der Zugbegleiter trat durch die Automatiktür & drehte gleich wieder ab als er mitbekam was hier los *nur ein Fahrgast verteidigte mich danke danke & plötzlich war auch die Frau wieder da die mich auf der Hinfahrt mit ihrem Pro-Chemnitz-Gesülze genervt hat*

65.000 oder mehr es muss ein Wahnsinnskonzert gewesen sein

Fantasien vom Umsturz blieben mir im Kopf il mondo va a sinistra so titelte mal die La Reppublica als ich noch in Rom lebte no no il mondo va a destra ma rapidissima

& dann wird geleugnet vom Ministerpräsidenten über den Innenminister zum Verfassungsschutzpräsidenten hat gar keinen Mob gegeben gar keine Hetzjagd gar nix die Fotos von den Verfolgungsjagden seien alle gefälscht eigentlich sei das eine echt demokratische Demonstration gewesen

»Wir haben Sie im Blick!«

Hannah van Bergen dreht sich um. In der Reihe hinter ihr sitzt ein Mann, mit halblangen Haaren, Brille auf schiefer Nase …

was hat er gerade gesagt

Hannah wendet sich wieder ihrem Tablet zu.

Hab mich bestimmt verhört.

»Wir haben Sie im Blick!«, wiederholt der Mann. Etwas lauter.

»Was wollen Sie von mir?«

»Ich? Nichts!« Entrüstet.

»Warum reden Sie dann so einen Quatsch?«

»Weil ich Sie warnen will. Wir haben Sie im Blick.« Wieder flüsternd.

»Dann blicken Sie mal schön.«

Er nimmt seine Brille von der Nase und reibt sich die Augen, gerade so, als müsse er einen Sandmann entfernen.

»Nehmen Sie das nicht auf die leichte Schulter.« Immer noch flüsternd.

Fistelige Stimme. Wie kalte Nadeln auf der Haut.

Hat der Typ etwas mit der Aktion gegen den Erwählten zu tun? Oder ist er ein rechter Sack, der ihren Auftritt im Zug neulich mitbekommen hat.

»Wir wissen zwar nicht genau, was Sie im Schilde führen. Aber wir …«

»Haben Sie im Blick!«, vollendet Hannah den Satz, schneller als ihr Hintermann. Sie wendet sich an die Frau, die neben dem Drohling sitzt. »Können Sie den Herrn mal fragen, was er von mir will?«

»Den kenne ich doch gar nicht«, erwidert die Frau.

»Ich auch nicht!«, sagt Hannah, »aber er belästigt mich.«

»Das höre ich auch. Geht mich aber nichts an. Ich würde gerne weiterlesen. Können Sie ihre Unterhaltung nicht im Speisewagen fortsetzen?«

Hannah entschuldigt sich.

»Sie spielen mit dem Feuer, junge Frau«, fistelt der Hintermann wieder. »Und das kann ins Auge gehen. Plötzlich explodiert …«

»Nun hören Sie aber auf!«, sagt Hannah so laut, dass es auch die anderen Reisenden mitbekommen.

Gezischel pst pst pst Ruhehier

Hannah dreht sich nochmal um. Schaut dem Hintermann lange ins Gesicht. Fixiert ihn. Der hält ihrem Blick stand. Ohne eine Miene …

Wie & dass
Wie die Reisenden im Zug versteinern
   Wie der Fernseher zerspringt & Nachrichten in Rauch aufgehen
   Wie die Tore der Banken aufgesprengt werden & sich ein Geldstrom ergießt der allen die Taschen füllt
   Wie ich mich langsam in einen Ofen verwandelt habe
   Wie sich eine Frau aus Trauer & Scham zwischen die toten Geflüchteten am Strand legt & stirbt
   Wie ein Gefrierschrank sich erkältet
   Wie die Wasserfälle zu Eis werden & die Kinder sie als Rutschbahn verwenden
   Wie ein Spion seine Nachrichten in einem Ei weitergibt
   Wie sich Blau in rot & schwarz in grün verwandelt & alle Farben ihre Farbe wechseln
   möchte ich schreiben
   aber ich lese
   Dass schon wieder die Asylantenheime brennen
   Dass Hetzjagd auf Afrikaner gemacht wird
   Dass jüdische Mitbürger auf offener Straße beleidigt werden weil sie eine Kippa tragen
   Dass die Rettungsschiffe im Mittelmeer die Ertrinkenden nicht mehr retten dürfen & ihre Kapitäne mit Gefängnis bedroht werden
   Dass der Hitlergruß ungeahndet bleibt
   Dass es Städte gibt in denen sich ausländische Frauen nicht mehr auf die Straße trauen

Dass ein Klima des Hasses in unserem Land
Dass & dass & dass
Was soll ich schreiben
Solange

SMS von Paps: »Der Präsident des Verfassungsschutzes tritt durch eine geheime Lügentür ins Freie und fällt auf ein weiches Samtkissen.« Hannah van Bergen zeigt einem Mitreisenden diesen Satz, der lacht so laut, dass dies die anderen im Großraum ansteckt. Wollenwirauchhören. Gemeinsames Gegackere, befreiend.

Wagen 7. Platz 66. Mal wieder hat sie es geschafft. Hier bleibe ich so lange sitzen, bis der Zug seine Endstation erreicht hat. »Bitte alle aussteigen. Achten Sie auf die erhöhte Bahnsteigkante.«

Manchmal träumt Hannah davon, dass sich ihre Zugleidenschaft endlich verflüchtigt, dieses obsessive Dahingleiten, die nutzlosen Verspätungen, die wiederkehrenden Lautsprecheransagen, dies Rattern und Zittern und harte Abbremsen und Anruckeln und Höchstgeschwindigkeitsfahren

einmal hat sie versucht zu addieren, wie viele Zugkilometer sie in einem Monat zurückgelegt hat, um dann zu errechnen wie viel sie in den beiden Jahren seit dem Schlussknall

es waren über 25.000 Kilometer im Monat wenn nicht mehr zwanghaft zweckhaft zwangshaft zwonghaft zwinghaft

seit Tagen habe ich keine neuen Wörter gefunden & notiert der letzte Eintrag war vor einer Woche seit dem letzten Zusammentreffen mit dem Lächler vielleicht mache ich mit wenn die dem

Erwählten einen sauberen Empfang bereiten hoffentlich taucht er bald wieder auf

»Waren Sie nicht gestern in Garmisch?«, fragt eine Frau, die versucht, ihr schweres Gepäck nach oben zu wuchten. Ein junger Mann hilft ihr, den silbrigen glänzenden Koffer im Gepäckfach zu verstauen.

»Nein, gestern war ich in Flensburg«, lügt Hannah, die tatsächlich gestern in Garmisch war. Umgehend stellt sich Angst ein.

»Ich könnte wetten, dass ich Sie gestern in Garmisch …«

»Sie müssen mich verwechseln«, unterbricht sie Hannah. »Ich habe ein Allerweltsgesicht.«

»Ist mir noch nie passiert, dass ich jemand verwechsele. Ich habe ein fotografisches Gedächtnis.«

»Ach, Sie machen heimlich Aufnahmen von mir.«

»So wie Sie heimliche Aufnahmen von Gesprächen im Zug machen.«

»Woher …« Hannah stockt der Atem. Wer ist diese Frau?

»Warum haben Sie ihr Vorhaben denn eingestellt? War doch so eine großartige Idee, Volkes Stimme ungefiltert aufzuzeichnen.«

Hannah van Bergen überlegt, ob sie noch eins der gefüllten Bücher in ihrem roten Rucksack … nein, nichts mehr. Und auch die religiösen Bücher auf Türkisch hat sie nicht dabei. Sie will sie dem Lächler nicht einfach so überlassen, sondern ihn damit locken, dass er mit ihr den Zug in der Hansestadt verlässt, um die Bücher zu bekommen, dann will sie genaues über die geplante Aktion gegen den Erwählten erfahren.

die Welt am 17. Jahrestag von nine-eleven – a turning point in world history – hat sich jemand aufgeregt?

Seit dem ersten Kriegsjahr ist die Küstenstadt Latakia von Hunderttausenden überschwemmt worden, die auf der Flucht vor dem Krieg vom syrischen Regime in Zeltstädten am Strand untergebracht waren. Ich ging täglich zum Meer, jeden Sommer, um das Geschehen dort zu verfolgen, Jahr um Jahr. Und ich fand dort eine stetig wachsende Zahl von Frauen und Männern, die im Gesicht trugen, was später als »Narrenbrillen« bezeichnet wurde: Ferngläser aller Art und allen Alters, Kinderbrillen, Schwimmbrillen, Armeebrillen. Und zuweilen Brillen aus zwei langen Röhren oder einfach ein Monokel aus Vergrößerungsgläsern. Ein absonderlicher Anblick.

Als ich nach dem Grund fragte, sagte man mir, es seien Mütter und Väter derjenigen, die versucht hatten, in nicht seetauglichen Booten das Mittelmeer zu überqueren und ertrunken waren. Mit diesen verrückten, traurigen und gefügigen Hilfsmitteln und mit einer schmerzlichen Ergebenheit warten sie darauf, ein Boot, eine Leiche oder einen Sohn auf den Wellen treibend zu sehen.

(Adel Mahmoud)

Zustandsbericht eins: ich fahre Zug jeden Tag jede Stunde & bringe nichts zustande zwei: ich habe mein Experiment aufgegeben drei: ich bin hin & hergerissen von den Katastrophen & dem Gejammere auf bundesdeutschem Niveau vier: mir geht der Halt verloren fünf: ich taumele zwischen den Zügen auf Bahnsteigen wartend sechs: möchte mich nicht einreihen in diese verlorene Generation die beschissen wurde um eine menschliche Zukunft sieben: vielleicht sollte ich das

Zugfahren einstellen weil es mich nur davon ablenkt acht: als Verkäuferin bei Emma hätte ich einen Fixpunkt neun: noch mal zwei Jahre umherreisen schaffe ich nicht zehn: es gibt keinen Weg zurück in das ruhige Fahrwasser meines früheren Lebens

Hannah blickt auf die Hundemarke, die ihr hingehalten wird. »Folgen Sie uns unauffällig!« kommt eine weibliche Stimme von hinten. Sanft wird sie aus dem Sitz gehoben. Jemand nimmt ihr Gepäck vom Boden und drängt sie zum Gehen.

Drei bis fünf Jahre hatte Paps mir prophezeit, aber wer sagt denn, dass du auffällst. Malsehenwassiemiranhängenwollen.

Eine Taschenkontrolle wird nichts bringen: ein paar Bücher, Tablet, Kopfhörer, alles clean. Keine gefüllten Bücher. Hintereinander marschieren sie durch den Großraumwagen 7, müssen über Gepäckstücke steigen, die im Gang gestapelt sind.
 Wer hat sie verpetzt? Die Frau, die sie neulich so unverblümt auf ihr Experiment angesprochen hat.

Werweißmalsehenwaskommt ...

Wagen 6 Wagen 5 jeder Platz besetzt, weil vorher ein Zug ausgefallen ist, Überfülle, schlechte Luft, die Klimaanlage schafft es in diesem Sommer nur selten.
 Stopp! Der Zugbegleiter hält sie an, kontrolliert die Fahrkarten, zu Hannah: »Sie müssen mir Ihre Bahncard nicht mehr zeigen.«

Vielleichtwollendieauchnureinen Kaffeemitmirtrinken.

Als Hannah sich umdreht, sieht sie, dass sie nicht nur von der Frau mit der sanften Stimme begleitet wird, sondern gleich von mehreren Anzugträgern. Alle in Zivil.
Was für eine Ehre.
»Nun gehen Sie schon weiter!« ruft eine ungeduldige Frau, »oder lassen Sie mich vorbei. Ich muss dringend …«
»Bitte sehr«, Hannah streckt ihre Hand aus. Soll ich um Hilfe bitten.

Achwasdiekönnenmirgarnichts.

Im Bistrowagen drängeln sich die Biertrinker und Kaffeesierer, kaum ein Durchkommen.
»Wir sind gleich da«, sagt die sanfte Stimme.
Erste Klasse, soso.
Nun ist Hannah doch aufgeregt.

Nur keine Panikattacke. Stur bleiben. Ich kann immer noch Paps anrufen. Seitdem er das Katastrophenhaus nicht mehr verlässt …

In einem Abteil sitzt der Lächler. Alleine.
Hannah erstarrt.

WaswirdhierfüreinMummenschanzaufgeführt

»Nimm doch Platz, Hannah!«, sagt der Lächler. Er trägt ein Hawaiihemd, offen. »Wir müssen uns ein bisschen tarnen. Aber hier sind wir sicher, alles unsere Leute, sind eingeweiht.«
Hannah bleibt stehen, das Begleitkommando ist verschwunden. Er zieht sie auf den Sitz neben sich.

»Sag mir, warum willst du immer im Wagen 7 auf Platz 66 sitzen?«

»Privat«, erwidert Hannah, die mit dieser Frage nicht gerechnet hat.

»Aber mir kannst du es doch verraten, wenn wir gemeinsam eine Aktion machen wollen. Ich muss wissen, woran wir sind. Wir können niemanden gebrauchen, der von irgendetwas getrieben …«

»Privat, habe ich schon gesagt, oder?« Hannah braust auf.

»Ok, ok, wenn du es nicht sagen willst.«

»Ich hätte auch eine Frage …«

»Nein, erst bin ich dran. Hast du die Bücher mit den Minisendern besorgt?«

»Ja.« Hannah spricht ganz leise. »Aber ich werde sie dir nur geben, wenn ich erfahre, was für eine Aktion … immerhin soll ich ja …« Sie stockt.

Das Lächeln.

Freundlichschmierigoffenhinterhältig

»Hier kann keiner mithören, Hannah. Aber du darfst niemand einweihen. Solltest du, was ja immer noch nicht geklärt ist, für irgendeinen Dienst arbeiten …«

»Was unterstellst du mir?«

»Ich? Nichts! Könnte aber doch sein …«

»Ich gehe.« Hannah springt auf.

»War nicht so gemeint. Wir müssen halt wirklich klandestin vorgehen, wenn du weißt, was ich meine.« Der Lächler hält sie am Arm. Fester Griff.

Schmerzhaft. Wird blaue Flecken geben

»Die Aktion, davon wolltest du sprechen.«
»Es soll eine Überraschung werden.«
»Für den Erwählten?«
»Für den Erwählten!«
Der Lächler zieht sie wieder auf den gepolsterten Sitz, rückt ganz nahe an Hannah heran. Lässt ihren Arm nicht los. Sie kann seine Körperausdünstungen riechen.
»Wir bilden eine Jubeltruppe für den Erwählten. Wenn er auf Staatsbesuch kommt, werden wir mit 30 bis 50 türkischen Genossen zusammenstehen und ihm zujubeln. Als seien wir seine größten Fans, Fahnen, Sprechchöre, die ganze Arie. Wir werden so laut sein, dass er uns nicht überhören kann und uns bestimmt die Ehre erweist, kurz zu uns zu kommen. Und dann …«
Die Abteiltür wird aufgeschoben. Die sanfte Frau: »Noch sieben Minuten, dann müssen wir aussteigen.«
»Ich hab das im Blick«, erwidert der Lächler. Barsch.
»Und dann?«, fragt Hannah.
»Eine verschleierte Frau wird dem Erwählten einen Blumenstrauß überreichen. Wenn er ihr die Hand gibt, dann passiert es. In der Hand der Frau wird ein Mechanismus ausgelöst, der unseren Staatsgast über eine Düse mit Scheiße bespritzt.«
Ersticktes Lachen. Mehr bekommt Hannah nicht heraus. Sie denkt an ihre Geschichte, allesnurGeredeundamEndepassiertgarnichts.
Kaum noch vernehmbar hat der Lächler die letzten Sätze von sich gegeben.

»Wenn du willst, kannst du eine der Jungfrauen spielen. Wird bestimmt ganz spaßig. Auf jeden Fall werden die Bilder um die Welt gehen.«

»Was sollen meine Bücher dabei? Das verstehe ich noch nicht …«

»Die werden wir von einem Imam an die Leibwächter verteilen lassen, damit wir mithören können, was die vorhaben.«

Der Lächler erhebt sich. »Wir müssen los. Ich hole die Bücher bei dir ab.« Hannah protestiert, noch habe sie doch gar nicht …

»Machst du mit?«

schon zum dritten Mal ist in dieser Woche der Wagen sieben ausgefallen kaputt verloren gegangen geklaut gerade so als habe sich die DB gegen mich verschworen sobald das Wort gestohlen im Großraum Deutschland erwähnt wird geht es los mir ist auch schon dreimal ein Fahrrad geklaut worden stellen Sie sich vor bei unserem Nachbarn wurde der Wagen aus der Garage gestohlen nichts ist sicher kann es nicht fassen bin schon aus der Versicherung rausgeflogen weil wir mehrere Fälle in der Familie hatten Sicherheit gibt's gar nicht mehr überall wird geklaut gerade so als sei es ein neuer Sport nicht nur die 80-jährige die im Park überfallen wurde der man die Halskette wegreißt ist nichts mehr sicher nichts mehr sicher zehnmal am Tag

Gerade als in Hannah den Zug besteigen will, wird ihr eine Binde über die Augen gestülpt. Sie hört hinter sich eine Stimme: »Wenn Sie sich nicht wehren, geschieht Ihnen gar nichts.« Hannah wehrt sich nicht und wird abgeführt.

»Wir müssen Ihnen die Augen verbinden, tut uns leid, aber so sind die Vorschriften.«

»Wer schickt Sie?«

»Terroristen-Abwehr. Es ist Eile geboten.«

»Ich bin keine Terroristin.«

»Das wissen wir!«

»Und warum werde ich dann so behandelt?«

Hannah würgt, ein elendes Gefühl, ein demütigender Überfall, sie würde sich wehren, aber sie weiß nicht, wie das in dieser Situation geht.

»Wohin führen Sie mich?«

»Warten Sie es ab. Der Mann, der sie befragen wird, heißt Klaus.«

»Klaus und weiter?«

»Das muss reichen.«

»Mir reicht das nicht!«

Sie wird in einen Transporter geschoben, dessen Scheiben geschwärzt sind, die Binde wird ihr abgenommen. Ein junger Mann mit kräftigem Schnäuzer reicht ihr die Hand. Die Hannah verweigert.

Auf jeden Fall will ich als erstes mit Paps sprechen, bevor ich irgendeine Aussage mache, denkt sie. Die Personalien, nur die Personalien, wie oft hat er ihr das eingebläut. Mal sehen, was sie mir anhängen wollen …

»Kennen Sie diesen Mann?« Er hält ihr eine Fotografie hin.

Der Lächler.

»Sie kennen also den Mann? Das sehe ich schon an Ihrer Reaktion. Wir sind diesem Mann auf den Fersen und wir brauchen Ihre Hilfe.«

»Wieso meine Hilfe?«

»Wir sind über den ganzen Vorgang informiert, wissen, was diese Gruppe, oder sollte ich sagen, Bande vorhat, wir müssen das Attentat verhindern.«

Hannah lacht auf. Erst ein wenig verhalten, dann lauter. »Das bisschen Scheiße …«

»Was hat er Ihnen erzählt? Lassen Sie uns mit offenen Karten spielen, wir haben nicht mehr viel Zeit, um das Ganze ohne Blutvergießen zu beenden. Ich sage Ihnen, was wir wissen und Sie sagen uns, was bisher zwischen Ihnen und dieser Gruppe vereinbart wurde.«

Hannah sträubt sich, hat keine Lust, diesen Lächler hinzuhängen … »O. K., deal! Fangen Sie an!«

Klaus, oder wie immer er heißt, berichtet, dass diese Zelle, wie er sie nennt, ein Attentat auf den türkischen Präsidenten plant. »Der Mord am türkischen Präsidenten während seines Staatsbesuchs in Deutschland wird mit Sicherheit eine unglaubliche Welle des Protestes der türkischen Bevölkerung auslösen. Es wird zu gewalttätigen Ausschreitungen kommen.«

Hannah schwindelt, *woistsiedahineingeraten*, ein Anschlag mit Todesfolge … Es sah doch alles so spielerisch aus, ein bisschen Scheiße versprühen und den Erwählten lächerlich machen.

Wasistschondabei …

»Wir haben es hier mit einer rechten Terrorzelle zu tun, die seit Jahren versucht, durch Anschläge die Bevölkerung aufzuwiegeln und so den Kampf gegen die Ausländer anzufachen. Dieser Mann ist einer der zentralen Anführer.«

Hannah starrt auf das Bild. Hat sie den Lächler völlig falsch eingeschätzt.

»Wann werden Sie ihm die präparierten Bücher übergeben?«

»Er will sie bei mir abholen.«

»Das glaube ich Ihnen nicht. Sie werden ja die Bücher bestimmt nicht immer bei sich tragen.«

»Mehr kann ich nicht sagen, das war aber seine erklärte Absicht. Hat er beim letzten Treffen …«

»Wir werden Sie rund um die Uhr beschatten müssen, tut uns leid, das sind die Vorschriften. Wir müssen den Weg der Bücher verfolgen, um an die ganze Zelle heranzukommen. In dem Moment, in dem die Bücher aktiviert sind, können wir sie unschädlich machen.«

»Was ist meine Rolle dabei?«

»Sie übergeben die Bücher wie verlangt. Aber dürfen sich nichts anmerken lassen.«

»Das ist alles?«

»Im Moment ja. Sie müssen weiterhin so tun, als würden sie das Märchen von einer … Spaß-Aktion glauben …«

»Er hat mir angeboten, sogar dabei mitzumachen.«

»Das würde ich Ihnen nicht raten. Finden Sie einen Grund, warum Sie doch nicht mitmachen können … Sie haben plötzlich Angst, oder keine Zeit … Wie auch immer, Sie sollten nicht dabei sein, wenn es denn überhaupt dazu kommt, und es uns nicht gelingt, diese rechte Bande aus dem Verkehr zu ziehen, bevor es zu Schlimmerem …«

Hannah erfasst ein Zittern, wie sie es schon Jahre nicht mehr gespürt hat. Was dieser Klaus oder wie immer er heißt, gesagt hat …

darf er mich überhaupt in eine solche Strategie einbeziehen, oder ist die ganze Sache erstunken und erlogen, sie klingt so unwahrscheinlich, dass sie schon wieder wahrscheinlich sein kann.

»Außerdem möchte ich Sie darauf hinweisen, dass Ihre Abhöraktionen einen Straftatbestand darstellen …«

Der junge Mann reicht ihr ein fotokopiertes Blatt:

```
StGB § 201 - Verletzung der Vertraulichkeit
des Wortes
```

(1) Mit Freiheitsstrafe bis zu drei Jahren oder mit Geldstrafe *wird bestraft, wer unbefugt*
1. *das nichtöffentlich gesprochene Wort eines anderen auf einen Tonträger aufnimmt* oder
2. eine so hergestellte Aufnahme gebraucht oder einem Dritten zugänglich macht.

(2) Ebenso wird bestraft, wer unbefugt
1. *das nicht zu seiner Kenntnis bestimmte nichtöffentlich gesprochene Wort eines anderen mit einem Abhörgerät abhört* oder
2. das nach Abs. 1 Nr. 1 aufgenommene oder nach Abs. 2 Nr.1 abgehörte, nichtöffentlich gesprochene Wort eines anderen im Wortlaut oder seinem wesentlichen Inhalt nach öffentlich mitteilt.

Da hat Paps mit dem Paragrafen gar nicht so falsch gelegen, er ging aber davon aus, dass ich nicht erwischt werde.

»Wollen Sie mir damit drohen?«

»Tut mir leid, aber das sind unsere Vorschriften, müssen Sie verstehen. Wir werden das Delikt nicht weiterverfolgen, wenn Sie mit uns kooperieren.«

»Wenn ich so tue als ob, meinen Sie?«

»Das kann doch nicht so schwer sein. Tun Sie einfach so, als hätten wir beide nicht miteinander geredet. Dann sind Sie aus dem Schneider.«

»Und das soll ich Ihnen alles glauben?«

»Ich könnte Sie auch verhaften lassen, wenn Ihnen das lieber ist…«

»Also doch eine Drohung…«

Hannah gibt den Auszug aus dem Strafgesetzbuch dem Mann zurück. Sie ist noch immer nicht davon überzeugt, es mit einem Beamten einer staatlichen Anti-Terror-Einheit zu tun zu haben. Aber was bleibt ihr übrig … Jetzt fällt ihr ein, dass sie zunächst ihren Vater hätte anrufen sollen, sie war einfach zu überrascht, überrumpelt, perplex …

»Sie können jetzt gehen, tun Sie so, als sei nichts geschehen, händigen Sie die Bücher aus und das war's – ist doch ein leichter Job, oder?«

Als Hannah wieder auf dem Bahnsteig steht, kommt es ihr so vor, als sei sie aus einer anderen Welt zurückgekehrt.

Wagen 7 8 12 14 17 21 fallen heute aus in umgekehrter Reihenfolge diesmal ohne Bistrowagen bitte beachten Sie die Verspätung keine behindertengerechte Toilette in Wagen 23

oder bleiben Sie gleich zuhause sage ich nicht mal leise

mit Mühe finde ich einen Platz obwohl alle Reservierungen ausgefallen behauptet jeder seinen Sitzplatz verteidigt ihn mit Krallen & Klauen

eine Frau mit zwei Kindern kommt herein & muss im Gang stehen weil alles so überfüllt ist der Jüngere ist ganz aufgeregt & juchzt als sei er auf einem Kindergeburtstag beim Sackhüpfen
    können Sie den Kleinen nicht stillhalten wir sind hier im Ruhebereich wird die Mutter angezischt
    der Kleine fährt zum ersten Mal IC der freut sich so doll
    Kinder haben hier gar nichts zu suchen
    nun wird die alte Schachtel ausgezischt die aber keine Ruhe gibt teures Ticket kein Sitzplatz mehr alles überfüllt nicht wie früher als sie & dann auch noch Kinder im Zug
    wollen Sie denen das Zugfahren verbieten
    wenn sie sich so fürchterlich aufführen
    der Schaffner kommt & was macht er er nimmt die Mutter mit den beiden Kindern mit sich in die Erste Klasse Beifall auf offener Strecke 3 Minuten später Vollbremsung wg. Personenschaden

Kein schöner Land in dieser Zeit stilles Tal allzumal und unsern kranken Nachbarn auch

was ist das für ein Land in dem Diktatoren herumspazieren dürfen auf roten Teppichen bankettieren beim Bundespräsidenten bankrottieren auch wenn die Mienen eisig sind & die Täler tiefer als weit auch wenn betont wird ja was denn
    was ist das für ein Land der Heuchler & Heuchlerinnen die so staatstragend vor sich hinschreiten immer in der Angst ihre

Macht zu verlieren & die dann auch noch einem Diktator die Bühne geben sich von seinem unterdrückten Volk bejubeln zu lassen wenigstens durfte er nicht öffentlich auftreten

sie haben es nicht geschafft was immer sie vorhatten wahrscheinlich sind sie längst eingebuchtet weggeschlossen vorsorglich verhaftet ob es sich wirklich um Rechtsradikale gehandelt hat keine Ahnung was blieb mir übrig

ich stand am Rand & hatte meine gefüllten Bücher geliefert & gesagt ich könne an der Aktion nicht teilnehmen weil mein Vater schwer erkrankt sei was ja auch irgendwie stimmt

der Erwählte durfte sich in der Pressekonferenz ausmehren über die freie Justiz in seinem Land wo 70.000 im Gefängnis stecken wo pressefunkmedien alles verboten durfte den Deutschen frech ins Gesicht lügen & dabei kam er doch nur wegen

ich habe drei Tage alle Nachrichten gesehen & mich geschämt dass unsere Regierung schon wieder so korrumpierbar ist Waffenlieferungen gegen Freilassung eines Oppositionellen Milliarden gegen Millionen syrischer Flüchtlinge in lebensfeindlichen Lagern eine einfache Gleichung & ein Diktator dem der rote Teppich ausgerollt wird & der

haben wir denn gar nichts

ich wollte nach Köln fahren zur Demonstration gegen den Erwählten aber unser Zug wurde schon in Hagen ausgerechnet Hagen gestoppt ohne Begründung kein technischer Schaden kein Herbststurm keine defekte Oberleitung & auch kein Personenschaden oder ein Lokführer mit Magenverstimmung der den Totmannschalter nicht mehr bedienen kann nichts aber eben auch gar keine Durchsage 2 Stunden lang Tonausfall total ein stetig ansteigender Aufstand in Abteilen & dabei waren die Türen geschlossen wir waren eingesperrt danke DB wir haben verstanden

SMS von Paps: »Make America white again. Amerikanischer Präsident erstickt am Eigenlob, nachdem er einen Vergewaltiger als Obersten Richter inthronisiert hat.«

Was soll ich schreiben wenn Handeln gefordert ist was soll ich erfinden wenn alles schon erfunden ist was soll ich formulieren wenn alles vorformuliert verhackstückt wird wie sinnlos ist mein Unterfangen wie viel Kraft hat es gekostet ohne zu einem Ergebnis zu führen vielevieleviele Ideen & nicht einen brauchbaren Text immer wieder lese ich über Bücher ein Haufen von Belanglosigkeiten & Comedian-Quatsch überall irres Gelächter ja klar die Leute wollen lachen nur zum Lachen gehen sie noch zu Lesungen ein dauerndes Gekichere Gelächter Gepruste gerade so als sei das die einzige Form von Literatur die überleben kann & die sich noch bezahlt macht einmal habe ich darauf gewartet wann der erste Lacher im Publikum kam es dauerte genau 90 Sekunden & ab da wurde ständig gelacht in dieser Lesung wer keine Lacher hat hat auch keine Existenzberechtigung mehr so viel steht fest

»Und du hast denen geglaubt? Wie naiv bist du eigentlich?« Der Mann, der über dem offenen Hawaiihemd einen schwarzen Janker trägt, auf dem Kopf eine Schlägermütze, stellt sich Hannah in den Weg. Gerade als sie den Zug nach Norden besteigen will. »Jedenfalls hast du uns zu ein paar Tagen verschärfter

Haft verholfen, schönen Dank auch.« Er hält sie am Arm, fester Griff. Noch vom letzten Zusammentreffen hat sie blaue Flecken.

Wiehatermichschonwiedergefunden

»Die selbst ernannten Staatsschützer hatten nur ein Ziel: Ruhe im Puff, keinerlei medienwirksamen Aktionen gegen den Erwählten, Grabesstille, die eine genehmigte Demo in Köln weit ab vom Schuss, und du hast unseren schönen Plan vereitelt. Ja bravo!«

WerdeichdenndauerndvonallenSeitenüberwacht?

»Hast du dir den wenigstens mal einen Ausweis zeigen lassen? Da nehmen dich ein paar Kerle hopp und du plauderst wie ein Losverkäufer ... großartig, einfach großartig ... und wir haben es auszubaden.« Der Mann, den sie als sanften Lächler kannte, fährt sie an, ohne Rücksicht auf die nachdrängenden Fahrgäste. »Es hätte alles klappen können, wenn du nicht ... Ich dachte, du stehst auf unserer Seite ... Wenigstens konnten die Typen uns nichts anhängen ... weil ja nichts Illegales passiert ist ... nochmals schönen Dank.«

Er hebt die Hand, als wollte er sie schlagen. Dann lässt er sie sinken, abschätzig, wegwerfende Geste, verächtlich, niederschmetternd. Schnaubt durch die Nase und gibt den Einstieg frei.

Eiskalte Abfuhr. Fehlt nur noch die schwefelige Wolke, denkt sie.

Ab nach Norden!

ich werde mit der Leiche anfangen nochmal ganz von vorne aufschreiben wie es mir ergangen ist als meine Mutter in die Luft gesprengt wurde wie es uns alle zerrissen hat wie wir stumm waren & geschrien haben alle Kraft verloren & kaum noch auf den Beinen stehen konnten wie wir

sie war immer mit dem Auto unterwegs & einmal steigt sie in einen Zug & da geschieht das Ungeheuerliche am falschen

manchmal bin ich soweit gewesen mit meinem Vater die schwarzen Absichten zu teilen & gemeinsam abzutreten aber mir fehlt der Mut zu so einer Handlung bei Paps bin ich mir nicht so sicher

Zug nach Terroranschlag entgleist – Ein Großraumwagen atomisiert – Größtes Zugunglück nach 1945 – 220 Tote, an die 900 Verletzte

der Schlussknall

Am Anfang war die Verzweiflung und die war

Teil 2
Wolfgang van Bergen

Die Wahrheit ist, daß mir auf Erden nicht zu helfen war.
(Heinrich von Kleist)

Kapitel 1

Der nackte Hüne taumelt. Wirbelt mit beiden Armen herum. Seine Maske verrutscht. Reißt das Gin-Tonic-Glas in die Höhe. Die blasse Flüssigkeit samt Eiswürfel spritzt in einer Fontäne heraus. Das Glas zersplittert hinter der Bar. Er kippt zur Seite. Wie von einem elektrischen Schlag getroffen. Wirft den Hocker um. Und knallt auf den Boden. Sofort greifen viele Hände nach ihm.

Nur Stacho bleibt ruhig. Schnalzt mit der Zunge. Ändert seinen Blickwinkel ein paar Mal. Schnalzt wieder. Als würde er eine der nackten Frauen auf sich aufmerksam machen wollen.

Nach ein paar Minuten hat der blonde Hüne das Bewusstsein wiedererlangt. Er lässt sich auf die Beine helfen. Versucht ein Lächeln. Was misslingt. Klammert sich an die silberne Stange der Bar. Versucht auf den Barhocker zu gelangen. Was ebenso misslingt. Zwei Frauen stützen ihn. Dann kauert er auf dem lederbezogenen Hocker. Wirft unruhig den Kopf hin und her. Er will etwas sagen. Bringt keinen Ton heraus.

Was für ein Fang, denkt Stacho. Schon am dritten Abend ist ihm ein kapitaler Fisch ins Netz gegangen. Wie er da in sich zusammengesunken an der Bar sitzt. Eingeknickt. Der Medien-Hüne. Gefällt von scharfem Sex und pikanten Getränken. Keiner wagt ihn anzusprechen.

Er wird von zwei nackten Männern in die Umkleide gebracht. Stacho schnalzt noch einmal mit der Zunge. Folgt dem Trio. In einigem Abstand. Kann sich nicht leisten jetzt entdeckt zu werden. Verharrt hinter einem Spind.

Die Männer sind zurück in den Spiel-Salon gegangen. Stacho bleibt in Deckung. Er hat seine Fotos. Was für ein Fang.

Erotik69, ausgestattet mit Separees, Betten. Massage-Düsen im warmen Pool. Saunen und Duschen. Eine Bar im Zentrum des Clubs. Nischen und Ecken, Polsterkissen auf dem Boden.

Erotik69 in der Herzogstraße. Der Club, der damit wirbt, dass Professionellen der Zutritt verwehrt ist. Monatsbeitrag: 500 €. Schnell waren 69 Mitglieder gefunden. Aufnahmestopp.

Stacho hat bei der Registrierung als Beruf stellvertretender CEO einer Versicherungsfirma angegeben, Jahresgehalt: 250.000 €. Die Adresse, die er im Club benutzt, gehört seinem älteren Bruder, der sich seit Jahren in Saudi-Arabien aufhält.

Erst als der Hüne schwankend die Umkleide verlassen hat, taucht Stacho aus der Deckung auf. Er schiebt den Chip aus der Mikro-Kamera in sein Tablet, das er aus seinem Spind geholt hat. Die Fotos sind brillant.

Unter Strafe ist es verboten, im Club Erotik69 zu fotografieren. Stacho hat eine Neuerwerbung aus China. Die Kamera, nicht größer als ein Mantelknopf, befindet sich in einem Piercing seiner linken Brustwarze. Der Auslöser reagiert auf ein akustisches Signal: Ein kurzes Schnalzen mit der Zunge.

Medien-Hüne auf Abwegen. Der Medien-Hüne k.o.?

Stacho will noch in der Nacht mit der Auktion seiner Fotos beginnen. Nur keine Zeit verlieren. Die Nachricht vom Zusammenbruch wird sich schneller verbreiten als Quecksilber.

Der Medien-Hüne war und ist immer eine Nachricht wert. Wo er auftritt, wird er schnell zum Mittelpunkt einer Gesellschaft. Jeder will ihm nahe sein und etwas von seiner Prominenz erhaschen. Ob auf dem Bundespresseball oder bei einer privaten Fete. Der blonde Moderator hat selbst Nachrichtenwert.

»Ich hab ein Bild von Paulsens Knock-Out im Sex-Club.«
»*Are you kidding?*«
»Ich war vor Ort.«
»In einem Sex-Club? Stacho, du?«
»Sex-Club Erotik69, Herzogstraße 13. Erst vor einem Monat aufgemacht. Und er war da.«
»Wie viel?«
»Ich schicke dir ein Bild rüber.«
»Erst will ich wissen wie viel.«
»Der Preis ist Verhandlungssache.«
»Schick das Foto. *Now!*«

Stacho wählt ein Foto aus, auf dem der maskierte Hüne neben den schönen Nackten steht. In einiger Entfernung. Es dauert keine 5 Minuten, bis der Redakteur zurückruft und ein hohes fünfstelliges Angebot macht.

24 Stunden später wird die Leiche von Hans-Joachim Stachowski gefunden. Hinter einem Müllcontainer.

16.6.
Ein Tag wie der andere. Keine Besserung in Sicht. Die Vorhänge zugezogen, damit kein Sonnenlicht die schwarze Stimmung beleuchtet. Alle Strohhalme geknickt. Stunden in der Dunkelheit ausharren. Warten auf die Chemie-Keule. Alle Auswege versperrt. Bis auf einen.

Kapitel 2

Arthur Paulsen erwacht in Panik. Kurze Blitze. Aufflackerndes Rot. Er versucht, die Augen zu öffnen. Die Lider kleben auf den Augäpfeln. Bleischwer. Immer wieder dieses Rot, aufblinkend, im steten Rhythmus. In seinem Kopf heißer Wirbel. Was hat ihn aus der Bahn geschleudert? Er versucht, die Arme zu heben. Nichts zu machen. Nebel im Kopf, Körper lahmgelegt. Es stellen sich ihm Fragen, auf die Arthur Paulsen keine Antworten weiß.

Ganz vage erinnert er sich daran, dass er gleich nach der Sendung einer Frau gefolgt ist. Wohin? Warum bin ich nicht nach Hause gefahren? Hab ich sie noch im Sender getroffen oder auf dem Parkplatz? Danach totaler Filmriss. Und viele weitere Fragen.

Arthur Paulsen versucht, seine Beine zu bewegen. Eingeschnürt wie ein Paket. Fertig zum Versand ins Nirwana.

Er ist nie ein Lahmflügler gewesen. Wo immer es etwas zu riskieren gibt, ist er dabei. Im Casino Stammgast, illegale Spielsalons, umso besser, auf der Rennbahn, immer auf Außenseiter gewettet. Eine Zeitlang ist er in der DTM-Klasse mitgefahren. Skifahren, die steilsten Abfahrten, Paragliding, Rafting, Bungee-Jumping. Unter und über Wasser ging er jedes Risiko ein. Genoss das Leben in vollen Zügen, so sehr er durch seine Prominenz auch eingeschränkt ist. In Restaurants setzt er sich mit dem Rücken zu den anderen Gästen.

Das Hotelfrühstück nimmt er auf seinem Zimmer ein. Wenn er mit der Bahn reist, lässt er sich von der Produktionsabteilung ein gesamtes Erster-Klasse-Abteil reservieren, zieht nach Betreten sofort die Vorhänge zu. Er mag es zunehmend weniger, ständig von anderen begafft, angequatscht, fotografiert zu werden. Seit es diese Selfies gibt, ist alles noch weniger erträglich geworden. Wenn er auf einem Ball erscheint, einer privaten Einladung, auf einem Empfang, einer Vernissage, dauert es nicht lange, bis über ihn getuschelt wird. Ist er das wirklich? Kommt mir viel größer als auf dem Schirm vor. Färbt er sich die Haare? Bei seiner Moderation trägt er ein viel helleres Blond. Nach wenigen Minuten kommen erste Anfragen, Autogrammwünsche. Auf Eintrittskarten, Visitenkarten, Taschentüchern, Papierservietten. Eine Frau hatte ihren linken Busen entblößt, damit er mit Folienstift seine Unterschrift hinmalen sollte. Es stört ihn erheblich, dass er erkannt wird, dass er um Autogramme gebeten wird, aber mehr noch die Tatsache, dass er nie unbeobachtet irgendwo erscheinen kann. Am liebsten würde er sich eine zweite Identität zulegen: Eine für den Job und eine für das Leben.

Arthur Paulsen versucht, das rote Licht zu fixieren. Es muss direkt über seinem Kopf baumeln. An. Aus. An. Aus. Wie lange dauert eine Phase? Fünf Sekunden, zehn Sekunden. Was wollte die Frau von ihm? Wohin ist er ihr gefolgt? Er erinnert sich jetzt, dass er eine abendliche Einladung bei guten Freunden ausgeschlagen hat. Er sei zu müde, der tägliche Stress, wie immer, ihr müsst verstehen, aber das nächste Mal ganz bestimmt …

Seine Hände liegen in einer Schlaufe, schlaff neben seinem Körper.

Vor vielen Jahren war er drei Tage in einer Höhle gefangen. In Südfrankreich. Plötzlich waren seine Begleiter verschwunden. Und er klemmte mit einem Fuß fest. In einer Felsspalte. Kein Handyempfang. Kein Kontakt zur Außenwelt. Keine Möglichkeit, sich zu befreien. Aber er verfiel nicht in Panik, sondern arbeitete sich ohne große Hast an den beiden Felsen ab, die seinen Fuß einklemmten.

Arthur Paulsen tastet mit der rechten Hand über seinen Bauch. Zentimeter um Zentimeter. Soweit es die Schlaufe zulässt. Nur eine dünne Decke. Er kann sie nicht wegschieben, dazu fehlt ihm die Kraft.

Wieso sind meine Erinnerungen total ausgelöscht? Wie kann es sein, dass ich nicht mal in der Lage bin, einen einzigen Gedanken zu Ende zu denken?

Sein Aufstieg im Mediengeschäft ist rasant gewesen. Reporter, Redakteur, Studioleiter im Ausland, Brüssel, Paris, Moskau, Fernsehdirektor, erst bei einer kleinen, dann bei einer größeren Anstalt, wieder ein paar Jahre Ausland. Bis er eines Tages zum Casting für den Moderatoren-Posten der wichtigsten Nachrichtensendung von VITAL eingeladen wurde.

Mit der linken Hand schafft Paulsen es, die Rechte von der Schlaufe zu befreien. Mühsam und ungeheuer beschwerlich betastet er sein Gesicht. Seine Ohren, seine Nase, immer wieder hält er inne, um Kraft zu schöpfen. Er befühlt seinen Mund, zuletzt seine Augen. Kann er irgendeine Verletzung spüren? Im Gesicht jedenfalls ist er nicht verwundet. Schon mal gut. Wieso kann ich meine Augen nicht öffnen? Ganz langsam befühlt er seine Schulter, seine Brust, bis er an eine breite Schnalle stößt, mit der er festgezurrt ist.

Völlig ermattet fällt er in einen traumlosen Schlaf.

Arthur Paulsen flirtet mit den Zuschauern. Sein großes Kapital. Gelegentlich persönliche Bemerkungen zwischen den Nachrichten, ein Augenzwinkern, ein zur Seite gesprochener Satz.

Als er erwacht, hat er wieder dieses Bild im Kopf, wie ihn die Frau heranwinkt. Kommt ihm ihr Gesicht bekannt vor? Er ist sich nicht sicher. Mindestens 20 Jahre jünger als er.

Arthur Paulsen war zweiundzwanzig Jahre verheiratet und ist seit einem Jahr geschieden, hat sich nur ein paar Seitensprünge erlaubt. One-Night-Stands. Und einen kleinen Ausrutscher in Mallorca. Er gilt als Musterknabe unter den Edel-Moderatoren, der *good boy* in der Medienmeute.

Zwei Stunden später betritt Schwester Inge das Krankenzimmer. Sie sieht, dass der Patient die Augen geschlossen hält. Ein kurzer Blick auf den Bildschirm: Puls normal, Blutdruck normal. Der grünlich leuchtete Oszillograph zeigt keinerlei Anomalien. Ohne Befund.

»Ist da jemand?«

»Ja, ich.«

»Wer? Ich?«

»Ich bin Schwester Inge.«

»Ich kann Sie nicht sehen.«

»Dann machen Sie die Augen auf.«

»Das geht nicht. Ich bekomme die Lider nicht geöffnet.«

»Warten Sie, ich helfe Ihnen mal.«

Schwester Inge versucht, das linke Augenlid vorsichtig auseinanderzudrücken, bis sie den Augapfel und die Pupille sieht. Aber kaum, dass sie das Lid loslässt, klappt es wieder zu.

»Bin ich im Krankenhaus?«

»Ja.«

»Auf Intensiv?«

»Nein, auf der Privatstation von Professor Hertz.«

»Ist es so schlimm?«

»Ist besser so.«

»Und seit wann? Wie bin ich hierhergekommen?«

»Mit dem eigenen Wagen. Sie sollen sehr, sehr hinfällig gewesen sein.«

»Aha.«

»Und was ist geschehen?«

»Das wird Ihnen Professor Hertz sagen. Sobald er Zeit erübrigen kann, wird er zu Ihnen kommen.«

»Sobald er Zeit erübrigen kann …«

»Er ist sehr beschäftigt.«

»Ich müsste als Erstes mit meiner Redaktion telefonieren. Die werden mich schon vermissen.«

»Professor Hertz wird Ihnen erklären, warum er Sie hier aufgenommen hat.«

Arthur Paulsen wäre sich einfältig vorgekommen, wenn er jetzt seine Prominenz ins Spiel gebracht hätte. So sehr er versucht ist, mehr aus dieser Schwester Inge herauszubekommen. Auf einer Privat-Station. Eingeschnürt im Bett. Bewegungsunfähig gemacht?

»Was ist mit meinen Augen?«

»Das konnten wir bisher nicht klären.«

»Was konnten Sie denn klären?«

»Es steht fest, dass Sie eine hochtoxische Verbindung zu sich genommen haben, Herr Paulsen.«

»Ich habe nichts zu mir genommen.«

»Dann hat man sie Ihnen verabreicht.«

»Habe ich noch weitere Verletzungen?«

»Nein, soweit wir bisher feststellen konnten, nicht. An der Entschlüsselung der hochtoxischen Verbindung arbeitet das Labor. Auf Hochtouren.«

»Woher kennen Sie meinen Namen?«

»Herr Paulsen, Sie kennt doch wirklich jeder. Der VITAL-Moderator mit dem charmanten Lächeln. Nicht nur die älteren Patientinnen schwärmen von Ihnen …«

»Wissen hier alle Bescheid?«

»Wir sind zur Verschwiegenheit verpflichtet, Herr Paulsen.«

Jetzt hat sich die Schwester, wie war nochmal ihr Name, Schwester … Schwester Inge verraten, denkt Paulsen. Als wäre es in einem Krankenhaus möglich, geheim zu halten, welcher Patient auf welcher Station liegt. Ich scheine doch ernsthaft krank zu sein. Die Frau auf dem Flur. Ihr Bild tritt ihm wieder vor Augen, kurz bevor er wegsackt.

28.6.
Ich weiß, was soll es bedeuten dass ich so traurig bin.
Ich weiß, was soll es bedeuten dass ich so traurig.
Ich weiß, was soll es bedeuten dass ich so.
Ich weiß, was soll es bedeuten dass ich.
Ich weiß, was soll es bedeuten dass.
Ich weiß, was soll es bedeuten.
Ich weiß, was soll es.
Ich weiß, was soll.
Ich weiß, was.
Ich weiß nicht

Kapitel 3

Professor Hertz zieht geräuschvoll die Tür hinter sich zu. Sein Büro am Ende des Ganges ist mickrig im Verhältnis zu den geräumigen Einzelzimmern seiner Privatstation.

Schwester Inge steht am Fenster, der Krankenpfleger Berendsen hat vor dem Schreibtisch Platz genommen.

»Also, um das mal vorab klarzustellen: Wir haben es mit einer äußerst schwierigen Situation zu tun, die uns zu einigen durchaus nicht ganz ungefährlichen Schritten nötigt …«

»Wen meinen Sie jetzt?«, fragt Behrendsen, der die Beine übereinandergeschlagen hat.

»Sie wissen, wen ich meine.«

»Paulsen kriegt natürlich eine Sonderbehandlung, schon klar.«

»Darum geht es nicht, Herr Behrendsen. Ich bitte, mich jetzt nicht zu unterbrechen.«

Schwester Inge zieht sich einen hölzernen Hocker heran, den Hertz für seine Patienten bei der Erstuntersuchung nutzt.

»Nachdem was wir in der Zeitung lesen konnten …«

»Dieses Sex-Abenteuer?«, Behrendsen mokant.

»Hören Sie eigentlich niemals zu? Worum habe ich Sie gerade gebeten?« Professor Hertz sieht den Krankenpfleger an. »Letzte Verwarnung.«

»Nochmal: Wir müssen davon ausgehen, dass unser Patient geschockt ist, und das wird umso mehr der Fall sein, wenn er die kompromittierenden Fotos sieht. Das heißt: er darf im Moment nichts davon erfahren. Habe ich mich da klar ausgedrückt?«

»Er scheint keinerlei Erinnerung an diesen Club, oder was das war, zu haben. Bis jetzt hat er nichts davon erwähnt.« Schwester Inge hebt ihre Stimme ein wenig. »Er hat nur darum gebeten, dass wir den Sender informieren, man würde ihn gewiss dort vermissen.«

Professor Hertz nimmt einen Kugelschreiber von der Schreibunterlage, klopft den Takt zu seinen Anweisungen.

»Wenn herauskommt, dass sich Herr Paulsen hier in unserer Station befindet, müssen wir mit einem Sturm der Medien rechnen, wie ich ihn nicht erleben möchte.« Er sieht die beiden Mitarbeiter an: »Und Sie auch nicht.«

»Warum sollten Außenstehende davon erfahren?«, fragt Schwester Inge. »Wir geben doch niemals davon Kenntnis, wer bei uns als Patient eingeliefert worden ist.«

»Das ist in diesem Fall komplexer: Wir müssen den Patienten ein wenig ... ich will es mal vorsichtig ausdrücken ... hinters Licht führen. Heißt: Wenn er danach fragt, ob wir seinen Sender informiert haben, müssen wir die Frage überhören oder sagen, wir hätten das längst erledigt.«

»Aber wir informieren VITAL n i c h t. Hab ich das richtig mitbekommen?«

»Richtig, Herr Behrendsen. Denn wenn wir das tun, ist dem Medien-Ansturm Tür und Tor geöffnet. Und wer kann den wollen. Jeden Tag ein Bulletin, jede Stunde neue Fragen, und nicht zu vergessen der Besucheransturm. Der Mann ist schließlich beliebt bei Millionen von Zuschauern.«

Schwester Inge gibt zu bedenken, dass es Paulsen durchaus Recht sein könnte, sich ein paar Tage der Öffentlichkeit zu entziehen.

»Warum?«, will Behrendsen wissen.

»Die Fotos und Berichte sind überaus peinlich. Er wird Stellung nehmen müssen, warum er in diesen Club, oder was das war, gegangen ist.«

»Zum Vögeln!«, sagt Behrendsen fröhlich, »wozu denn sonst, Schwester Inge. Nicht gerade ihr Fachgebiet, was?«

»Herr Behrendsen«, fährt Professor Hertz den Krankenpfleger an, »ich verbitte mir dieses Vokabular und diese Tonart. Wenn Sie nicht schon …« Hertz wirft den Kugelschreiber auf seinen Schreibtisch. Er rollt von der Platte und fällt zu Boden. Keiner der drei bemüht sich, den Kugelschreiber aufzuheben.

»Um mich nicht wiederholen zu müssen: Der Patient wird abgeschirmt, nichts dringt nach außen, weil es den Genesungsprozess verhindern würde.«

»Haben Sie Paulsen deswegen in Ihrer Privatstation aufgenommen?«, fragt Schwester Inge, die sich von ihrem Hocker erhoben hatte.

»Er muss einen riesigen Schutzengel gehabt haben. Wie er mit seinem eigenen Wagen nach dem Abenteuer in diesem Sex-Club noch hierhergekommen ist … als ich ihn im Auto zusammengesunken sitzen sah, dachte ich zunächst, er sei tot.«

Professor Hertz entlässt seine beiden Mitarbeiter, nicht ohne ihnen einzuschärfen, seinen Anweisungen unbedingt Folge zu leisten.

4.7.
Mein Zustand, eine Beschreibung:
Ich stehe am Treppenkopf
 und bin mir sicher, dass ich beim nächsten Schritt stürzen werde.
Ich will eine halb geöffnete Tür öffnen
 und erwarte, dass jemand sie zuzieht und mir die Finger quetscht.
Ich schaue auf mein Smartphone,
 es mir wird gleich entgleiten auf den Steinfußboden fallen zerschellen.
Ich gehe einen Bürgersteig entlang,
 im nächsten Moment werde ich stolpern und von einem Auto erfasst werden
und immer wieder Treppen
 und Türen
 und Fallen
und fallen gelassen werden
Ich lebe
 und erwarte mein Ableben
 im allernächsten Augenblick

Kapitel 4

Arthur Paulsen spürt, dass seit geraumer Zeit jemand an seinem Bett steht. Ohne etwas von sich zu geben. Es ist nicht Schwester Inge, die hätte sich sofort bemerkbar gemacht. Ihre fröhliche, aber bestimmte Art gefällt ihm, bei ihr fühlt er sich gut aufgehoben. Ganz im Gegensatz zu diesem maulfaulen Grobian, der ihn gelegentlich zur Toilette begleitet. Den kann er kaum ertragen. Wie heißt der noch … was wie eine Schnapssorte …

»Ich bin Professor Hertz, Herr Paulsen. Ich werde Sie persönlich … sagen wir … betreuen.«

»Noch lieber wäre es, Sie würden mir meine Fragen beantworten.«

»Ganz ohne Zweifel haben Sie Fragen.«

»Ich weiß nicht mal, wie lange ich schon hier gefangen gehalten werde.«

»Warum so aggressiv?«

»Das nennen Sie aggressiv? Versetzen Sie sich mal in meine Lage …«

»Das mit dem gefangen gehalten möchte ich überhört haben, Herr Paulsen. Wir tun hier unser Bestes, damit Sie bald wieder auf die Beine kommen. Aber in diesem Zustand …«

Wenn das der Chefarzt der Klinik ist, der mich persönlich betreuen will, denkt Arthur Paulsen, kann er sich auf was gefasst machen. Ich bin keiner von diesen untertänigen Anbetern der Weißkittel. Schon gar nicht lasse ich mich von ihm behandeln wie ein kranker Dackel. Scheint ja mächtig eingebildet zu sein, dieser Herr Professor Hertz.

»Warum kann ich meine Augenlider nicht öffnen?«

»Das werden wir herausfinden.«

»Irgendwelche Vermutungen?«

»Vermutungen jede Menge, aber keine Sicherheit.«

»Wann kriege ich Sicherheit?«

»Wir haben Ihre Proben ans Nocht-Institut geschickt, weil wir nicht identifizieren können, um welches toxische Material es sich handelt.«

»Ist das so schwer herauszufinden?«

»Wir konnten es in unserem Labor nicht identifizieren. Das Hamburger Institut ist darauf spezialisiert.«

»Wann kommen Ergebnisse?«

»Heute wohl nicht mehr. Ein bisschen mehr Geduld, Herr Paulsen.«

»Ich bin ungeduldig. Schon immer gewesen.«

»Da sind wir uns durchaus ähnlich. Ich hätte auch lieber heute als morgen den Befund, damit wir loslegen können. Bisher tappen wir im Dunkeln. Aber da Sie ja nicht mal das Bett alleine verlassen können …«

Die Stimme des Professors klingt metallisch. Von oben herab. Ex Cathedra. Eine Autorität, bei der man sich als Patient ducken muss. Was Paulsen auch fragt, der Professor hat auf alles eine schnelle Antwort. Schneidend. Vielleicht ist es doch ganz gut, dass ich meine Augenlider nicht aufbekomme, brauche ich mir den metallischen Sprechautomaten nicht auch noch anzusehen.

»Wie bin ich denn hierhergekommen?«

»Mit dem eigenen Wagen. Was uns alle sehr erstaunt hat. Sie waren sehr, sehr hinfällig.«

»Und wer hat …?«

»Das war ich. Ich war schon auf dem Heimweg, wollte in mein Auto steigen und da sah ich Sie zusammengesunken hinter dem Lenker … mein erster Gedanke war …«

»Sagen Sie schon!«

»Ich dachte, Sie seien tot.«

Ein Toter hinter dem Lenker, dachte Paulsen, *how strange*. Wenn ich da schon nichts mehr gesehen habe … Gab es nicht mal einen Magier, der mit verbundenen Augen durch die Stadt fahren konnte, neben ihm der Polizeipräsident. Wie hieß er noch? Jetzt erinnert Paulsen seinen Namen. Kalanag.

»Wie weit sind Sie denn mit den Untersuchungen?«

»Was wir bisher feststellen konnten, ist eine merkwürdige Lähmung der Augenlider. Ich hatte noch nie so einen Fall, bei dem ein Patient seine Augenlider dauerhaft nicht öffnen kann. Ein eher seltenes Phänomen, aber wenn wir herausgefunden haben, mit welchem Gift sie infiziert worden sind, dann können wir …«

»Und wann soll das geschehen sein?«

»Woher soll ich das wissen, Herr Paulsen.«

»Nochmal meine Frage: Warum haben Sie angeordnet, dass ich auf Ihrer Station liege?«

»Weil Sie hier niemand vermutet. Weil Sie in Sicherheit sind. Weil Ihnen hier von keinem Journalisten aufgelauert wird.« Professor Hertz hebt kaum merklich seine Stimme, aber Paulsen spürt eine heftige Erregung bei ihm. »Meinen Sie, ich hätte Lust, dass ständig Trauben von Fotografen und Kameraleuten vor der Tür stehen? Das habe ich einmal mitgemacht. Nie wieder will ich so etwas erleben müssen.«

»Wer war denn der Prominente?«

»Fällt unter unsere Schweigepflicht, Herr Paulsen.«

»Es wird doch sowieso bald durchsickern, dass ich hier liege. Wer weiß denn davon?«

»Nur Schwester Inge und ihr Krankenpfleger, Herr Behrendsen. Die lösen sich ab, wenn es sich um besonders komplizierte Patienten handelt, die es nicht vertragen könnten, immer wieder neues Pflegepersonal um sich zu haben.«

»Bin ich ein komplizierter Patient?«

»Wenn Sie so fragen …ja!«

Scheint ein bisschen Grips zu haben, dieser Herr Hertz. Es wäre ja noch schöner, wenn sich die werten Kollegen auf mich stürzen würden. Da liegt der berühmteste Moderator der Republik mit geschlossenen Augen im Krankenhaus. Was hat der eigentlich? Die Spekulationen in den Gazetten würden kein Ende nehmen: Burn-out, Sockelsturz, vielleicht sogar Ende der Karriere? Fette Schlagzeilen. Wenn ich mich doch nur erinnern könnte. Die Frau, die mich herangewunken hat. Blackout. Filmriss. Nicht mal weißes Rauschen.

»Ich müsste meine Redaktion und einige Freunde und Bekannte verständigen.«

»Das würde ich Ihnen nicht empfehlen. Dann haben wir die Presse sofort im Haus und ich weiß nicht, ob Ihnen das so recht wäre.«

»Sie verheimlichen mir etwas, oder?«

Arthur Paulsen hätte jetzt doch gerne ein Gesicht zu diesen Sätzen gesehen. In seiner Vorstellung ist der Professor größer als

1,90 m, so wie er selbst, hat ein schmales Gesicht, länglich mit einem Oberlippenbart, den Scheitel auf der rechten Seite präzise gezogen, dunkle, stechende Augen, enganliegende Ohren.

»Wie geht es jetzt weiter?«

»Das hängt von den Ergebnissen ab.«

»Wann werden die erwartet?«

»Kann ein paar Tage dauern.«

»Und was soll ich so lange hier machen?«

»Kraft schöpfen. Auf die Selbstheilungskräfte bauen. Sich nicht in der Öffentlichkeit blicken lassen, Herr Paulsen. Übrigens: Haben Sie schon mal versucht, alleine auf die Toilette zu gehen?«

»Hat nicht gut geklappt.«

»Es hat schon seinen Grund, dass Sie hier liegen.«

Paulsen will beweisen, dass er aufstehen kann. Er strengt sich an, das linke Bein ein wenig anzuheben. Die Anstrengung schmerzt ihn erheblich. Gegen die straff angezogene Bettdecke kommt er nicht an. Für ihn steht fest, dass man ihn unter Drogen gesetzt hat, kampfunfähig gespritzt. Wenn er sich nur erinnern könnte, wo er gewesen ist. So einen Absturz hat er noch nie erlebt. *Hit with a single stroke.*

»Herr Paulsen, ich muss jetzt gehen. Es gibt noch andere Patienten, aber Sie sind mein wichtigster Patient.«

»Verraten Sie mir, warum? Weil ich einer von diesen Promis bin? Oder haben Sie andere Gründe? Wann werde ich Sie wiedersehen?«

»Sehen?« Professor Hertz macht eine lange Pause, dann lacht er kurz auf: »Hoffentlich bald!«

»Ich habe noch tausend weitere Fragen …«

»Werde ich alle beantworten, aber jetzt soll es erst mal genug sein. Sie dürfen sich nicht allzu sehr aufregen.«

Als wäre ich nicht aufgeregt, denkt Arthur Paulsen, ich bin sogar höchst aufgeregt. Er hört, wie die Tür ins Schloss fällt und ein Schlüssel umgedreht wird.

Kurz darauf kommt Schwester Inge, setzt Paulsen eine Spritze: »Damit Sie besser entspannen können«, sagt sie kaum hörbar.

Fünf Minuten später fällt Paulsen in tiefen Schlaf.

22.7.
Ich möchte mich auch von dir verabschieden.
Willst du verreisen?
Ja.
Wohin?
Für immer.
Was soll das heißen?
Ich werde mich auf die letzte Reise begeben.
Willst du dich umbringen?
Ja.
Warum rufst du dann hier an?
(Verbindung unterbrochen)

Kapitel 5

Daniela Penning starrte auf das schnurlose Telefon. Schneidende Stimme, abgehackte Sätze, schwerer Akzent. Ihr Blutdruck fuhr Achterbahn. Eine scharfe Wendung auf ihrer Lebensfahrt stand bevor.

»Haben Ihren Mann. Keine Polizei. Warten Sie nächsten Anruf. Keine Polizei. Sonst der Mann tot.«

Dann war die Leitung unterbrochen worden.

Nach den kompromittierenden Fotos und dem Anruf aus der Sendeanstalt war Daniela Penning davon ausgegangen, dass Atze sich irgendwo versteckt hielt, abgetaucht, um nicht durch den Medien-Fleischwolf gedreht zu werden. Das passte zu ihm. Atze hatte sich schlechten Nachrichten immer entzogen. Wie war das noch mit dem Girl in Mallorca gewesen? Als sich damals die Schlagzeilen überschlugen, war Arthur vier Tage nicht auffindbar gewesen. Vier Tage hatte sie auf eine Nachricht von ihm gewartet. Musste sich wie alle anderen gedulden, bis ihr prominenter Gatte wieder die Bühne betrat. Schon damals hätte sie sich von Atze trennen sollen.

Das Telefon düdelte. Daniela Penning hörte ein dunkles Rauschen. Sonst nichts. Ein Brummen. Kurz, tief.

Daniela war in einer Zwickmühle: Wenn sie die Polizei einschaltete, würde Atze ihr die Hölle heiß machen, weil er diese Art der Publicity gar nicht mochte, aber mehr noch, weil sie mit seinem Leben spielte. Wenn sie aber nicht die Polizei einschaltete, musste sie sich alleine um Atzes Entführung kümmern.

Wieder düdelte das Telefon. Eine aufsteigende Kadenz der Oboe. Daniela Penning zögerte. Wartete mehrere Kadenzen ab. Lass sie zappeln. Schließlich wollen die was von mir. Bei der zehnten Oboe nahm sie ab.

»500.000. Oder ihr Mann tot. 48 Stunden Zeit. Keine Polizei. 500.000. Verstanden?«

Bevor Daniela erwidern konnte, dass sie nicht mehr für ihren Ex zuständig war, hatte der Entführer die Verbindung wieder gekappt. Eine halbe Million, na klar, Promis haben es ja, 48 Stunden Zeit, wie großzügig, warum nicht gleich gestern …

Sie schwankte. Zwickmühle, eine verdammte Zwickmühle.

Zwei Minuten später rief Daniela Penning die Polizei an. 110. Danach wurde sie mehrfach durchgestellt.

»Menger. Leitender Kriminaldirektor. Was kann ich für Sie tun?«

»Sie haben sich gemeldet.«

»Wer?«

»Die Entführer.«

»Welche Entführer?

»Die Entführer meines Ex-Mannes.«

»Wer ist ihr Ex-Mann?«

»Arthur Paulsen, der …«

»Der Moderator? Hier ist nicht bekannt, dass er entführt worden sein soll.«

»Ich bin seine frühere …« Daniela stockte.

»Seine Ex, schon verstanden. Der Rosenkrieg war ja lange genug in den Klatschspalten.«

»Was wollen die denn von mir? Ich bin doch gar nicht ... Die haben schon zweimal angerufen! Ich weiß jetzt nicht ...«

»Bleiben Sie ganz ruhig. Wir kümmern uns ... Sagen Sie nochmal die Adresse ...«

Daniela Penning nannte Adresse, Telefonnummer. Und machte es dringend, sie sei sich nicht sicher ... ob es richtig sei, die Polizei einzuschalten ...

»Wieviel fordern die Entführer?«

»500.000.«

»Ich sag es Ihnen gleich, wenn es sich um einen Prominenten wie Ihren Mann handelt, steigt die Summe noch während der Verhandlungen. Am Anfang sind es nur 500.000 und nachher wollen die Entführer fünf Millionen. Wenn das man hinkommt ...«

»Haben Sie denn damit Erfahrung?«

»Mehr als genug. Die meisten Entführungen in dieser Preislage werden gar nicht vor der Öffentlichkeit ausgebreitet. Sobald es sich um hochrangige Persönlichkeiten handelt, gilt Informationssperre. Und bei Herrn Paulsen, das wird Ihnen jeder Kollege bestätigen, zählen noch ganz andere Aspekte: Die Medien wollen ständig etwas abzapfen, um ihre Klatschspalten zu füllen.«

»Was schlagen Sie vor?«

»Ich schicke Ihnen sofort ein Team rüber, das sich bei Ihnen im Haus verankert. Wir müssen beim nächsten Telefonanruf vor Ort sein.«

»Bei mir hier im Haus?«

»Wo sonst? Ich gebe Ihnen gleich meine Durchwahl.«

Daniela Paulsen begann aufzuräumen. In Windeseile. Die Putzfrau kam erst morgen. Eine Frau aus der Ukraine, die seit

Jahren schwarz für sie arbeitete. Vielleicht war es gut, dass Alina nicht anwesend war, wenn man ihre Papiere überprüfte, als ob das jetzt noch eine Rolle spielte …

Das Telefon.

»Ich gesagt keine Polizei! Sie nicht kapiert? Bei nächstem Kontakt mit Polizei ihr Mann tot.«

Leitung unterbrochen. Wie war das möglich? Waren die Entführer in der Lage ihr Telefon abzuhören? Sie schaute das Mobilteil an, drehte es um, konnte nichts entdecken. Daniela Penning ging davon aus, dass der Anrufer seine Stimme verstellte. Wie schade, dass die Polizei noch nicht eingetroffen war. Sie wählte die Mobil-Nummer des Kommissars, die er ihr vor wenigen Minuten diktiert hatte.

Stockend berichtete sie, was gerade vorgefallen war.

»Wieso sind die in der Lage, mein Gespräch abzuhören?«

»Profis. Die haben die Entführung von langer Hand geplant. Ein Telefon abzuhören, ist heutzutage keine Hexerei, auch wenn man ein paar Kenntnisse dafür haben muss. Wir werden Ihnen ein abhörsicheres Phone mitbringen.«

»Wann treffen Ihre Leute hier ein?«

»Sind schon unterwegs. Am besten, ich komme gleich mit. Sie werden uns gar nicht bemerken.«

Daniela Penning ging in die Küche und setzte Kaffee auf. Die mechanischen Handgriffe beruhigten sie ein wenig. Dass sie polizeiliche Unterstützung bekam und sie sich mit ihnen beraten konnte … Dann durchfuhr sie ein Gedanke: wenn die mein Telefon abhören können, werden sie auch mein Haus unter Beobachtung haben. Sie rannte ins Wohnzimmer und schaute auf die Straße. Konnte nichts Verdächtiges erkennen.

Das Telefon. Daniela Penning traute sich nicht ranzugehen. Sie schaute auf das Display, Nummer unterdrückt … Aber wenn es ihr Mann war …

»Keine Polizei. Letzte Warnung. 1 Million. 24 Stunden Zeit.«

Unterbrochen. Daniela nahm ein Blatt Papier und notierte sich alle Worte, die der Entführer gesagt hatte. Der Kugelschreiber ritzte das Papier, bis das Blatt zerriss.

Acht Minuten später traf ein Trupp der Polizei ein.

»Wir haben miteinander gesprochen«, sagte Kriminaldirektor Menger und reichte Daniela Penning die Hand. Sie war so aufgeregt, dass sie kaum ein Wort herausbrachte. Stockend berichtete sie, dass die Entführer sich noch zweimal gemeldet hatten. Und dass das Lösegeld gestiegen sei.

»Was habe ich Ihnen gesagt! Das ist der Promibonus. Die wollen abkassieren. Das kennen wir schon, 1 Million wird nicht das Ende der Fahnenstange sein. Schon vor vielen Jahren wurden in einem ähnlichen Fall über 40 Millionen gezahlt. Da erfuhr die Öffentlichkeit überhaupt nichts …«

Daniela wurde schwindlig. Am liebsten wäre sie auf der Stelle in Ohnmacht gefallen …

»Jetzt lassen Sie meine Leute arbeiten. Wir trinken einen Kaffee. Sie berichten in aller Ruhe, was bisher vorgefallen ist. Wann hatten Sie das letzte Mal Kontakt mit Ihrem Mann?«

»Ich weiß gar nicht, wie lange das her ist.«

»Versuchen Sie sich zu erinnern …«

»Nach dem Scheidungstermin war erstmal Funkstille. Monatelang. Dann haben wir uns heimlich ein paar Mal in einem indischen Restaurant getroffen. Aber mehr war da nicht. Es gab ja immer noch manches auseinander zu dividieren. Arthur, ich meine mein Ex, wollte nur ganz wenige persönliche Stücke aus dem Apartment haben. Er hat mir alles überlassen.«

»Hatten Sie keinen Kontakt, nachdem diese Fotos in den Gazetten erschienen sind?«

»Nein.«

»Sie haben es auch gar nicht versucht?«

»Nein, wie kommen Sie darauf. Er kann ja hingehen, wohin er will, und wenn es in so einen Schmuddelclub ist. Geht mich nichts an. Es gab einen Anruf von seinem Sender, ob ich wisse, wo mein Ex sich befinde. Das war's.«

Das Telefon düdelte.

1.8.
Wieder mal ein Versuch gescheitert, mit H in Kontakt zu kommen, wenn sie meine Nummer sieht, geht sie nicht ran. Ich brauche dich zehnmal am Tag, schaue ich auf den Anrufbeantworter, da steht eine rote Null. Ganz bezeichnend. Eine Null. Niemand will mich sprechen, schon gar nicht meine Tochter. Dabei haben wir keinen Streit. Seit dem Absturz ist das Band zwischen uns gerissen. Sie fährt und fährt und fährt Zug, als könne diese Raserei sie betäuben, und dabei weicht sie mir aus. Hannah, wir müssen reden! Du kannst mich nicht auch noch im Stich lassen. Hörst du mich? Wo immer du im Zug durch die Gegend jagst. Ich brauche dich. Hier. Und wenn es auch nur für eine halbe Stunde ist. Hannah, wo bist du?

Meine Schwägerin steht in ihrem Laden, keine Ahnung, wie sie damit klarkommt. Sie will nicht darüber sprechen. Sie backt sich Schmerzen weg. Hoffentlich wird sie dieses Jahr nicht wieder überraschend bei meinem Geburtstag auftauchen und will feiern, als ob es seit dem Absturz noch überhaupt etwas zu feiern gäbe.

Kapitel 6

»Sie haben möglicherweise eine Variante eines Blepharospasmus, ein beidseitiger Lidkrampf. Ein bestimmter Augenmuskel, der *Musculus orbicularis oculi*, verkrampft sich zeitweilig oder ständig. Normalerweise blinzeln die Patienten bei diesem Lidkrampf. Deswegen bin ich in meiner Diagnose auch so unsicher.«

»Und das soll jetzt immer so bleiben?«

»Nein, Herr Paulsen, wir werden die Sache schon beheben, aber es dauert eben seine Zeit.«

»Wie lange?«

»Das kommt ganz drauf an.«

»Worauf?«

»Wir müssen herausfinden, was die Ursache für diesen Lidkrampf ist.«

»Lässt sich das nicht beschleunigen?«

»Es ist ein unangenehmer Zustand, in dem Sie sich befinden, aber solange wir die Ursache nicht kennen, können wir auch nichts unternehmen. Die Ergebnisse aus Hamburg sind eindeutig: keinerlei toxische Substanzen. Und wenn das Nocht-Institut diese Aussage trifft, dann können wir uns darauf verlassen.«

»Hatten Sie denn darauf gehofft?«

»In meinem Bereich gibt es immer Hoffnungen, aber die zählen leider nicht. Hier zählen nur die nachweisbaren Befunde. Wenn das Institut eine toxische Vergiftung angezeigt hätte, wäre der Weg auch nicht sehr viel leichter gewesen. Immerhin hätten wir dann ein Antidot suchen müssen.«

Dieser Professor glaubt wohl, er kann mich einlullen, denkt Arthur Paulsen, ich brauche dringend eine zweite Meinung. Aber wie komme ich hier raus? Er geht davon aus, dass Hertz sein Bestes versucht, aber er kann sich auch irren. Wäre ja nicht das erste Mal, dass ein Chefarzt eine falsche Diagnose stellt.

»Warum haben Sie mir verheimlicht, was alle hier wissen?«

»Was meinen Sie?«

»Diese Story, ich sei in einem Erotik-Club gewesen und dort zusammengebrochen. Da müssen doch etliche Artikel erschienen sein und sogar Fotos soll es davon geben ... aber ich war niemals dort.«

»Ich wollte Sie nicht aufregen. In Ihrem Zustand ... Waren Sie wirklich nicht dort?«

»Ich habe einen totalen Filmriss. Es gibt nur ein letztes Bild in meinem Kopf, danach ist Black-out.«

»Ein Bild aus dem Erotik-Club?«

»Nein, nein. Eine Frau winkt mich heran. Nach meiner abendlichen Sendung.«

»Wir sind nicht untätig, Herr Paulsen. Eine andere Erklärung hätte sein können, dass man ihnen K.o.-Tropfen gegeben hat. Wir haben Sie auf DHB getestet, aber nichts dergleichen entdecken können.

»Wie kommen Sie denn auf K.O.-Tropfen?«

»Jetzt, wo Sie von dritter Seite sowieso schon unterrichtet worden sind, muss ich Ihnen etwas zeigen. Ich werde Ihnen die Lider auf dem rechten Auge auseinanderschieben.«

Es durchzuckt Paulsen ein heller Schmerz. Geblendet von

dem Neonlicht an der Decke. Wie ein Blitz, der überraschend aus den dunklen Wolken aufflammt. Nach einer Weile kann Paulsen das Gesicht des Professors sehen, wenn auch noch sehr verschwommen. Er hat sich getäuscht, der Mann ist kaum größer als Napoleon, hat einen vogeligen Kopf und einen grauen Messerhaarschnitt. Sein Bärtchen erinnert an die Filmhelden aus den 1920er Jahren.

»Können Sie mich jetzt sehen?«

»Nicht ganz scharf …«

»Das wird sich gleich ändern, das Auge muss sich erst akkommodieren.«

Der Professor hat eine Zeitungsseite mitgebracht, auf der der blonde Moderator vierspaltig abgebildet ist. Zusammengebrochen im Sex-Club Erotik69, so lautet die Schlagzeile.

Paulsen starrt auf die Zeitung. Wieso habe ich keine Bilder davon in meinem Kopf? Wodurch ist dieses schwarze Loch entstanden? Ich müsste mich doch an irgendetwas davon erinnern.

»Ich bin niemals in diesem Club gewesen!«

»Das will ich Ihnen gerne glauben. Diese Fotos zeigen jedoch eine andere Wahrheit. Eine Wahrheit, die sie augenscheinlich nicht akzeptieren können.«

»Und das bedeutet?«

»Wir sind immer noch auf der Suche nach der Ursache, nicht wahr? Und eine mögliche Ursache könnte sein, dass Sie die Tür zu dieser Erinnerung zugeschlagen haben.«

»Wie meinen Sie das?«

»Wenn einem etwas übermäßig peinlich ist, ein Erlebnis, das man nicht akzeptieren kann, oder eine Erfahrung, die einen so tief berührt, dass man sie nicht wahrhaben will …«

»Und das kommt vor?«

»Häufiger als Sie denken. Man nennt das Psychogene Lähmung, früher sagte man auch hysterische Lähmung dazu, aber das ist nicht mehr p.c.«

Arthur Paulsen läuft eine Träne aus dem geöffneten Auge. Der Professor lässt das Lid wieder zugehen. Mit einem Wattebausch tupft der Arzt die Flüssigkeit von der Wange.

»Ich weiß, das ist sicher alles sehr schwer für Sie. Wenn meine Vermutung stimmt, dass Sie eine Psychogene Lähmung haben, dann wird es ein längerer Prozess sein, am besten mit einem Therapeuten, um diesen Knoten zu lösen.«

»Wie lange …«

»Ein paar Wochen müssen sich schon Geduld haben. – Was haben diese Fotos gerade bei Ihnen ausgelöst?«

»Was meinen Sie?«

»Die Fotos stehen im Widerspruch zu Ihrer Aussage, Sie seien in keinem Sex-Club gewesen.«

»Wär ja nicht das erste Mal, dass mit gefälschten Bildern Schlagzeilen gemacht werden.«

»Das ist es, was ich angedeutet habe. Eine Psychogene Lähmung wäre zumindest eine Erklärung.«

5.8.
Das wird unser letztes Gespräch sein.
Siehst du keine andere Möglichkeit?
Ich schaffe es einfach nicht. Manchmal stehe ich stundenlang am Fenster und betrachte die Bäume und denke nur daran, mich an einem starken Ast aufzuknüpfen.
Hast du dir professionelle Hilfe geholt?

Nützt nichts. Selbst mit der stärksten Chemiekeule, die meinen Alltag aufhellen soll, keine Chance, ich sehe keinen anderen Weg …
Das klingt alles fürchterlich.
Es ist die Depression, die mich im Griff hält, es ist letztliche Verzweiflung, seit dem Absturz spüre ich nichts mehr als nur eine unendliche Traurigkeit.
Und das schon seit zwei Jahren.
Tut mir leid, dass ich dich mit reinziehe, ich hätte dich besser nicht angerufen.
Warum solltest du deinen ältesten Freund nicht anrufen?
Das wird wohl unser letztes Gespräch sein.
Will ich nicht hoffen. Es muss doch noch einen anderen Weg geben.

Kapitel 7

Kriminaldirektor Menger schaute auf sein Tablet. Seit Einführung der neuen Videotechnik konnte er die Arbeit seines Teams laufend mitverfolgen. Er bekam MP4-Dateien von allen Ermittlungen gemailt. Als Leiter der SoKo »Entführung Paulsen« brauchte er nicht mehr vor Ort zu sein. Zwar hatten sich die Datenschützer gegen diese neue Technik gewehrt, aber im Zuge der stetig steigenden Kriminalitätsraten wurde die optische Aufzeichnung der Einvernahmen gesetzlich verankert. Menger, der kurz vor der Pensionierung stand, fand das bildliche Festhalten der Zeugenaussagen erleichternd. Schließlich musste er nicht mehr selbst auf die »Ochsentour«, wie man in Polizeikreisen das Abklappern von Zeugen nannte.

Die Videoaufnahmen aus dem Sex-Club Erotik69 zeigten zwei verstörte Besitzer, denen es außerordentlich peinlich war, Besuch von der Polizei zu bekommen. Nein, sie hätten nichts von dem Zusammenbruch mitbekommen; nein, sie hätten nicht gewusst, dass sich ein Prominenter unter die Gäste gemischt habe. Eindeutig gelogen, dachte Menger. Nein, sie könnten nicht Namen und Adressen ihrer Gäste herausgeben.

»Wenn Sie sich nicht kooperativ zeigen, müssen wir uns eine richterliche Verfügung holen und dann …«

»Es gehört zum Geschäftsmodell unseres Clubs, dass wir absolutes Stillschweigen über unsere Gäste bewahren. Sonst könnten wir den Club gleich wieder dichtmachen …«

»Wenn Sie sich weiterhin weigern, uns die Namen der an dem Abend anwesenden Personen zu nennen, machen w i r Ihren Club dicht. Das kann ganz schnell gehen!«

»Dazu haben Sie gar kein Recht!«

»Hier geht es um ein schwerwiegendes Verbrechen, da haben wir jedes Recht.«

»Wir möchten das Gespräch abbrechen und uns mit unserem Rechtsanwalt beraten.«

»Lassen Sie uns nicht zu lange warten. Es geht um ein Menschenleben.«

»Damit haben wir nichts zu tun!«

»Das müssen Sie erst beweisen.«

Kriminaldirektor Menger freute sich, dass seine Kollegen es nicht auf die harte Tour versuchten. Ein weiterer Vorteil der neuen Videotechnik: Wenn alles im Bild festgehalten wurde, konnten die Kollegen nicht über die Stränge schlagen.

Die zweite Einvernahme brachte eine Überraschung. Hauptkommissar Schulten hatte eine Frau ausfindig gemacht, die an dem fraglichen Abend anwesend war. Sie erinnerte sich gut an den Vorfall im Sex-Club.

»Wir wussten ja schnell, wer uns da beehrte. Stille Post, das Gerücht machte die Runde. Hinter vorgehaltener Hand, geflüstert. Der große Charmeur, hoher Besuch.«

»Wissen Sie denn, ob Paulsen mit jemandem in die Falle, ich meine ins Separee gegangen ist?«

»Erst als jemand an der Bar zusammensackte, hab ich gesehen, dass er es war. Die Maske etwas verrutscht.«

»Und dann?«

»Sofort halfen ihm die Umstehenden auf die Beine.«

»Hat jemand die Rettung angerufen?«

»Nein, nein, wie kommen Sie darauf? Das wollte wirklich niemand. Auch Paulsen natürlich nicht. Der sagte etwas benommen, es ginge schon wieder. Keine Rettung, kann man doch verstehen, oder?«

»Was geschah dann?«

»Die Männer haben ihn in die Umkleide gebracht. Mehr weiß ich nicht. Als zwei Tage später die Fotos erschienen, war ich ziemlich sauer. Ich hab sofort meine Mitgliedschaft in dem Club gekündigt. Uns war totale Anonymität zugesichert worden und dann sowas …«

»Können Sie uns die Namen von anderen Mitgliedern nennen?«

»Nein, das kann und will ich auch nicht.«

»Wir werden Ihnen die gesamten Bilder des Fotografen vorlegen …«

»Ich werde trotzdem niemanden namentlich nennen.«

»Damit behindern Sie die Aufklärung des Falles!«

»Paulsen ist doch gar nichts passiert. Er ist auf eigenen Beinen weggegangen.«

»Ihm ist etwas passiert!«

»Und was?«

»Das kann ich Ihnen nicht sagen.«

Gut gemacht, Kollege Schulten, dachte Menger. In der SoKo »Entführung Paulsen« war vereinbart worden, nichts über das Tatgeschehen verlauten zu lassen. Eine Veröffentlichung hätte die weiteren Ermittlungen, aber auch die Verhandlungen mit den Entführern behindert.

In der Redaktion der Illustrierten, die die Fotos von Paulsen im Sex-Club veröffentlicht hatte, war man zunächst zuvorkommend und hilfreich. Die Beamten bekamen die Fotos zu sehen, die ihnen in der Nacht gesendet worden waren.

»Wer hat diese Bilder fotografiert?«

»Stacho.«

»Wer ist das?«

»Stachowski.«

»Was haben Sie für die Fotos gezahlt?«

»Wie meinen Sie das?«

»Sie haben meine Frage schon verstanden.«

»Über solche Sachen geben wir grundsätzlich keine Auskunft.«

»Haben Sie eine Adresse und eine Telefonnummer von diesem Fotografen? Wie hieß er noch?«

»Stacho. Der ist tot.«

Kriminaldirektor Menger ärgerte sich, dass noch niemand von der SoKo auf die Idee gekommen war, nach dem Fotografen zu fragen, der die kompromittierenden Bilder geschossen hatte. Er notierte sich den Namen und gab ihn in den Computer ein. Innerhalb von wenigen Sekunden rasselten Informationen über den Bildschirm. Hauptkommissar Eberth war mit dessen Tod befasst. Fremdverschulden, wahrscheinlich wurde der Fotograf stranguliert. Der Befund der Gerichtsmedizin stand noch aus. Eberth war leider telefonisch nicht zu erreichen.

Menger rechnete nach. Die Entführer hatten sich erst gemeldet, als die Fotos erschienen waren. Also war das Ganze ein von langer Hand geplanter Coup. Er stellte sich den Ablauf so vor: Paulsen geht in den Sex-Club, bekommt dort K.o.-Tropfen in den Drink, bricht zusammen und wird von den Entführern abtransportiert. Direkt in das Versteck, in dem er sich jetzt, hoffentlich noch lebend, befindet.

Vergeblich hatten er und seine Mitarbeiter auf einen weiteren Anruf der Entführer gewartet. Rund um die Uhr warteten die Kollegen bei Frau Penning, immer bereit, die Fangschaltung in Betrieb zu setzen, aber es hatte keinerlei Kontakt mit den Entführern gegeben. Auch die 24-Stunden-Frist war bereits abgelaufen. Bisher kannten sie weder den Ort der Übergabe noch hatten sie ein Lebenszeichen von Arthur Paulsen erhalten.

Die Jute-Beutel mit der Million standen bereit. Zusammen 10,2 Kilo schwer. Dreifach gesichert. 50 Bündel mit Banderole. In jedem Bündel steckte oben und unten ein echter 200 € Schein, dazwischen war Falschgeld, das für solche Fälle in der Landesbank auf Vorrat gehalten wurde. Als zweite Sicherungsmaßnahme waren die Scheine mit einer Substanz getränkt, die dazu führte, dass die Täter bei Kontakt mit den Scheinen nach nur einer halben Stunde äußerst müde wurden. In beiden Beuteln waren Peilsender versteckt, nicht größer als Fingerhüte.

Menger fuhr mit Hauptkommissar Schulten zur Wohnung des Fotografen. Einige Besucher des Sex-Clubs werden eine Wut auf diesen Paparazzo haben. Genügend Motive, ihn aus dem Verkehr zu ziehen.

Sein Handy klingelte.

»Die Entführer haben sich gemeldet!«

»Wann?«

»Die Mitteilung kam per Brief, der plötzlich im Kasten lag. Keine Polizei, sonst Mann tot. Übergabe soll in der U-Bahn erfolgen. Warten Sie auf Befehle. So lautet der Text des Schreibens.«

»Die wissen, dass wir das Telefon abhören. Profis eben. Übergabe in der U-Bahn, gab es das nicht schon mal?«

Der Kollege, der in der Wohnung von Paulsens Ex Dienst hatte, klang sehr aufgeregt. Sein erster großer Fall, dachte Menger, wie lange liegt mein erster Fall zurück. Sind es 30 oder schon 40 Jahre?

»Wie hält sich Frau Penning?«

»Sie hat Kontakt mit dem Sender aufgenommen, die sollen sich um das Lösegeld kümmern. Immerhin ist Paulsen das beste Pferd von VITAL.«

»Wenn sie da mal nicht auf Granit beißt.«

»Ich wollte ihr die Illusion nicht nehmen.«

»Sagen Sie Frau Penning, dass ich nach der Inaugenscheinnahme der Wohnung von Stachowski direkt zu ihr fahre.«

Die Wohnung des Papparazzo lag im obersten Stock. Der langsame Aufzug glitt nach oben.

Die verplombte Wohnungstür ließ sich leicht öffnen. Dahinter verbarg sich Chaos. Stühle umgestoßen, ein Tisch zur Seite geschoben, die Schränke auf den Boden entleert, Kopfkissen aufgeschlitzt, alle Schreibtischschubladen herausgezogen … Wohin die beiden Polizisten auch blickten, ein totales Durcheinander. In der Küche waren Lebensmittel auf den Boden entleert worden, im Bad Shampoo ausgegossen, jede Menge Papiere zerrissen und in allen Räumen verteilt.

»Ein Tornado hätte nicht mehr Verwüstung anrichten können«, sagte Schulten. »Unsere Leute waren das nicht. Du musst den Eberth erreichen oder irgendjemand aus seinem Team. Warum haben wir davon nichts erfahren?«, regte sich Schulten auf.

»Wir hätten selbst darauf kommen müssen, Kollege.« Menger wusste nicht, wo sie anfangen sollten. »Die haben etwas gesucht und ich kann dir auch sagen was.«

»Nicht schwer zu erraten.«

Die beiden Polizisten suchten nach einem Laptop, nach Kameras, nach Speichersticks. Alles komplett abgeräumt. In der Müllhalde konnten sie nichts davon entdecken. Bilder waren von den Wänden gerissen worden, manche in kleine Schnipsel zerlegt. Gerade so, als seien die Täter immer aggressiver geworden, weil sie nicht gefunden hatten, wonach sie suchten. Wie konnten die Täter die Leiche von Stachowski ungesehen bis zu diesem Müllcontainer bringen? Menger schätzte die Entfernung zwischen Wohnung und Ort der Auffindung auf mindestens zwei Kilometer. Oder war der Fotograf gar nicht in seiner Wohnung umgebracht worden? Eines stand für Menger fest: Stachowski hat mit der Entführung nichts zu tun.

Schulten holte sein Handy heraus und wählte.

Dann entdeckte Menger etwas, das die Täter übersehen hatten. Eine Mini-Kamera, die als Piercing getarnt war.

Kapitel 8

»Wussten Sie, dass 400.000 Menschen allein in Deutschland unter dieser Krankheit leiden, man nennt sie vorläufig »pseudoneurologisches Symptom«. Heißt: Es sieht aus wie eine neurologische Erkrankung, ist aber keine, weil das Nervensystem völlig in Ordnung ist. Ausgelöst werden die krampfartigen Anfälle oder die Lähmungen oder dass man plötzlich blind wird durch irgendwelche traumatischen Ereignisse.«

»Und das trifft in meinem Fall zu?«

»Nicht unbedingt, Herr Paulsen. Es könnte möglich sein. So ungerne ich das tue, wir spekulieren immer noch. Die körperlichen Symptome sind nur das Ende einer Kettenreaktion. Eine andere Möglichkeit: Es kann natürlich auch sein, dass Sie hypnotisiert worden sind und immer noch unter Hypnose stehen. Ausschließen können wir selbst diese Hypothese nicht.«

Paulsen schiebt das linke Augenlid nach oben, um sich zum wiederholten Male den Professor anzusehen. Napoleon in Weiß, hat er ihn getauft, sein vogeliger Kopf und der graue Messerhaarschnitt, das Menjou-Bärtchen ... Irgendwas stimmt an ihm nicht.

»Kennen Sie den Film ›Botschafter der Angst‹ mit Frank Sinatra?«

»Nie gehört.«

»Es geht um amerikanische Soldaten, die während des Koreakriegs in einen Hinterhalt geraten und gefangengenommen wurden. In chinesischer Gefangenschaft werden sie hypnotisiert und einer Gehirnwäsche unterzogen. Und, das ist der eigentliche Clou, sie werden konditioniert, um Verbrechen zu begehen. Immer wenn ein kommunistischer Agent sie mittels eines Auslösemechanismus kontaktiert, bringen sie Leute um. An keine ihrer Taten können sie sich erinnern.«

Das Hochschieben des Augenlids schmerzt, je länger Paulsen es betreibt. Deswegen wechselt er von einem Auge zum anderen, muss stets neu akkommodieren. Der Professor trägt ein Namensschild auf der linken Brusttasche. Es gelingt Paulsen nicht, die Schrift zu entziffern.

»Nehmen wir mal an, meine Hypothese stimmt ...«

»Verdammt nochmal, ich war nie in diesem Sex-Club, wenn Sie darauf hinauswollen.«

»Herr Paulsen, Sie sind ein intelligenter Mensch, glauben Sie ernsthaft, dass Sie einer Öffentlichkeit klarmachen können, dass Sie in dem Club gedoubelt worden sind? Ihre Erinnerungen sind gelöscht, das können Sie nicht leugnen, oder?«

Paulsen zögert eine Weile. »Hypnose, davon sprachen Sie ...«

»Nur mal angenommen, Sie sind hypnotisiert worden – einerseits was ihr Erinnerungsvermögen angeht ... alles ausgelöscht – in dem Film, den ich gerade erwähnt habe, geht es eben darum, dass die Soldaten keinerlei Erinnerungen an die chinesischen Schergen haben, die sie konditioniert haben. Nur nebenbei: der Film wurde in Amerika zurückgezogen, weil er zu realistisch war. Dass amerikanische Soldaten zu Mördern umfunktioniert werden können, sollte die Öffentlichkeit nicht erfahren.«

»Hollywood, Herr Professor, pures Hollywood. Da mag ein bisschen was dran sein, aber der Rest ist Fiktion.«

»Vielleicht hat man Sie unter Hypnose gesetzt, weil man irgendetwas mit Ihnen vorhat …«

»Und was sollte das sein?«

»Gewiss sollen Sie niemand umbringen, aber … ich rede jetzt mal ins Blaue, dass Sie bei Ihren Moderationen etwas einfließen lassen, das schwerwiegende Folgen haben kann …«

»Das meinen Sie doch nicht im Ernst?«

»Was ich bei Menschen unter Hypnose erlebt habe, geht sehr viel weiter als das. Nochmal zu dem Film: bei einer Vorführung, wie ausgezeichnet die Hypnose funktioniert, ermordet ein Soldat auf offener Bühne seinen besten Freund …«

»Haben Sie es nicht ein bisschen kleiner?«

Arthur Paulsen lässt das linke Augenlid sinken. Der Medizinmann versteigt sich in abenteuerliche Theorien, weil er keine plausible Erklärung hat. Hirngespinste, um zu vertuschen, dass bisher alle Untersuchungen nichts erbracht haben. Nicht besonders überzeugend, Herr Professor Hertz.

»Auf jeden Fall würde die Hypnose erklären, warum Ihre Augenlider nicht automatisch geöffnet bleiben. So eine kleine Manipulation kann die Hypnose leicht bewerkstelligen. Ich habe mich lange mit den Verfahren befasst, habe mich selbst unter Hypnose setzen lassen, um zu erfahren, was mit einem vorgeht. War sogar bei einer dieser Massenhypnosen in Kanada anwesend, als ein Hypnotiseur 400 Leute gleichzeitig in Trance versetzt hat … Also, ich will nur sagen, unterschätzen Sie diese Hypothese nicht …«

Paulsen setzt sich im Bett auf. Er will dem Professor nicht völlig absprechen, dass er sich ernsthaft um seine Gesundung bemüht, aber bisher ist keinerlei Verbesserung seiner Lage zu spüren. Nur seine Erschöpfung nach der Einlieferung in die Klinik ist dauerhaft gewichen.

Paulsen wäre am liebsten aus der Klinik spaziert, wenn nicht dieses Problem mit seinen geschlossenen Augendeckeln gewesen wäre. Und natürlich gibt es noch ein weiteres Problem, aber Paulsen hat sich verboten darüber zu grübeln.

»Mal angenommen Sie haben Recht, Herr Professor, was fangen Sie mit dieser Erkenntnis an. Gibt es jemand, der mich aus der Hypnose wieder aufwachen lässt? Könnten Sie das selbst tun? Wäre natürlich sehr hilfreich …«

»Wir können es versuchen, denke ich. Aber garantieren kann ich nichts.«

»Noch eine andere Frage: Warum sollte man mich hypnotisiert haben? Es muss doch ein Motiv dafür geben.«

»Dabei sind wir noch nicht, Herr Paulsen, noch lange nicht, dazu müssten wir erstmal an Ihre Erinnerungen kommen … dann da scheint sich ja außer dem letzten Bild, von dem Sie mir berichtet haben, die winkende Frau nach Ihrer Sendung, nichts mehr auffinden zu lassen. Sie können sich ja nicht mal erinnern, dass Sie mit dem eigenen Wagen auf unseren Krankenhausparkplatz gefahren sind und dort verharrten, bis ich Sie aufgefunden habe.«

Paulsen befand sich in einer Zwangslage. Wie noch nie in seinem Leben. Wenn er versuchen wollte, über eigene Kanäle herauszufinden, was mit ihm geschehen war und warum man ihm so übel mitspielte, musste er seine Deckung verlassen. Dann stand er plötzlich im Rampenlicht und stotterte mit geschlossenen Augen … nicht auszudenken, diese Blamage … von seinem Job ganz zu schweigen … ein blinder Moderator … ihm schwindelte. Hatte also dieser Professor ihn persönlich auf dem Parkplatz des Krankenhauses gerettet. Keinerlei Bild davon in meinem Speicher, dachte Paulsen. Und das erschütterte ihn am meisten.

»Wann können wir mit der Ent-Hypnotisierung beginnen, Herr Professor?«

»Ich muss mich erst noch ein bisschen firm machen und mein Wissen auffrischen, aber nach ein paar Tagen ...«

»Warum nicht gleich heute?«

»Das wird kein Spiel werden, Herr Paulsen, keine Hokuspokus-Show, ich möchte da keine Fehler machen.«

13.8.
Heute wieder zwei Stunden in der Dunkelkammer gesessen. Oder waren es drei Stunden, bis die verdammten Pillen endlich wirken. Es dauert jedes Mal länger. Bin versucht die Dosis zu erhöhen, wenn es nicht solche heftigen Nebenwirkungen geben würde. Wie lange noch diese chemische Odyssee gut geht, weiß nicht mal der Professor, der mich mit großer Vorsicht behandelt so, als sei ich schon ein Moribunder. Immer wieder fragt er mich, wie ich zurechtkomme, und wenn ich sage, es geht mir den Umständen entsprechend gut, dann antwortet er, ohne zu zögern, lügen Sie mich nicht an. Soll ich ihm sagen, dass ich mich tagelang nicht aus dem Haus traue, soll ich ihm sagen, dass ich regungslos über Stunden im Bett liege und keine Kraft habe mich zu erheben, soll ich ihm sagen, dass ich seit dem Absturz kein Leben mehr habe, keine Hoffnung, keine Zukunft, soll ich ihm sagen, er kann alle seine Bemühungen einstellen, sie helfen sowieso nicht, auch wenn die verdammten Pillen ein wenig Linderung

bringen. Aber sobald ich die Dunkelkammer verlasse, bekomme ich wacklige Beine, die Knie zittern, die Hände kann ich nicht unter Kontrolle halten. Gehirngestürm. Ohrenrasseln. Magentumult. Manches Mal misslingt der Versuch, mit der Schere einige Meldungen aus der Zeitung auszuschneiden. Ich sitze da, lese die fatalen Meldungen, Katastrophen überall und ich will sie ausschneiden und in ihre Zimmer bringen, um sie an der Wand aufzuhängen, aber ich kann die Schere nicht gerade halten. Erst nach mehreren Versuchen klappt das. Ich renne die Treppe hinauf, finde das richtige Zimmer, zum Beispiel jenes, wo die Mordgeschichten hängen, halte inne, weiß nicht mehr, was ich hier soll, eile zurück in die Dunkelkammer, sitze ermattet auf dem Bürostuhl, der Körper schlaff, bewegungslos, ohne jeglichen Antrieb, bis ich mich gefangen habe und einen neuen Anlauf nehme. Vielleicht klappt es diesmal und dann scheitere ich erneut. So geht das immer wieder. Gabriele hatte zum 21sten Geburtstag eine Dunkelkammer von ihrem übergriffigen Großvater, dem alten Huneus, geschenkt bekommen, ob er ihr da an die Wäsche gegangen ist? Wie anders ist diese Dunkelkammer, für mich ein Ort der absoluten Stille – des Schmerzes – des Wahnsinns lichtlos

Der Roman, ach ja das Romänchen, wenn das nicht wäre ...

Gestern hab ich das Schild neben der Haustür abmontiert, weil schon wieder Flüchtlinge kamen. Hilfe, Sie müssen uns helfen. Meine Schwester soll abgeschoben werden, sie ist 15 Jahre alt. Vater ist bei der Überfahrt vom Schiff gestoßen worden, die Mutter ist nach Syrien zurückgekehrt. Wir wissen nicht, wo sie sich jetzt aufhält, vielleicht ist sie auch schon tot. Nun sind nur ich und meine Schwester da. Ich habe versucht, die beiden zu stoppen. Ich bin kein Rechtsanwalt mehr, schon lange nicht mehr, aber der Syrer sagt, ich sei ihre letzte Hoffnung, man habe ihm meine Adresse gegeben, ich könne helfen, ich hätte schon so vielen geholfen. Ja, vor Jahren, vor wie vielen Jahren. Ich sei in Rente, schon so viele Jahre nicht mehr anwaltlich tätig. Der Syrer glaubte mir das nicht. Ich habe sie ins Büro reingelassen und sie haben mir ihre Geschichte erzählt: die lebensgefährliche Flucht, über Jahre die Misshandlungen ihrer Landsleute, später in türkischen Gefängnissen, die Folter, die Angst der 15-Jährigen zurück geschickt zu werden ins Nichts. Ins NICHTS. Weg aus der Festung Europa, die vorgeblich noch so ruhig ist, hinein in ein Land, in dem sie jeden Tag eine Granate, ein Sperrfeuer, eine Bombe treffen kann. Ich habe ihnen gesagt, sie sollen mit ihren Unterlagen wiederkommen. Ich könnte ja mal jemand in der Behörde anrufen. Die beiden haben geweint. Erst die 15-Jährige, dann ihr älterer Bruder, einfach losgeheult. Für ein paar Stunden musste ich meine Dunkelkammer nicht aufsuchen, spürte mich ein wenig, konnte Kraft tanken. Ich bin dann nach draußen, um das Schild abzumontieren. Drei Schrauben ließen sich lösen, die letzte ließ sich nicht bewegen. Ich holte einen Meißel und meinen Lieblingshammer und sprengte das Schild von der Hauswand.

»Was machen Sie denn da, Herr van Bergen?«, kam es von einem Nachbarn, den das gar nichts anging.

Was soll ich sagen über das Romänchen? Gibt mir ein bisschen was zu tun. Ich tippe vor mich hin. Ich brauche nicht an den Absturz zu denken und an die unsäglichen Folgen für meine Tochter, meine Schwägerin und mich. Die letzten drei Mohikaner. Ich brauche manchmal weniger von diesen verdammten Pillen, aber wenn ich lese, was ich da zusammengeschrieben habe, gefällt es mir nicht. Zu viele Klischees, zu viele vorhersehbare

Wendungen, zu wenig entwickelte Charaktere, aber die Schreiberei hält meinen Kopf über Wasser, anstatt unterzutauchen und für immer.

Du kannst nicht jedes Spiel gewinnen, aber das letzte Spiel gewinnst du ganz bestimmt. Das sage ich mir immer wieder. Vielleicht wenn der Roman zu Ende ist, wenn außer dem Absturz nichts mehr zählt, wenn die letzte Sitzung bei Professor Hertz – wenn der seinen Namen in meinem Romänchen liest, nicht auszudenken, wie er sich aufregen würde, er würde mich für verrückt erklären, und dabei will ich den Roman doch gar nicht veröffentlichen, der ist für mich und vielleicht für meine Tochter, um sie herauszufordern zu einem kleinen literarischen Duell, wer schießt zuerst, wer wird zuerst zu Boden gestreckt, ich in meiner Dunkelkammer oder sie in ihren Zügen?

Schon am nächsten Tag standen die beiden syrischen Flüchtlinge vor der Tür. Erst wollte ich sie abweisen aber dann

68,5 Millionen Flüchtlinge weltweit – eine Nachricht – neuer Rekord -eine Nachricht – 68,5 Millionen – eine Flüchtlingsarmee – ein Flüchtlingsstaat – nur eine Nachricht – die verschwindet – wie mit Geheimtinte geschrieben – ganz ohne Folgen für uns – für mich – für alle, die in dieser Festung Deutschland leben – und sich nicht sattsehen können an Gewalt – Enthauptungen des IS, die in den sozialen Medien millionenfach angeklickt werden

2.000 Kinder von ihren Eltern getrennt. So lassen amerikanische Behörden auf Geheiß des US-Präsidenten an der mexikanischen Grenze die Flüchtlinge abschrecken. Ließ nicht Herodes 2.000 Kinder hinschlachten. 2.000 Kinder in 14 Tagen von den Eltern abgetrennt – nur eine Meldung aus unserem Zeitalter der Grausamkeiten. Kinder, die gerade gestillt werden, von US-

Soldaten den Müttern entrissen wegen Grenzverletzungen. Alle Gewalt geht vom Staate aus. Öffentliche Gewalt von Unrechtsstaaten. Wie damals bei der »Aktion Peter Pan«, als die CIA Mitte der 1950er Jahre kubanische Eltern in Panik versetzte, damit sie ihre Kinder in die USA schickten, um sie dort angeblich in Sicherheit zu bringen. Vor den Kommunisten. Aktion »Peter Pan«, was für eine Lüge. 14.000 Kinder wurden von ihren Eltern getrennt, kamen erst ins Lager, dann in Waisenhäuser, nur 7.000 haben jemals ihre Eltern wiedergesehen. Eine lange Tradition der Gewalt seit der Ausrottung ganzer Völker, Enthauptungen durch das Schwert. Hängen. Verbrennen. Rädern. Foltern. Nicht nur im Mittelalter ließ man die Opfer an den Galgen hängen, sichtbar am Straßenrand, Gefangene saßen in Käfigen, die von den Passanten so lange gedreht werden konnten, bis sich die zum Tod Geweihten übergeben mussten.

 Wenn der erbärmliche Roman zu Ende geschrieben ist, lege ich Hand an mein Leben.

Kapitel 9

»Drei bis vier Orgasmen pro Nacht, das kriegen Sie nicht im heimischen Ehebett ...«

»Wer Sex täglich braucht, der ist in so einem Club richtig, das können Sie mir glauben ...«

»Wir veranstalten ja nichts Illegales, wir vögeln, na und ...«

»Hier wird niemand zu was gezwungen, etwas Gewalt mag mal mit im Spiel sein, klar, aber doch immer im gegenseitigen Einverständnis ...«

»Die Kontrolle, die in unserem Club ausgeübt wird, ist enorm. Da kann keiner über die Stränge schlagen, und wer es doch tut, der fliegt sofort raus ...«

Kriminaldirektor Menger sah sich auf seinem Tablet die Einvernahmen der Gäste an, die an dem fraglichen Abend im Erotik69 zugegen waren. Die Kollegen von der SoKo hatten ganze Arbeit geleistet. Es hatte massiver strafrechtlicher Androhungen bedurft, bis die Besitzer des Clubs bereit waren, Namen und Adressen der Anwesenden herauszugeben. Vergeblich hatten ihre Rechtsanwälte versucht, Einspruch zu erheben. Allein die Tatsache, dass ihnen der Entzug ihres Gewerbescheins und der Gaststätten-Genehmigung angedroht wurde, ließ sie einknicken.

»Sex ist Privatsache, oder? Weder die Politik noch die Polizei sollten da herumschnüffeln ...«

»Ich mach's halt gerne, was soll ich mehr dazu sagen ...«

»Wenn Sie völlig verspannt von zehn, zwölf Stunden Job

hier eintrudeln, ist dies der ideale Ort um runterzukommen ... schon nach dem ersten Mal bin ich wie ausgewechselt ...«

»Ihnen könnte es auch nicht schaden, wenn Sie sich mal ein bisschen locker machen würden ...«

Kaum jemand versuchte, den Fragen der Kriminalbeamten auszuweichen. Die Aussagen waren offen, freizügig, teilweise sogar frech. Niemand hatte ein schlechtes Gewissen, weil er in einem Sex-Club sein Vergnügen suchte. Niemand verteidigte sich mit Ausflüchten. Menger hatte sich getäuscht. Allerdings die Tatsache, dass ihr Name vielleicht öffentlich werden könnte, bereitete allen Bauchschmerzen. Sie forderten von den Polizisten hundertprozentiges Stillschweigen. Kein Problem, sagten die Kollegen, das können wir garantieren. Menger musste bei dieser Zusage lächeln. Wie oft war etwas von polizeilichen Erkenntnissen durchgesickert.

»Dieser Paulsen vom Fernsehen, ja, der soll an dem Abend dagewesen sein, hab ich aber nix von mitbekommen ...«

»Ich stand an der Bar, als der plötzlich rückwärts umkippte und seinen Gin Tonic versprizte ...«

»Ich hab das erst aus der Presse erfahren, dass Paulsen an dem Abend mit von der Partie war ...«

»Mit welcher Frau er abgezogen ist, keine Ahnung, ich hab aber auch nicht so drauf geachtet ... war mit anderen Dingen beschäftigt ...«

»Ich glaube nicht, dass das der Paulsen persönlich war. Was sollte der in unserem Club? Viel zu gefährlich für dessen Karriere ... für mich ist das alles von den Medien aufgebauscht worden, die wollten ihre Schlagzeile und fertig ...«

Es waren mehr als zwanzig Einvernahmen, die die Kollegen durchgeführt hatten. Die Männer drucksten und wanden sich, versuchten die Anzahl der Besuche im Erotik69 gegen Null gehen zu lassen, fanden immer neue Begründungen, warum sie gerade an diesem Abend einen Sex-Club aufgesucht hatten. Zum ersten und einzigen Mal, versteht sich.

Menger fasste die Informationen über den Aufenthalt des Fernsehmoderators auf einer Zeitleiste zusammen. Wann ist Paulsen angekommen? Wer hat ihn in der Umkleide gesehen? Wie lange hat er vor dem ersten Kontakt an der Bar gestanden? Wann ist Paulsen mit der Frau ins Separee gegangen? An dieser Stelle war ein weißer Fleck. Die Frau, mit der Paulsen sich verlustiert hatte, war nicht unter den Befragten. Da muss unbedingt nachgearbeitet werden. Ein paar Minuten nach seinem Zusammenbruch kam Paulsen wieder auf die Beine. Zwei Männer führten ihn die Umkleide.

»Der war ein bisschen benommen, war ihm wohl auch peinlich, aber gefehlt hat ihm nix …«

»Er war schon ziemlich neben der Kapp, wenn Sie mich fragen, dem haben sie irgendwas in den Tee getan …«

»Also ich kann nur sagen, der konnte auf zwei Beinen wieder nach Hause traben … sonst ist mir nichts aufgefallen …«

»Er wollte partout keinen Arzt und natürlich auch kein Aufsehen. Kann man ja verstehen, oder?«

»Als wir ihn da in der Umkleide zurückgelassen haben, hat er sich wortreich bedankt und gesagt, ihm fehle nichts, er sei nur ein bisschen over-stressed, das sei nach der abendlichen Sendung immer so, nichts Aufregendes …«

Kriminaldirektor Menger schaltete das Tablet aus. Zwar konnte er sich die Vorgänge im Erotik69 nun vorstellen, aber es gab keinerlei Hinweise auf die mutmaßlichen Entführer. So viele Arbeitsstunden seiner Kollegen völlig umsonst. Vielleicht haben wir alle etwas übersehen, dachte Menger. Er würde sich die Einvernahmen noch einmal anschauen. Irgendwo musste es einen Fingerzeig geben. Besonders stutzig machten ihn die völlig konträren Aussagen der beiden Männer, die Paulsen in die Umkleide gebracht und dort nach kurzer Zeit alleine gelassen hatten.

»Wir haben ihn!«, rief Schulten aus. Er kam in Mengers Büro gestürmt und hielt einen Stapel Papiere in der Hand.

»Die Entführer?«

»Nein, den Mörder!«

»Ist Paulsen tot?«

Schulten ließ sich auf einen Stuhl fallen. Er japste nach Luft. Trotz seiner Körperfülle verfügte er über den schnellsten Laufschritt auf den Fluren des Kommissariats.

»Nun beruhig dich erstmal.« Menger erhob sich hinter seinem Schreibtisch und näherte sich dem Kollegen, der mit hochrotem Kopf auf dem Plastikstuhl saß. Mit den Papieren fächelte er sich Luft zu.

Stockend berichtete Schulten, wie sie auf Stachowskis Mörder aufmerksam geworden waren.

»Wir haben alle Anrufe von diesem Fotografen kontrolliert, Festnetz und Mobil, er hatte insgesamt 5 Handys, ziemliche Geduldsarbeit, aber erfolgreich. Das meiste an dem Abend und in der Nacht waren Anrufe bei oder von Redaktionen. Er scheint die Fotos von Paulsen am gleichen Abend verhökert zu haben. Die konnten wir von der Liste streichen.«

Menger versuchte, sich der Papiere zu bemächtigen, mit denen Schulten wedelte. Aber es gelang ihm nicht.

»Und dann war da ein Anrufer, der nichts mit der Presse zu tun hatte. Machte uns stutzig. Wer hat morgens gegen zwei Uhr

Stachowski angerufen? Das hätten wir zu gerne gewusst, aber noch lieber natürlich in Erfahrung gebracht, worüber die beiden gesprochen haben. Plötzlich kam der Meyerhoff, du weißt schon, das ist der vorlaute Grünschnabel, der dir immer mal wieder bei der morgendlichen Konferenz ins Wort fällt, also der Meyerhoff kam auf die Idee, doch mal diese Telefonnummer mit der Liste der Anwesenden im Erotik69 abzugleichen. BINGO, der Kerl war tatsächlich dort gelistet. Wir sind sofort hin, gleich mit drei Wagen und haben uns den Herrn geschnappt…«

»Ist das der Entführer?«

»Nein, der mutmaßliche Mörder von Stachowski. Er sitzt jetzt im Loch, hat sich ein paar Mal verplappert, an dem Abend sei er gar nicht dagewesen, nie den Namen Stachowski gehört und und und … und dann sagt er doch tatsächlich, er habe mitbekommen, dass da jemand im Erotik69 fotografierte … er wollte dem bloß einen Denkzettel verpassen, undsoweiter, die alte Tour, kennen wir ja … Und die Fotos wollte er natürlich auch … hat er aber nicht gekriegt. Wir werden ihn schon weichklopfen, Chef. Dafür haben wir unsere Spezialisten.«

»Und habt ihr einen Hinweis, was die Entführung angeht?«

»Entführung! Entführung! Du hast nichts anderes im Kopf. Wir haben wahrscheinlich einen Mordfall geklärt, jedenfalls stehen wir kurz davor und du denkst immer nur …«

»Schulten, komm runter. Gratuliere zum Erfolg, keine Frage, aber wir müssen auch …«

»Der Paulsen ist tot«, unterbrach ihn der Kollege. »Da wette ich hundert zu eins. Wenn Entführer sich tagelang nicht melden, bedeutet das meistens, dass das Opfer schon irgendwo unter der Erde liegt.«

Kapitel 10

»U-Bahn, U-Bahn, sonst noch was?«

»Muss ja nicht in der U-Bahn stattfinden.«

»Sondern wo?«

»Auf einem Sportplatz, einer Tennisanlage, was weiß ich. In einer Kabine, hinter dem Tor …«

»Auf dem Mond? Du spinnst doch nur rum.«

»Du hast noch keinen Plan, aber immer an allem rummeckern.«

»Die Bombe kann jeden Moment hochgehen. Ich dachte, du hast die Lage unter Kontrolle.«

»Von meiner Seite ist alles im grünen Bereich. Momentan ist absolut nix passiert.«

»Das wird nicht mehr lange gutgehen und dann hängen die uns hin.«

»Mit was denn?«

»Wirst schon sehen. Die finden was raus. Immerhin haben sie schon mal meine Stimme auf dem Band, das ist so sicher wie ein Pickel am Arsch.«

»Müssen sie erst mal auf dich kommen. Es gibt Millionen Stimmen, mit denen sie das vergleichen müssen.«

»Haben wir deswegen den Kontakt eingestellt?«

»Nein, verdammte Socke, weil wir einen wasserdichten Plan brauchen. Aber du lehnst ja alles ab, weil du nichts traust. Meinste, ich setze meinen Job aufs Spiel?«

»Wenn wir die Kohle haben, wirst du ganz schnell auf den Job pfeifen.«

»Wenn wir die Kohle haben ... dass ich nicht lache, noch ist nix in trocknen Tüchern, aber du hast die Ruhe weg, und kommst mit lauter abgefahrenen Ideen.«

»Besser als du, der nicht einen einzigen Plan hat, sondern immer nur Druck macht.«

»Du verkennst die Lage. Das Spiel kann jeden Augenblick zu Ende sein und dann war alles umsonst.«

»Noch hast du dich ja in keinerlei Unkosten gestürzt. Purer Zufall, dass das Täubchen dir in den Mund geflogen ist.«

MORD AN STACHO AUFGEKLÄRT

Kommissar Zufall hat bei der Aufklärung geholfen: Der Mörder unseres besten Fotografen Hans-Joachim Stachowski ist gefasst und hat die Tat gestanden. Seine Motive liegen weiterhin im Dunkeln. Die Polizei möchte keine weiteren Angaben machen und überlässt mal wieder der Öffentlichkeit das Spekulieren.

Stacho, wie er bei uns liebevoll genannt wurde, hat immer den richtigen Riecher für sensationelle Bilder gehabt. Kurz nachdem er seine letzte Serie abgeliefert hat, Fotos von Arthur Paulsen im Sex-Club Erotik69, hat ihn Dennis P. umgebracht. Schon bei der ersten Vernehmung verwickelte er sich in Widersprüche, die letztendlich zu seinem Geständnis führten. Ob es sich um Totschlag oder Mord handelt, wird noch zu klären sein. Auf jeden Fall sieht die Polizei einen Zusammenhang zwischen den sensationellen Bildern und dem Tod des beliebten Fotografen. Ist er ein Opfer seines Berufes geworden? Und was ist eigentlich mit Arthur Paulsen, der seit dem Vorfall nicht mehr auf dem Schirm zu sehen ist? Er sei abgetaucht, hieß es. Die Pressestelle des Senders hüllt sich in Schweigen, genauso wie die Polizei. Ob Paulsen etwas mit dem Mord zu tun hat? Ihn vielleicht sogar in Auftrag gegeben hat?

So sehr uns der Tod von Hans-Joachim Stachowski betroffen macht, wir müssen diese Fragen (und viele weitere) stellen. Schon im Interesse unserer Leser.

Wir werden Hans-Joachim Stachowski immer in guter Erinnerung behalten.

»Entscheidend ist, dass der drop genau dort geschieht, wo du am Bahndamm stehst. Ich bin im Zug und sorge dafür, dass die Frau auch im richtigen Moment den Koffer aus dem Fenster wirft.«

»Weiter. Ich höre.«

»Könnte doch klappen.«

»Wann bist du das letzte Mal im Zug gefahren?«

»Was meinste damit?«

»Die Fenster in den Zügen lassen sich nicht mehr öffnen.«

1.9.
Anruf von einem früheren Kollegen, war ganz erleichtert, dass er mich erreicht hat. Wieso, frage ich. Sagt er: ich dachte, du wolltest ... da stockt er, ist ihm überaus peinlich, möchte das Gespräch sofort beenden, druckst noch herum, dann legt er auf.

Ich muss vorsichtiger sein.

Kapitel 11

»Können wir jetzt mit der Ent-Hypnotisierung beginnen?«, fragt Paulsen mit fester Stimme.

Professor Hertz sieht seinen Patienten prüfend an: »Haben Sie so viel Lust, wieder ins Rampenlicht zu treten?«

»Schon bei der Vorstellung, was für eine Medienhatz auf mich zukommt, ziehe ich es vor, hier abzuwarten.«

Zwickmühle. Vor und zurück. Quadratur des Kreises. Wie immer Paulsen seine Lage betrachtete, es gab keine saubere Lösung, so sehr sich der Moderator die gewünscht hätte.

»Wir haben ein kleines Problem: Wenn wir ihre Augen mittels einer Klammer offenhalten, damit sie hypnotisiert werden können, werden Sie sich auf den Schmerz konzentrieren und nicht auf meine Worte.«

»Heißt das, es wird nicht funktionieren?«, fragt Paulsen, ziemlich angefressen.

»Herr Paulsen, ich werde Ihnen in den nächsten Tagen Infusionen geben, damit Ihre Selbstheilungskräfte gestärkt werden.«

»Und was soll das bewirken?«

»Es geht um all die Mechanismen, die der Organismus mobilisiert, um aus einem Zustand des Ungleichgewichts wieder in einen Gleichgewichtszustand, die ›Homöostase‹, zu kommen. Wir alle besitzen in unserem Inneren einen Arzt, der hilft, kleine und größere Krankheiten zu heilen …«

»Ist das ein neuer Hokuspokus, den Sie mit mir ausprobieren wollen?«

»Ob Sie mir einfach ein paar Minuten zuhören könnten?«

Arthur Paulsen setzt sich im Bett auf. »Nur zu!«

»Ein kleines Beispiel: Sie wachen morgens auf und haben einen leichten Zahnschmerz, nehmen keine Schmerztablette. Ein, zwei Stunden später ist der Schmerz trotzdem verschwunden. Was ist passiert? Die körpereigenen Schmerzmittel sind aktiviert und zum Einsatz gebracht worden. Es geht also darum, die richtigen Mittel zu finden, diesen Prozess der körpereigenen Arzneien in Gang zu setzen.«

»Und dann kann ich wieder sehen?«

»Früher sprach man dem Saft des Purpur-Sonnenhuts als Echinacea heilende Wirkung zu, insbesondere wurde es zur ›Stimulierung‹, mittlerweile sagt man ›Modulierung‹ des Immunsystems, eingenommen und sogar gespritzt. Viele Jahre wurde in Amerika Melatonin eine Selbstheilungswirkung zugesprochen. Wenn es uns gelingt, die Selbstheilungskräfte zu mobilisieren, dann kann unser innerer Arzt sehr vieles, ja fast alles bewerkstelligen.«

Paulsen schwankt zwischen Erleichterung und Verärgerung. »Warum haben Sie nicht schon längst damit bei mir begonnen?«

»Wir brauchen dafür jede Menge von Werten Ihrer inneren Organe, um die richtige chemische Zusammensetzung für die Infusion zu finden.«

»Wird das schmerzhaft sein? Was für Nebenwirkungen wird es geben?« Paulsen spürt jetzt eine Erregung, in die ihn die Worte des Professors versetzen.

»Das Einzige, was Sie spüren werden, ist erhöhtes Fieber. Aber auch das haben wir unter Kontrolle. Natürlich liegt die Entscheidung bei Ihnen. Aber aufgrund meiner langjährigen Erfahrung kann ich sagen, auf diese Weise kann Ihnen geholfen werden.«

»Wie soll ich als Laie …«

»Das sagen alle, Herr Paulsen, wenn wir einen Heilungsprozess in Gang setzen. Die Patienten sind nur bedingt Laien. Sie kennen Ihren Körper länger als jeder Arzt.«

Arthur Paulsen deutet einen Beifall an. Klatschen, ohne Geräusch zu machen. Nun soll endlich etwas unternommen werden. Wie lange musste ich darauf warten? Er schiebt das rechte Augenlid nach oben. Wässrig unscharf sieht er den Napoleon in Weiß, neben ihm steht Schwester Inge, die nicht einen Ton von sich gegeben hat. Er lässt das Lid wieder sinken.

»Also gut«, sagt Paulsen mit leiser Stimme. Seine Reaktion eher verhalten.

Dann hört er das Rasseln des heranrollenden Infusionsständers, spürt den Einstich in die Vene der rechten Armbeuge. Es dauert nicht lange, bis ihn ein wohlig-warmes Gefühl durchströmt.

»Entspannen Sie sich, Herr Paulsen.«

12.9.
Anruf vom Sender: Ob ich für ein Interview zum bremischen Polizeigesetz bereitstehen würde. Ich frage, warum gerade ich. Antwort: Sie stehen in unserer Kartei als kritischer Beobachter und Rechtsanwalt. Ich sage, ich bin schon so viele Jahre kein Rechtsanwalt mehr, da werde ich unterbrochen, deswegen

habe man mich angerufen, weil ich aus dem täglichen Geschäft heraus und ein unverdächtiger und kompetenter Beobachter sei.

Eigentlich werde ich nur ungern unterbrochen, wenn ich an meinem Romänchen schreibe, aber in diesem Falle vielleicht ganz willkommen. Ich hole mir die Fakten ins Gedächtnis.

Gravierende grund- und datenschutzrechtliche Eingriffe im Entwurf des Innensenators: Ausbau staatlicher Videoüberwachung im öffentlichen Raum, die Einführung elektronischer Fußfesseln zur Aufenthaltskontrolle mutmaßlicher terroristischer Gefährder und die heimliche Einschleusung von Staatstrojanern in Computer und Smartphones potenziell verdächtiger Personen, um diese sowie ihre Kontakt- und Begleitpersonen auszuforschen.

Auf der Fahrt zum Sender muss ich daran denken, wie ich als Verteidiger nach anstrengenden Sitzungen von Reportern des Senders bestürmt wurde, ein Statement abzugeben, nur damit die etwas zu senden hatten. Anfangs hat es mir sehr geschmeichelt, dass ich immer wieder in den lokalen Abendnachrichten zu sehen war, später empfand ich es nur noch lästig, sehr oft habe ich abgelehnt, ein Interview zu geben, ganz gleich wie brisant die Prozesse waren.

Am Empfang werde ich von einem Redakteur erwartet. »Gut, dass Sie kommen konnten, wir machen gleich eine Aufzeichnung, wir haben den Filmbericht schon fertig, aber es fehlt noch eine prononcierte Kommentierung des Polizeigesetzes. »Ich wende ein, es sei ja noch nicht geändert, da werde man schon noch abwarten müssen. Der Redakteur bittet mich dennoch um eine Stellungnahme. »Wenn Sie schon einmal hier sind ...« In diesem Augenblick hätte ich einen Rückzieher machen müssen. Im Stu-

dio begrüßte mich der Interviewer mit Handschlag und sagte: »Schön, dass Sie gekommen sind. Wir fangen dann gleich an.«

Der Staat bricht massiv in Privatsphäre ein – mithilfe der Staatstrojaner kann die Polizei auf Telekommunikation, gespeicherte Festplatteninhalte, intimste Informationen, Fotos und Filme zugreifen.

Wir sind auf dem besten Wege zu einem Schnüffelstaat.

Wir bekommen bayerische Verhältnisse, denn dort geht das Polizeiaufgabengesetz über alle juristischen Beschränkungen hinaus.

Ich habe versucht, sachlich zu bleiben, war aber ziemlich erregt.

Der Interviewer hat nur zugehört, keine weiteren Fragen gestellt und gesagt: »Wir sind ein bisschen zu lang geworden, aber keine Sorge, ich kürze das behutsam ein.«

Auf dem Rückweg vom Sender bin ich lange an der Weser spaziert, habe mir einen Gin Tonic gegönnt, kam ganz beschwingt nach Hause, ohne auch nur einen Blick in die Dunkelkammer zu werfen, nicht mal die Zeitungen habe ich angerührt, sondern bin noch ein bisschen herumgelaufen bis zur abendlichen Sendung, in der mein Interview n i c h t ausgestrahlt wurde.

Ich saß verdattert vor dem Fernseher. Wahrscheinlich war denen mein Tonfall zu scharf. Im Filmbericht waren ein paar kleine Fragezeichen am Entwurf zum Polizeigesetz angebracht, die aber nichts mit meiner grundsätzlichen Kritik zu tun hatten.

Am nächsten Tag war die Wut verraucht. Ich saß in meiner Dunkelkammer und hab den ganzen Vorgang ausgeblendet.

Kapitel 12

Kaum hatte er die Toilette in der Ankunftshalle des Flughafens verlassen, wurde er von allen Seiten angestarrt. Wartende Angehörige machten Platz, ankommende Passagiere traten zurück, ein Mädchen sprang auf ihn zu.

»Können Sie mir ein Autogramm …«

Er setzte sein bekanntes Lächeln auf, ging aber unbeirrt weiter. In seinem Trenchcoat der Marke ROLLING STONED, den er über einem feinen englischen Zwirn trug, überragte der hochgewachsene Blondschopf fast alle Umstehenden. Seine blankgeputzten Lackschuhe waren makellos.

Als nehme er eine Parade ab, spazierte er durch die Ankunftshalle, ließ sich begaffen wie ein Kronjuwel, bis er schließlich dem Ausgang zustrebte.

Die Taxifahrer rissen sich um ihn. Auch das passierte ihm nicht das erste Mal.

Bevor er einstieg, sagte er leise: »Spezialpreis?«

»Für Sie doch immer, Herr Paulsen.«

Das Moderatorenlächeln, ein Nicken des Taxifahrers. Schon setzte er sich in den Fond, nicht ohne der kleinen Schar von Gaffern zuzuwinken.

»Sie wurden schon vermisst, Herr Paulsen«, der Taxifahrer schaute ihn unentwegt an.

»Wer? Ich?«

»In der Zeitung stand, Sie seien abgetaucht.«

»Völliger Nonsens. Ich war im Ausland. Darf man nicht mal ein paar Tage Urlaub machen bei dem stressigen Job?«

»Ich frag ja nur.« Der Fahrer stellte das Taxameter ab. Spezialpreis, eben. »Zum Sender?«

»Wohin denn sonst?«

Er spürte, dass der Taxler ihm gerne ein paar weitere, durchaus indiskrete Fragen gestellt hätte, aber er schien sich nicht zu trauen.

»Ich habe neulich eine schöne Geschichte erlebt, die wär mal was fürs Fernsehen.«

»Erzählen Sie«, sagte der Mann und hob gönnerhaft die rechte Hand.

»Ich komme zu einem Kunden, frühmorgens um sechs und der fragt, ob ich ihm beim Koffertragen helfen könne. Kein Problem. Das war nun ein echt schweres Teil. Den wuchten wir zusammen in den Kofferraum. Als wir gestartet sind, frage ich, wie schwer denn dieses Monstrum sei. ›50 Kilo‹, sagt der Fahrgast. ›Na, da werden Sie Schwierigkeiten bei RYANAIR kriegen.‹ Er will wissen wieso. ›Da müssen Sie für jedes Kilo extra zahlen.‹ Der Mann regt sich auf, das sei ihm ja noch nie passiert. Ich sage: ›Und außerdem, mehr als 32 Kilo darf kein Gepäckstück wiegen, Arbeitsschutzbestimmungen, die Kofferschlepper sollen sich ja nicht das Rückgrat ruinieren.‹ Der Kunde noch mehr in Brass, bisher sei das immer gutgegangen. Und dann wollte ich natürlich wissen, was in dem Monstrum drin ist. Er ganz lakonisch: ›ALDI-Konserven für meine Tochter in Glasgow.‹ Ich fragte noch: ›Gibt es in Glasgow kein ALDI?‹ Die Tochter bestehe auf genau diesen Konserven. Wir kommen am Flughafen an. Wieder mühen wir uns mit dem Riesenkoffer ab und stellen ihn auf den Trolley. Leider weiß ich nicht, wie die Geschichte ausgegangen ist, aber sie hat gut angefangen, meinen Sie nicht?«

»Na ja, ganz lustig ... aber nichts fürs Fernsehen.«

»Schade.«

»Lassen Sie mich da vorne raus. Ich gehe immer gerne die letzten Meter zu Fuß.«

»Aber ein Autogramm kriege ich doch noch?«

Er zückte seinen Füller und setzte schwungvoll seinen Namen auf die Rückseite einer Taxiquittung.

»Und noch eins für mein Enkelkind. Das steht immer vorm Fernseher, wenn Sie zu sehen sind, dann winkt die Kleine ihnen zu. Köstlich, oder?«

»O.K. geben Sie mir noch ein Blatt. Wie heißt die Kleine?«

»Elvira.«

Für Elvira, schrieb er. Dann stieg er aus, ohne sich für den Transport zu bedanken.

Kaum hatte der Fahrgast die Tür zugeschlagen, rief der Taxifahrer die Zentrale an. »Ihr glaubt nicht, wen ich gerade bei mir drinsitzen hatte, den Paulsen, den Atze von der Glotze. Irre, was? So ein netter Kerl und gar nicht eingebildet. Hat mir sogar zwei Autogramme gegeben. Supi, der Tag hat prima angefangen.«

Die Frau von der Taxizentrale stutzte. Paulsen, Paulsen, was war denn noch mit dem? Erst tauchen diese nackigen Fotos in den Zeitungen auf, dann soll er abgetaucht sein ... Sie rief ihren Mann an. »Sucht ihr den Paulsen immer noch?«

»Mehr denn je!« Sagte der Oberkommissar.

»Den hat ein Kollege gerade in den Sender gefahren.«

Der Kommissar ließ sich die Nummer des Taxifahrers geben und nahm sofort Kontakt mit ihm auf. Zugleich informierte er den Leiter der SoKo »Entführung Paulsen«, Kriminaldirektor Menger.

Die Nachfrage beim Pförtner des heimischen Senders, dem seit Menschengedenken Dienst tuenden Antonius, ergab, dass dort kein Paulsen aufgetaucht war. Fehlalarm. Rückfrage beim Taxifahrer. Der ließ sich nicht davon abbringen, Paulsen nicht mal hundert Meter vorm Sender abgesetzt zu haben. »Ich bin sogar im Besitz von zwei Autogrammen.«

»Als Paulsen ausgestiegen und dann als wer weitermarschiert«, fasste Menger die Lage zusammen. Der Kriminaldirektor gab die Beschreibung des Gesuchten an alle Wagen weiter und bat um dringende Beachtung seines Fahndungsersuchens.

Keine halbe Stunde später saß der Mann im Wagen einer Funkstreife und wurde zum Präsidium gebracht.

»Reine Routine, Herr Paulsen. Wir haben nur ein paar kleine Fragen an Sie.«

»Kann ich mir schon denken«, war seine Antwort. Ein Spatz hatte ihm auf den teuren Trenchcoat geschissen. Wie konnte er diesen Schandfleck bereinigen? Das beschäftigte ihn im Augenblick mehr als alles andere.

1.10.
Auf der Aquarius, dem Schiff der SOS Méditerranée, werden 600 Afrikaner von Land zu Land verschifft – Italien lehnt ab – Frankreich lehnt ab – Spanien erklärt sich bereit, die Flüchtlinge aufzunehmen, um dann 90 % von ihnen wieder abzuschieben. Auch der Papst ist entsetzt. Aber denkt nicht daran, die Schatullen der Kirche zu öffnen, die Milliardenschätze bleiben unangerührt.

Ich komme mir so vor, als sei ich ein kleiner Teil dieser Spirale der Unmenschlichkeit, weil ich einen Riesenkasten habe, in dem ich mindestens 20 Flüchtlinge aufnehmen könnte, aber ich schaffe es nicht, mich zu diesem Schritt durchzuringen – so sehr mein Gewissen mich dazu zwingt. Es ist diese allgemeine Gleichgültigkeit. Wir sitzen zu Hause vor dem Fernseher schauen die Nachrichten und gehen einen Aperol Spritz trinken. Zehntausende ertrinken im Mittelmeer, was inzwischen Totes Meer heißen müsste, eiskalt erbarmungsloses Mittelmeer. Manche regen sich auf. Wenige.

Und was mache ich? Ich schreibe mein Romänchen, ein kleines unbedeutendes Romänchen. Bin ganz beglückt über den Einfall von einem Doppelgänger Paulsens. Ein Einfall bloß, aber ich habe keine Ahnung, wohin er mich führt. So ist es mir häufig ergangen, mit all meinen Fällen und Todesfällen. Wenn ich gut drauf war, konnte ich Ideen genießen, sie flossen reichlich und gaben Kraft. Zum Überleben.

Professor Hertz hat mir geraten, mich ein weiteres Mal an einen Psychotherapeuten zu wenden. Denn auf Dauer könne die Einnahme von Chemiekeulen gefährlich werden. Ich würde durch Gespräche mit einem Therapeuten wieder Stabilität erlangen. Ich könne nicht darauf hoffen, dass sich meine Situation von alleine verbessere. Als er erfahren hat, dass ich an einem kleinen Roman arbeite, gratuliert er mir überschwänglich, das sei doch eine wirklich positive Entwicklung.

Nächste Woche hat sich Hannah angekündigt. Endlich! Ich bin gespannt, wie sie mit ihrer Arbeit vorankommt. Ich werde ihr meine Kapitel nicht zeigen, will nicht nochmal den gleichen Fehler machen wie damals.

Kapitel 13

Das Studio, blau und weiß und rote Linien. Die Kameras ohne Besatzung. Die Scheinwerfer auf ihn gerichtet. Der Teleprompter, den er nicht lesen kann. Das Signal. Die Fanfare. Der Knopf im Ohr. Die Regie. Und plötzlich gehen ihm die Augen auf. Grell-hell. Spitz-weiß. Wie Nadeln in der Pupille. *Atrocities of the world.* Die Kriege. Die Flüchtlingsströme. Der Hungerkontinent. Die Morde in Brasilien. Das Robbenschlachten in Kanada. Das Menschenschlachten in Kalabrien. Vergewaltigungen, Steinigungen, Enthauptungen. Das einstige Paradies ein einziger Blutrausch. Eine halbe Million Morde, 3.000 Hinrichtungen in einem Jahr. Kein Kontinent frei von Gewalt. Kein Ort nirgends ohne Bluttaten. *Atrocities of the world.* Er versucht, die Augen zu schließen. Die Lider zu senken. Es gelingt ihm nicht. Die Regie fordert ihn auf, endlich mit der Sendung zu beginnen.

Arthur Paulsen erwacht. Schweiß gebadet. Sein Puls rast. Das Fieber treibt den Puls hoch. Er hyperventiliert. Strampelt sich frei. Wedelt mit beiden Händen. Versucht, den roten Knopf zu erreichen, der über seinem Bett baumelt. Mit erstickter Stimme ruft er nach Schwester Inge. Kann mich jemand hören? *Is anybody out there?* Bin ich in den Staaten? Wieder im St. James Infirmary?

Paulsen ist froh, dass er die Augen nicht öffnen kann.

Kapitel 14

»Nun lassen Sie doch die Spielchen, Herr … wie heißen Sie überhaupt?«

»Paulsen, Arthur Paulsen. Sie müssten mich doch nun wirklich kennen.«

Menger stand kurz davor, die Geduld zu verlieren. »Können Sie sich ausweisen? Irgendein Papier, Pass, Führerschein, Kreditkarten.«

»Man hat mir im Ausland alles geklaut«, kam die prompte Antwort.

»Wo waren Sie denn überhaupt?«

»In Marokko, Marrakesch, wenn Sie es genau wissen wollen.«

»Da sind Sie beklaut worden?«

»Genau, auf dem großen Platz, keine Ahnung, wie der heißt, hatte im Hoteltresor gerade noch ein paar Scheine fürs Taxi zum Flughafen und das Rückflugticket hatte ich ja auch.«

Kriminaldirektor Menger forderte einen Kollegen auf, diese Aussagen zu überprüfen. Irgendwie musste der Mann doch zu packen sein.

Eins stand jedenfalls fest: Paulsen war das nicht. Sondern ein Look-a-like wie es kaum einen zweiten gab. Die Haltung, die Frisur, der berühmte Trenchcoat und nicht zu vergessen die blank geputzten Lackschuhe, für die Paulsen seit jeher bekannt war.

»Bring die Penning her!«, bat Menger einen Mitarbeiter.

Er wandte sich wieder dem Mann zu, dessen Lächeln wie

eingefroren schien. Als hätte eine Maskenbildnerin diese Miene zementiert.

»Kommen wir mal zu der fraglichen Nacht, Herr … wie heißen Sie noch gleich?«

»Paulsen, Arthur Paulsen.« Unbeirrt wiederholte der Mann den Namen.

»Sie wissen schon, welche Nacht ich meine.«

»Welche bitte?«

»Die Nacht im Erotik69.«

»Ach so, die.«

»Sie waren da?«

»Natürlich.« Er räusperte sich. »Stand ja in allen Zeitungen. Auch, dass ich dort einen Schwächeanfall hatte. War aber nicht so schlimm. In der Umkleide bin ich wieder zu mir gekommen. Beinahe hätte ich mich sogar wieder ins Vergnügen gestürzt.«

»Dann waren Sie das auf den Fotos in den Gazetten?«

»Wer denn sonst? Paulsen, Arthur Paulsen, von Freunden genannt Atze, immer zu Diensten.«

Menger erinnerte sich daran, dass eine der Befragten, die in dieser Nacht im Erotik69 gewesen war, eine ähnliche Vermutung geäußert hatte. Eine Verwechslung, wie sie nicht zum ersten Mal vorgekommen war. Alle halten den blonden Hünen für den Moderator, keiner schaut genauer hin. Nicht mal dieser Fotograf, der mit den Bildern eine Menge Kohle gemacht hat. Der aber diese Fotos mit dem Leben bezahlt hat.

»Haben Sie eine Vermutung, weswegen Sie im Sex-Club zusammengebrochen sind?«

»Wahrscheinlich hat mir jemand ein paar Pillen in den Gin-Tonic getan.«

»Aber Sie konnten, nachdem Sie sich angezogen haben, ganz ohne Hilfe den Club verlassen.«

»Genau so war es. – Und da ich ein paar Tage im Sender frei hatte, hab ich gedacht, ich flieg nach Marokko, da hab ich wenigstens meine Ruhe.«

»Das heißt, Sie sind gleich abgereist, als Sie die Fotos aus dem Sex-Club gesehen haben.«

»So ist es. Meinen Sie, ich hätte Lust gehabt, mich noch weiter mit Schmutz bewerfen zu lassen. Es ist doch so, wenn man einmal in die Fänge von diesen Schmieranten gerät, dann lassen Sie einen nicht mehr los, saugen einen aus, bis man völlig ermattet am Boden liegt.«

Menger wurde wieder unsicher in seiner Einschätzung. Was hatte es dann mit dieser Entführung auf sich? Alles nur Bluff? Ein groß angelegtes Ablenkungsmanöver? Das Publikum soll denken, der Moderator ist abgetaucht und wenn er wieder erscheint, ist seine Weste so rein wie zuvor.

»Waren Sie von Anfang an Mitglied im Erotik69?«

»Ich bin an diesem Abend zum ersten Mal hingegangen, um ein bisschen Spaß zu haben. Da ist doch nichts dabei, oder? Die haben mich natürlich gleich erkannt und eingeladen, ohne Gebühr selbstverständlich. Die haben mir eine Maske gegeben, damit ich ein bisschen diskreter auftreten konnte. Nur bei meiner Körpergröße ist das nicht so einfach … Sie verstehen, was ich meine …«

»Ich verstehe«, erwiderte Menger, obwohl er noch nichts verstanden hatte.

»Der Taxifahrer hat ausgesagt …«

»Ach, sind wir jetzt schon bei Verdächtigungen?«, fragte der Mann erbost.

»Der Taxifahrer sagt, Sie müssten nur das Wort ›Spezialpreis‹ aussprechen und schon sei die Fuhre kostenlos, wohin immer Sie wollen.«

»Auch das stimmt. Muss ja ein paar Vergünstigungen geben, nicht immer nur dieser Promi-Stress. Was meinen Sie, wie anstrengend es ist, den ganzen Tag angegafft zu werden, hier ein Autogramm oder Selfie, dort ein gutes Wort, hier eine blöde Anmache, dort ein kumpelhaftes Lob. Wenigstens sind die meisten Menschen nicht groß genug, um mir auf die Schulter zu klopfen. Davon können kleinere Kollegen ein Lied singen. Wenn Ihnen 30 mal am Tag auf die Schulter geklopft wird, ich kann Ihnen sagen, das macht Sie fertig.«

Spielt seine Rolle perfekt, dachte Menger, oder ist er es doch selbst? So langsam gingen ihm die Fragen aus. Wo blieb denn nur die Penning?

»Wie sind Sie denn an dem Abend ins Erotik69 gekommen?«

»Mit dem Taxi. Ich hab gar kein eigenes Auto.«

»Spezialpreis?«

»Spezialpreis, selbstredend. Was reiten Sie darauf herum, das ist eine private Vereinbarung, alles ganz legal. Die Fahrer dürfen doch ihre Kunden befördern und wenn es ohne Uhr ist, dann eben ohne Uhr. Übrigens: der Taxifahrer hat mir eine schöne Geschichte erzählt, von einem äußerst schweren Koffer …«

»Kommen wir nochmal zu Ihrem Zusammenbruch. Haben Sie etwas davon gemerkt, dass ein Fotograf genau in diesem Augenblick Fotos geschossen hat?«

»Wie sollte ich? Ich bin nach hinten gekippt und war ein paar Minuten nicht auf dieser Welt, ohnmächtig, ohne Bewusstsein, ganz wie Sie wollen.«

»Also zeigen die Fotos Sie?«

»Wen denn sonst? Paulsen, Arthur Paulsen, Atze von Freunden genannt.«

Schulten betrat das Vernehmungszimmer. »Die Frau Penning wäre jetzt da.«

»Herein mit ihr!«, sagte Menger und ließ den Mann nicht aus den Augen. »Halt, einen Moment noch.«

»Was soll das werden?«, fragte der Mann entsetzt.

»Das werden Sie gleich erfahren.«

Daniela Penning erhob sich von der Sitzbank. Menger erklärte ihr die Situation. Er wolle eine formelle Gegenüberstellung vermeiden, dazu brauche man einen Beschluss, er halte den Mann für einen Hochstapler, der sein Aussehen nutze, um sich Vorteile und Vergünstigungen zu verschaffen.

»Haben Sie irgendeine Information, irgendeinen Hinweis, einen Fakt von Ihrem Mann, den ein Außenstehender nicht kennen kann?«

Paulsens Ex-Frau überlegte eine Weile, dann flüsterte sie: »Fragen Sie ihn, welche Automarke ein sowjetischer Generalsekretär am Petersberg an den Baum gesetzt hat. Die Geschichte hat er immer gerne zum Besten gegeben.«

Menger zuckte mit den Schultern: »Verraten Sie mir die Marke.«

»Einen Mercedes 600.«

Der Kriminaldirektor bedankte sich und bat Daniela Penning, sich noch ein paar Minuten zu gedulden.

25.9.
Hannah war zu Besuch. Nur mal kurz reinschauen. Soll mich gar nicht stören lassen. Meine Tochter. Wie immer in Eile. Zugfahren

macht hektisch. Sie wollte nur mal nachfragen. Wie es mir so ergeht. Ich sage ihr nicht die halbe Wahrheit. Nicht mal ein Viertel.

Und dein Roman?

Dem geht es gut, sage ich. Fast ein wenig euphorisch.

Wie weit bist du denn?

Kurz vor dem Ende. Fehlt nicht mehr viel. Und du? Was machen deine Versuche im Zug?

Ich hab schon ein paar tolle Gespräche.

Wieso Gespräche?

Und dann erzählt sie mir, dass sie Bücher verschenkt im Zug, in deren Rücken Mini-Abhöranlagen eingebaut sind und sie die Gespräche ihrer Mitreisenden anhören und mitschneiden kann.

Ganz schön illegal für die Tochter eines Rechtsanwaltes, sage ich. Wieviel Jährchen du dafür aufgebrummt bekommst, kann ich dir nicht sagen, aber ein Freispruch ist eher unwahrscheinlich.

Du wirst mich doch verteidigen, Paps!

Ich habe keine Lizenz mehr, aber ich kann dir einen Kollegen vermitteln. Wie lange geht das schon so?

Och, eine ganze Weile. Ich solle mal an die Flüchtlingsgespräche von Brecht denken, auch wenn damit die Messlatte ziemlich hochgelegt sei.

Mitten im Gespräch springt Hannah auf und rennt in den ersten Stock, wo meine Katastrophenzimmer liegen. Besonders interessiert sie das Terroristenzimmer. Viele hundert Zeitungsartikel, die ich ausgeschnitten und an die Wand gepinnt habe.

Hast du irgendeine Spur?

Wie sie das meine, will ich wissen.

Kannst du dir vorstellen, dass der Schlussknall auf das Konto der NSU geht?

Hannah erzählt mir, dass sie im Prozess gegen die NSU-Terroristen in München gewesen sei und sich das Gewinsele der Angeklagten angehört habe und da sei ihr die Idee gekommen, dass das Trio vielleicht auch den Schlussknall verursacht haben könnte.

Ich rede es ihr aus: Die Morde der NSU seien an Türken und Griechen verübt worden.

Aber auch eine deutsche Polizistin ist unter den Opfern, wendet Hannah ein.

Die Mittel, um so eine Bombe zu bauen, hätten sie gehabt, gebe ich zu.

Dann erzählt Hannah Geschichten aus der Bahn. Von der Frau, die das ganze Großraumabteil damit beschäftigt, dass sie sich am Flughafen den falschen Koffer genommen hat und ihn nun inspiziert, ganz öffentlich. Oder die Geschichte von dem Schaffner, sie mag das altmodische Wort, der Hannah immer mit Handschlag begrüßt und jedes Mal fragt, wohin soll es denn heute gehen, junge Frau?

Im Naturkatastrophenzimmer studiert Hannah, die sich immer schneller drehende Spirale der Wetterereignisse – Dürre – Überflutung Tornados – Vulkanausbrüche – Erdbeben – Gletscherschmelze.

Das Zimmer im Dachgeschoss hab ich versperrt. Ich hatte mich darauf vorbereitet, wenn Hannah dort Einlass begehrt hätte. Aber sie hat gar nicht erst gefragt.

Ich denke über eine Überdosis Diazepam und Resochin nach oder über eine Luftspritze.

Kapitel 15

»Frau Penning, wenn wir diesen Weg beschreiten, dann gelten ganz besondere Regeln, die Sie hundertprozentig beachten müssen, damit keine Katastrophe geschieht.«

Kriminaldirektor Menger schaute Paulsens Ex-Frau an. Seitdem die neue Nachricht von den Entführern gekommen war, hatte sich ihr Verhalten völlig verändert. Unter keinen Umständen wollte sie das Lösegeld wie gefordert persönlich an den Ort bringen, den die Entführer ihr nennen würden. Die geforderte Summe war nochmal verdoppelt worden. Zwei Millionen in gebrauchten 500 €-Scheinen, ohne fortlaufende Nummerierung. »Keine Tricks mit Falschgeld, keine markierten Scheine, keine Sender im Koffer. Am letzten Freitag im Monat schalten Sie ihr Handy ein und folgen unseren Anweisungen.« Eine Frauenstimme hatte sich gemeldet. Sehr ruhig, sehr klar, keinerlei Akzent. Warum die Entführer nun wieder das Telefon benutzten, konnten sich die Männer von der SoKo nicht erklären.

Daniela Penning wollte wissen, welche Regeln sie zu beachten habe. Menger erklärte ihr, dass eine Polizistin ihre Rolle übernehmen werde. »Ab sofort ist das die Frau Penning. Sie werden erstaunt sein, was unsere Maskenbildnerinnen zu leisten imstande sind. Heute Nacht werden wir Sie aus dem Haus in ein sicheres Versteck schaffen. Sie werden von uns informiert werden und auch – wenn nötig – hinzugezogen, aber, und das meine ich in vollem Ernst, Sie dürfen keinen Schritt machen, ohne uns in Kenntnis zu setzen.«

Daniela Penning begriff nicht recht, warum sie unter Quarantäne gestellt werden sollte.

»Wir gehen davon aus, dass nicht erst am Freitag dieses Haus und speziell Sie von den Entführern beobachtet werden. Sobald die Verdacht schöpfen, werden sie die Lösegeldübergabe platzen lassen und wir müssen von vorne beginnen. Das ist bei vielen ähnlichen Fällen so geschehen.«

»Und was heißt das?«

»Ich kann verstehen, dass Sie sich nicht dem Risiko aussetzen wollen, falls bei der Übergabe irgendetwas geschehen sollte. Unsere Kollegin ist geschult und vorbereitet. Wir können Sie aus dem Schussfeld nehmen und uns voll und ganz auf die Ergreifung der Täter konzentrieren.«

Kriminaldirektor Menger war dieses Vorgehen wesentlich lieber als wenn Amateure Helden spielen wollten und sich damit in erhebliche Gefahren begaben.

»Und noch eins, Frau Penning. Die Lösegeldsumme ist gedeckt, das ist nicht ihr Problem, aber Sie müssen uns garantieren, dass von diesem Vorgehen die Öffentlichkeit niemals etwas erfährt. Sie verpflichten sich, nichts über die Lösegeldübergabe verlauten zu lassen. Das würde unsere taktischen Maßnahmen bloßlegen.«

Daniela Penning lehnte sich im Sessel zurück. Sichtlich erleichtert.

Die Entlarvung des Doppelgängers von Paulsen. Was für ein Spaß, den der Kriminaldirektor und seine Kollegen ausführlich genossen hatten. Der Mann, der Dennis Dickebaum hieß, konnte keine der persönlichen Fragen beantworten. Stotterte rum. Verhaspelte sich. Dass er derjenige war, der in dieser Nacht im Erotik69 gevögelt hatte, stand außer Frage. Darauf bestand der Look-a-like vehement. Menger hatte überlegt, ob er diese Information der Hierarchie des Senders VITAL vorab zukommen lassen sollte. Schließlich mussten sie erfahren, dass an der Skandalgeschichte nichts dran war. Oder war es besser, damit noch zu warten, bis Arthur Paulsen wieder an Bord war?

Kapitel 16

Der Austausch ging um zwei Uhr morgens vonstatten. Die Umgebung des Penning'schen Hauses war gründlich durchsucht worden, dann kam das Signal zum Start der Aktion. Mit schnellen Schritten kamen Menger und eine weitere Person den Kiesweg zum Haus gelaufen. Daniela Penning hatte ihre Sachen gepackt. Wohin würde man sie bringen? Menger hielt sich in der Frage bedeckt.

Wenige Minuten standen sich die beiden Frauen gegenüber. Daniela Penning und Sandra Meinerzhagen, die Polizistin. Als schauten sie in einen Spiegel. Sie begrüßten sich. Eher verhalten.

»Fühlen Sie sich wie zu Hause«, sagte Daniela Penning zögerlich. »Ich habe Ihnen ein Bett im Gästezimmer bezogen. Handtücher liegen bereit, alles andere finden Sie schnell. Die Wohnung ist ja überschaubar.«

Die Kriminalhauptkommissarin dankte für die freundliche Aufnahme. Es werde ja nicht allzu lange dauern, dass sie hier wohnen müsse.

»Gut, dass Sie keinerlei Dialekt sprechen oder einen auffälligen Akzent haben, das macht es für mich wesentlich leichter. Kollege Menger hat mir schon ein paar Details berichtet, die durchaus nützlich sein könnten.«

Der exakt gleiche Haarschnitt, die gleiche Kleidergröße, das Gesicht mild geschminkt. Fast wie Zwillinge.

»Jetzt haben Sie auch eine Doppelgängerin, Frau Penning«,

versuchte Menger eine witzige Bemerkung. Paulsens Ex zeigte keine Regung. Dass jemand anderes ihre Rolle spielen sollte, *pretty strange.*

»Ich werde sowieso nicht viel sagen müssen«, gab die Polizistin von sich, »zuhören und die Anweisungen befolgen, das ist mein Job. Und hoffen, dass sich die Entführer nicht zu irgendwelchen Gewalttaten hinreißen lassen. Ich glaube, wir haben die richtige Strategie gewählt mit diesen Entführern umzugehen. Sobald wir auf ihrer Fährte sind, dürfte es nur noch eine Frage der Zeit sein ...«

»Wenn sie meinen Ex nicht umgebracht haben«, unterbrach Daniela Penning die Polizistin. »Von dieser Möglichkeit scheint ja wohl niemand von Ihnen auszugehen, oder?«

»Von dieser Möglichkeit dürfen wir nicht ausgehen, sonst könnten wir weitere Aktionen vergessen«, sagte Menger. »Unser Ziel ist es, die Täter dingfest zu machen und der Justiz zu übergeben.«

»Was macht Sie denn so sicher, dass er noch lebt?«

»Die Erfahrung, Frau Penning. In den wenigsten Fällen enden Entführungen tödlich ...«

»Schleyer, denken Sie doch mal an Schleyer ...«

»Das waren Terroristen, ganz anderer Täter-Typ.«

»Der wurde umgebracht, weil die hohe Politik sich nicht dazu durchringen konnte ...«

»Ihr Ex ist zwar ein prominenter Mann, aber hier geht es um eine gewöhnliche Entführung. Geld gegen Leben, da steckt nichts weiter dahinter.«

Mengers Worte konnten Daniela Penning nicht beruhigen. Kurz vor der Verabschiedung sagte sie: »Dann wünsch ich uns viel Glück. Hoffentlich haben Sie Recht und nicht ich.«

»Auch wenn es Ihnen im Moment anders erscheint, Frau Penning, wir ziehen hier am gleichen Strang. Sie wollten aus der Schusslinie genommen werden, wir haben das zu respektieren und haben dementsprechende Vorkehrungen getroffen.« Menger reichte ihr die Hand.

Daniela Penning wurde in ein Haus außerhalb der Stadt gebracht. Bewacht von zwei Polizistinnen, die sich rund um die Uhr um sie kümmern sollten. Man gab ihr ein abhörsicheres Handy, mit dem sie Kontakt mit dem Kriminaldirektor halten konnte.

Sie konnte die ganze Nacht nicht schlafen.

1.11.
Ich wollte noch einmal deine Stimme hören.
Wieso?
Es wird das letzte Mal sein. Dann verreise ich …
Gibt es dort kein Telefon?
Einfach nur noch mal deine Stimme hören.
Drehst du jetzt völlig durch?
Ich kann es einfach nicht mehr ertragen.
Bist du noch in therapeutischer Betreuung?
Hilft nichts mehr. Alle Kraft ist dahin.
So schnell gibt man nicht auf.
Wie lange soll ich diese Talfahrten noch ertragen. Sag es mir. Zwei Jahre sind es jetzt, noch mal zwei Jahre oder sogar länger.
Und die Pillen …
Die verdammten Pillen haben aufgehört zu wirken. Ich müsste neu eingestellt werden, das kann bis zu einem halben Jahr dauern, so lange …

Was kann ich für dich tun?
Nichts
Das ist zu wenig. Lass mich ... am besten, du kommst her und wir unternehmen was zusammen ...
In meiner jetzigen Verfassung? Mich will niemand in seiner Begleitung haben.
Ich schon, ich will mich um dich kümmern, verdammt.
Die verdammten Pillen haben mich lahmgelegt.
Eine Reise ... du wolltest doch immer noch die USA durchqueren, Route 66, machen wir das zusammen. Ich wäre sofort dabei ...
In meinem Alter ... und dann auch noch in das Land des Macho-Idioten ... no way.
Schottland, die Hebriden, Orkney Islands, wir würden von einer Destille zur nächsten reisen ... Whisky bis zum Abwinken ...
Wär ein schöner Tod, einfach absaufen ...
Und wie willst du es machen, Wolfgang?

Kapitel 17

9 Uhr 11

»Fahren Sie in Ihrem Auto an die Endstation der U-Bahn-Linie 7, Maxheimer Platz.«

»Wann soll ich losfahren?«

»Jetzt.«

»O.K.«

»Vergessen Sie den Koffer nicht.«

»Verstanden.«

Sandra Meinerzhagen gab mit einem Pieper das vereinbarte Zeichen. Aktion startet jetzt. Die Polizistin ging davon aus, dass sie ab sofort von den Entführern beobachtet wurde. Menger hatte ihr zu verstehen gegeben, dass sie die Lage selbst einschätzen müsse und jede Handlungsfreiheit habe, sollte sie in Gefahr geraten. Man würde ihr Rückendeckung geben, aber sie dürfe kein zusätzliches Risiko eingehen. Was das bitte sei, wollte die Polizistin wissen. Menger hatte mit den Schultern gezuckt und war die Antwort schuldig geblieben.

Das Lösegeld war im Kofferraum verstaut. Zwei Millionen, ohne Wenn und Aber. Keine Tricks, kein Falschgeld und auch keine Mini-Sender zwischen den Geldscheinen. Wenn sie die Bedingungen der Entführer einhielten, hatten sie vielleicht eine Chance, Paulsen freizukriegen.

Die Fahrt durch die Stadt kam Sandra Meinerzhagen wie eine Flucht vor. Als habe sie eine Bank ausgeraubt und sei mit der Beute unterwegs.

Die Stimme am Telefon war männlich gewesen, schwerer Akzent, wie zu Beginn der Verhandlungen. Würde sie einen oder mehrere Täter zu Gesicht bekommen? Es war nicht das erste Mal, dass ein Einsatz erhebliche Gefahren mit sich brachte. Wie damals, als sie den Lockvogel für einen Vergewaltiger spielte. Mit Karate hatte sie ihn außer Gefecht gesetzt. Dieses Mal würde es anders sein. Die Polizistin sollte nur eine Botin sein, die im Auftrag von der Ex-Frau das Lösegeld überbrachte. Was konnte da schon passieren? Alles.

9 Uhr 20

Professor Hertz bedankte sich bei Paulsen, beinahe ein wenig überschwänglich. Dass er ihn zu der kurzen Pressekonferenz begleiten werde, rechne er ihm hoch an.

»Das kommt mir durchaus gelegen«, gab der Moderator von sich.

»Als geheilt entlassen ist immer eine gute Botschaft, oder?«

»In meinem Fall ist es viel mehr als das.«

Hertz bat Paulsen, im Nebenraum des Konferenzsaales der Klinik zu warten. Er wolle den Auftritt ein bisschen hinauszögern…

»Es ist Ihre Pressekonferenz, Herr Professor, nicht meine. Was immer Sie damit bezwecken, ich vertraue Ihrem Geschick und Ihrer Eloquenz.«

Was für eine Show soll das werden? Dachte Paulsen.

9 Uhr 53

»Legen Sie den Koffer auf den Rücksitz und verlassen Sie den Wagen. Nehmen Sie die nächste U-Bahn und fahren sechs Stationen mit der Linie 7, dann kehren Sie um, kommen zurück zu Ihrem Wagen und fahren nach Hause.«

»O.K.«

»Schließen Sie die Wagentüren nicht ab.«

»Verstanden.«

Am Maxheimer Platz waren die nächsten Anweisungen gekommen. Den Koffer unbeobachtet auf den Rücksitz zu legen, dachte die Polizistin, ganz schön gewagt. Aber der Koffer wurde ja von ihren Kollegen beobachtet, die jeden ihrer Schritte zu überwachen hatten. Hoffentlich aus sicherer Entfernung. Wenn die Entführer Wind davon bekamen, konnten sie die Aktion abschreiben. Wie oft war das schon geschehen. Nach wie vor war die Lösegeldübergabe der heikelste Punkt, für die Täter und für die Polizei.

Der Maxheimer Platz war verlassen. Die Anzeigetafeln der U-Bahn-Gesellschaft waren mit Graffiti bemalt, so dass man nicht mal mehr die Abfahrtszeiten lesen konnte. Eine alte Frau schob einen Kinderwagen auf der gegenüberliegenden Straßenseite. Die Polizistin sah ihr nach.

Sandra Meinerzhagen legte den Koffer auf den Rücksitz, schob die Tür vorsichtig zu, als wolle sie niemanden erschrecken und machte sich auf den Weg zur U-Bahn. Kaum betrat sie den Bahnsteig, lief die Linie 7 ein. Am Automaten besorgte sie sich einen Fahrschein. Die Polizistin ging davon aus, dass einer der Täter ebenfalls in der Bahn war und sie unter Beobachtung hielt.

10 Uhr

»Meine Damen und Herren von den Medien, ich bedanke mich, dass Sie es einrichten konnten, so kurzfristig hier zu erscheinen. Sie werden nicht enttäuscht werden, denn was sie heute erfahren werden ist ein kleiner Schritt in der Medizin, der sich zu einem entscheidenden Durchbruch entwickeln könnte.«

Professor Hertz hielt die Hände gefaltet, als er im Konferenzsaal die Medienvertreter begrüßte. In wenigen Worten skizzierte er, dass er seit Jahren daran forsche, wie man älteren Menschen noch einmal einen »Gesundungsschub« ermöglichen könne.

»Wir haben alle einen inneren Arzt in uns, der uns im jugendlichen, aber auch im erwachsenen Alter hilft, jegliche Krankheiten, Infektionen, Knochenbrüche, selbst Tumore zu bekämpfen. Nur im Alter lassen die Interventionen des inneren Arztes nach. Wir brauchen deswegen eine Stimulation der Selbstheilungskräfte. Wenn uns das gelingt, geben wir auch älteren Menschen die Möglichkeit, noch einmal gesund zu werden und gesund zu leben. Ich möchte hier nicht viele Worte machen, sondern Ihnen einen meiner Patienten vorstellen. Bitte holen Sie ihn herein, Herr Dr. Selbmann.«

Als Arthur Paulsen das Konferenzzimmer betrat, setzte ein Tumult ein, wie ihn niemand erwarten konnte. Professor Hertz sprang von seinem Stuhl auf und fuchtelte mit beiden Händen in der Luft. »Ruhe bitte, meine Damen und Herren, ich bitte um Ruhe.«

Paulsen zeigte sein Fernseh-Lächeln. Auftritt gelungen. Nun musste er nur noch seine Botschaft platzieren. Das Blitzlichtgewitter war überaus wohltuend. Adrenalin heilt, wer hatte das noch formuliert? Einen besseren Wiedereintritt in die Medienwelt hätte er sich nicht wünschen können.

10 Uhr 55
»Holen Sie den Koffer und begeben sich zur U-Bahn. Stellen Sie sich an das Ende des Zuges. Warten Sie auf den einfahrenden Zug. Kurz vor der Abfahrt gehen Sie in den letzten Waggon.«

Sandra Meinerzhagen war nicht wenig erstaunt, als sie bei der Rückkehr den Koffer auf dem Rücksitz des Wagens von Frau Penning vorfand. Vielleicht war ich doch zu naiv zu glauben, sie würden den Koffer einfach rausholen und wegfahren. Die Täter gingen ja gewiss davon aus, dass die Polizei die gesamte Aktion observierte.

Kein Kontakt mit den rückwärtigen Kräften während der Übergabe, das hatte ihr Menger eingeschärft. »Was auch immer geschieht, wahrscheinlich können die Täter das Handy abhören, so wie sie schon das Festnetz im Hause Penning abhören konnten.«

Die Polizistin nahm den Koffer, der fast 20 Kilo schwer war, verschloss den Wagen mit der Fernbedienung und ging den gleichen Weg, den sie schon einmal genommen hatte.

Diesmal ließ die Bahn auf sich warten. Alle zwanzig Minuten sollte die Linie 7 eintreffen, aber diesmal verzögerte sich die Einfahrt bereits um mehr als zehn Minuten.

10 Uhr 57
Die Fragen der Journalisten wollten kein Ende nehmen. Es ging nicht mehr um Selbstheilungskräfte, Alterskrankheiten, sondern nur noch um die Frage, was Arthur Paulsen im Sex-Club zugestoßen war.

Professor Hertz schaute missmutig zu seinem Patienten, der völlig gelassen die auf ihn einstürmenden Fragen beantwortete.

»Ich bin gar nicht in dem Sex-Club gewesen. Was sollte ich auch da?« Einige der anwesenden Journalisten kicherten. »Seit ich mich wieder, dank der Behandlung von Professor Hertz, erinnern kann, weiß ich, was in dieser Nacht geschah. Ich wollte nach der Sendung und dem Abschminken nach Hause fahren. Da stand eine junge Frau, die mir zuwinkte. Danach ist bei mir der Film gerissen. Ich weiß inzwischen nur, dass die Frau mich in einen Raum gelotst hat. Wahrscheinlich hat sie mich hypnotisiert.«

Arthur Paulsen schaute Professor Hertz an, der ihn mit einer Handbewegung dazu aufforderte, nun zum eigentlichen Zweck der Pressekonferenz zurückzukehren.

»Professor Hertz hat mich stark angeschlagen auf dem Parkplatz des Krankenhauses entdeckt. Wie ich zusammengesunken in meinem Wagen saß. Er glaubte, ich sei tot.« Paulsen setzte wieder sein Fernsehlächeln auf und nickte dem Professor zu. »Mein Schutzengel. Einen besseren findet man nicht.«

»Ich danke Ihnen, Herr Paulsen. Bitte jetzt nur noch Fragen zur medizinischen Seite, meine Damen und Herren.«

»Nur noch eins, liebe Kolleginnen und Kollegen, wer immer das auf den Fotos in der *yellow press* war, ich war es nicht. Das steht fest. Aber ich garantiere Ihnen, das wird ein juristisches Nachspiel geben, und alle, die in diesem journalistischen Sumpf gebadet haben, werden dafür belangt werden. Da gehe ich bis in die höchsten Instanzen.«

Paulsen lehnte sich zurück.

Hertz sprach von dem Phänomen, dass sein Patient die Augenlider nicht mehr habe öffnen können und wie es ihm mit

Hilfe einer neuartigen Therapie gelang, den ›inneren Arzt‹ zu aktivieren.

»Es wird Sie jetzt vielleicht in Erstaunen versetzen, lieber Herr Paulsen, das Mittel, das ich Ihnen verabreicht habe, in hoher Dosis«, Hertz fixierte seinen Patienten, »war ein Placebo. Nichts als Traubenzucker. Geholfen hat Ihnen, dass Sie mir völlig vertraut haben und dass Sie fest daran geglaubt haben, dass Ihnen das Mittel auf jeden Fall bei der Gesundung helfen werde. Das Einzige, was ich initiiert habe, war das künstliche Fieber, vielleicht ein wenig unangenehm, aber es hat seinen Zweck erfüllt.«

»Nichts dagegen«, erwiderte Paulsen, »wer heilt, hat Recht. Ich stehe in Ihrer Schuld.«

Wieder setzte das Blitzgewitter ein. Die TV-Teams wollten weitere Statements von Paulsen, der gelassen jede Frage beantwortete.

11 Uhr 11
»Stellen Sie sich ans Ende des Zuges und gehen Sie in das letzte Abteil.«

»O.K.«

Die Polizistin schaut sich um. Niemand ist auf dem Bahnsteig zu sehen. Noch immer ist die Linie 7 nicht eingefahren. Ein warmer Wind kündigt den verspäteten Zug an. Sie wartet, allein, den Blick auf den schwarzen Tunnel gerichtet. Von welcher Seite …?

Wieder klingelt ihr Handy.

»Stellen Sie den Koffer auf dem Bahnsteig ab, kurz bevor Sie den Zug betreten.«

»Verstanden.«

Wahrscheinlich wird der Täter aus der Bahn kommen, denkt Sandra Meinerzhagen.

Die Bahn fährt ein.

Niemand steigt aus.

Die Polizistin sieht einen Mann die Treppe hinunterlaufen. Als wolle er noch schnell die Bahn erreichen.

Ihr Handy klingelt.

»Stellen Sie den Koffer jetzt ab!«

Sandra Meinerzhagen zögert, das Handy ans Ohr gepresst. In diesem Augenblick rempelt der Mann sie an, sie lässt den Koffer fallen und will sich gegen den Angriff verteidigen.

Behrendsen öffnet die Tür zum Versorgungsschacht, schnappt sich den Koffer und verschwindet sofort wieder. Nicht mal drei Sekunden hat die Aktion gedauert. Die Polizistin hat den zweiten Mann nur von hinten gesehen. Sie macht ein paar Schritte auf die Tür zu. Keine Klinke, nur ein Knauf. Fest verschlossen. Der Angreifer ist in der Bahn verschwunden, die sich gerade in Bewegung setzt.

»Scheiße, Scheiße, Scheiße«, ruft die Polizistin. Noch schlechter hat es nicht laufen können. Vor lauter Wut tritt sie gegen den eisernen Papierkorb und verletzt sich dabei.

Obwohl es ihr das ausdrücklich untersagt worden ist, wählt sie Mengers Nummer und schildert in knappen Worten, was geschehen ist.

»Keine Sorge«, beruhigt sie der Kriminaldirektor, »den Angriff des Täters auf dem Bahnsteig haben wir per Videoüberwachung mit angesehen. Den können wir schnell identifizieren. Der andere ist leider nicht im Bildausschnitt zu erkennen. Nur seine Hand, die nach dem Koffer greift. Aber den werden unsere Kollegen oberirdisch gewiss nach Hause begleiten.«

Sandra Meinerzhagen verlässt die U-Bahn-Station Maxheimer Platz. Immer noch erbost darüber, dass sie sich hatte übertölpeln lassen.

11 Uhr 22
Behrendsen hat den Inhalt des Koffers in einen Rucksack und zwei Jutetaschen verpackt. Ein paar Bündel sind zu Boden gefallen, aber der Krankenpfleger bemüht sich nicht, sie einzusammeln. Wahrscheinlich wird die Polizei bald seinen Komplizen schnappen, dann braucht er sich über die Teilung des Lösegelds keine Gedanken mehr zu machen. Der Einfaltspinsel. Erst bemüht er einen ihm nicht vertrauten Dialekt, dann übernimmt er den gefährlichen Part der Lösegeldübergabe und dann will er sich auch noch mit der U-Bahn in Sicherheit bringen. Zu doof, ein Loch in den Schnee zu pinkeln.

Es dauert nicht mal zehn Minuten, um den Versorgungsschacht durch die dunklen Gänge zu verlassen und an der Oberfläche aufzutauchen. Nicht genügend Zeit für die Polizisten, ihn zu schnappen. Bis dahin wird auch die Pressekonferenz zu Ende sein. Perfektes Timing, darauf kommt es an, perfektes Timing.

Die Frau mit dem Kinderwagen wartet am Ausgang des Versorgungsschachtes. Behrendsen lädt Rucksack und Jutetaschen um. Dann marschieren die beiden zu seinem alten Mercedes.

Der Fahrt in den Süden steht nichts mehr im Wege.

25.11.
Was für ein lächerliches Ende meines Romänchens! Aber mir ist kein Besseres eingefallen, einfach zu Ende schreiben und dann auf die Löschtaste drücken und alles vergessen…

Ich könnte vielleicht noch eine Szene anfügen, in der Paulsen beim Intendanten vorsprechen muss und dabei erfährt, dass man ihn nicht mehr auf den Schirm lässt, es würde dem Image des Senders schaden.

Ich werde mich mit beiden Hannahs treffen. Muss nur einen geeigneten Zeitpunkt finden. Wann ich es ihnen sage. Keine Ahnung, wie sie darauf reagieren. Sie werden versuchen, mich von meinem Plan abzuhalten. Aber sie werden auch auf gar keinen Fall mich verraten und mir eventuell die Polizei auf den Hals jagen, die mich dann abführt und irgendwelche Ärzte mich sedieren und in einer geschlossenen Abteilung verschwinden lassen. Das würden weder meine Schwägerin Hannah noch meine Tochter Hannah mir antun. Da bin ich ganz sicher. Dennoch hab ich Bammel davor, es ihnen zu sagen. Vielleicht weihe ich sie auch gar nicht ein.

Ob es gut ist, weitere Telefonate zu führen? Um mich von Leuten zu verabschieden. Ich weiß, dass es einigen leid tut, wenn sie erfahren, dass ich nicht mehr lebe. Ich bereite ihnen ein Desaster an Gefühlen.

Ich werde verschwinden. Ganz ohne Aufsehen. Nichts bleibt von mir übrig. Einfach untertauchen. Wegtauchen. Abtauchen. So als habe es mich nie gegeben. Ein einfacher Plan. Viele Jahre zuvor zurechtgelegt. In einer meiner Geschichten der Fälle und Todesfälle. Eine Lösung gefunden. Wie viele sie ersehnen, die aus dem Leben scheiden wollen.

Leaving no traces (Zen)

Ich habe T damals bei einigen Verfahren herausgehauen. War keine leichte Aufgabe. Immerhin hat der Mann mehrmals in die Kasse gegriffen und auch Kunden ausgeraubt, obwohl er eigent-

lich in seinem Job gar nicht mal so schlecht verdient hat, aber es hatte ihn gereizt. Kriminelle Energie plus leichtes Spiel plus Gelegenheit macht Diebe. Schon hatte er wieder Geld für seine Spielleidenschaft, die ihn immer mehr im Griff hatte. So sehr, dass er sogar seine eigene Familie beklaut hat. Und sogar Anzeigen gegen ihn erstattete. Wir haben gelogen vor Gericht, getrickst, gekungelt, nur um ihm eine längere Haftstrafe zu ersparen. T arbeitete damals wie heute beim Krematorium und er wird der Helfer für meine Lösung sein.

Das Angebot von Hannah, wieder hier bei mir einzuziehen, werde ich nicht annehmen. Sie würde versuchen, meinen allerletzten Plan zu vereiteln. Ich höre sie reden. Wie sie mir das Leben schönreden will. Es gibt nur noch schwarze Hunde. Black dogs, wie meine Schwägerin die englische Übersetzung für Depressionen genannt hat. Black dogs seit dem Absturz.

Es graust mir ein wenig. Ich werde mich mit ausreichend Tranquilizern bestücken, dass sie mich für Stunden in einen Tiefschlaf versetzen, noch besser ins Koma fallen lassen. T wird mich frühmorgens im Krematorium erwarten. Ein Sarg vorbereitet. Ich werde mir nach und nach die Pillen einverleiben. Mit Wodka. Ich werde mich in den Sarg legen. T wird mich, bevor die Schicht im Krematorium beginnt, mit dem Sarg ins Feuer schieben. T wird den Vorgang des Verbrennens nicht stoppen können. Wahrscheinlich bin ich gar nicht bei Bewusstsein.

Friede meiner Asche

T will es sich überlegen. Ich habe ihm gesagt, es gibt für mich keinen anderen Ausweg. Ich kann so nicht weiterleben. Die schwarzen Tage haben mich fest im Griff.

Do not forget: destroy hard disc!!

Teil 3
Emma Livingstone

Crear un pan con amor es una creación única.
(Granier – Las Palmas de Gran Canaria)

Einladungen

Hannah, hörst du mich?
　Ich kann jetzt nicht …
　Wieso?
　So spannend … wenn du wüsstest …
　Was?
　Ruf später an …
　Hörst du anderen zu?
　Ich höre mit.
　Was machst du?
　Nun isses vorbei.
　Was?
　Der Typ hat das Gespräch abgebrochen.
　Welches Gespräch?
　Jetzt fixiert er mich.
　Wo bist du?
　Im Zug, wo sonst.
　Kannst du dir den 6. Dezember freihalten?
　Nikolaus.
　Das auch.
　Paps Geburtstag.
　Ja.
　Ich bin unterwegs … meistens. Weißt du doch.
　Kannst du an dem Tag eine Ausnahme machen, Hannah?
　Will er denn feiern?

Wir wollen ihn überraschen.

Mag er nicht, Emma. Wenn eines gewiss ist, Paps mag keine Überraschungen. Hat er nie gemocht.

Ich rufe ein paar seiner Freunde an, werde alles organisieren, mit Catering haben wir keine Arbeit, und wenn wir dann vor seiner Tür stehen, wird er uns schon …

Ich weiß nicht, ist nicht so sein Ding. Du müsstest ihn wenigstens fragen, ob er überhaupt … in dem Zustand, in dem er jetzt ist. Seit Mutters Tod … Er hockt in seiner Wohnung, will mit niemandem sprechen, geht nicht ans Telefon.

Eine Geburtstagfeier würde ihm guttun, Hannah. Meinst du nicht? Nur ein paar Freunde, halbes Dutzend, mehr nicht. Ich will auch versuchen, Onkel Alfred herzulocken, mit dem hat sich Wolfgang immer gut verstanden.

Meinst du, Don Alfredo kommt nochmal in die Hansestadt? Als ich ihn im Zug getroffen habe, ist gar nicht so lange her, da machte er mir den Eindruck, dass er auf seiner Abschiedsreise war … Ich weiß gar nicht, ob er Paps getroffen hat.

Don Alfredo wurde eingelassen. Später hat er mich eindringlich gebeten, wir müssten uns um Wolfgang kümmern, der hege schwarze Absichten.

Der Amateur-Spanier übertreibt. Sag mir Bescheid, wenn du das Überraschungspaket geschnürt hast. Ich werde es so einrichten, dass ich an dem Abend zu Hause bin.

Sei pünktlich. Danke, Hannah.

Da nich für, Emma.

¡Vale! Sie war mein Liebling in der Huneus-Sippe. Oder besser gesagt: Sippschaft, bucklige Verwandtschaft, Gefrierstufe

10. Ich habe Hannah manches Mal bewundert. Der Auftritt in der Galerie ihrer Mutter ein Hochgenuss: Verkleidet trat sie ihr gegenüber und ihre Mutter hat sie nicht erkannt hat. ¡Venga!

Was für ein Quirl! Hannah, ich nenne sie immer noch Hannah, kann nicht anders, ein Wirbelwind, nicht zu bändigen, schon gar nicht zu domestizieren. Sie war ein Wildfang. Einmal losgelassen schoss sie immer übers Ziel hinaus. Schon in der Schulzeit hat sie den Direktor vorgeführt und sich mit dem Polizeipräsidenten angelegt. Mitglieder unserer Familie, aus der eigenen Kanzlei, haben es nicht für nötig befunden, sie vor Gericht zu verteidigen. Feige Juristen-Bande, allesamt. Dafür schäme ich mich heute noch, weil auch ich gekuscht habe. ¡Entonces!

Sie hatte diesen lausigen Bernie an ihrer Seite. Einen Drogi, sin dudas, der am liebsten mit ein paar Bomben Politik gemacht hätte, ein mieser Kiffer. Als der auf dem Fahndungsplakat der RAF auftauchte, war in unserer Huneus-Sippschaft Alarmstufe rot. Auf die schiefe Bahn geraten, gehört für immer weggesperrt, sagte der Herrgott, der mein Vater war. Und als dann auch nach Hannah gefahndet wurde … musste sie abtauchen.

Meine Nichte Hannah ging ihren Weg, auch abseits der Legalität, konsequent, weil der Mittelweg – für jemanden wie sie – immer zum Tode führt, wie es bei Friedrich von Logau heißt. Von uns Altvorderen hat sie die Widerständigkeit nicht gelernt.

Es war meine Idee, dass sie ihre eigene Backstube eröffnet. ¡Claro que si! Weiß noch genau, wie wir in Barcelona zusammensaßen. Was sie denn nun mit ihrem Leben anfangen wolle. Millionärin, mit 47. Nach dem Tod ihrer Großeltern, Familienvermögen satt, genug, um bis zum Ende zu privatisieren. Mit 47 kannst du nicht in Rente gehen. Als ich sie fragte, was sie am liebsten in ihrem Leben getan habe, sagte sie ohne nachzudenken backen. Einfach nur: backen. ¡Entonces!

Ich kannte eine Steinofenbäckerei, die jahrelang die besten Brötchen in der Hansestadt produziert hat. Ein ganz kleiner Laden. Nach dem Tode des Bäckers hat sich seine Frau auf eine Nordseeinsel zurückgezogen. Der Laden stand mindestens zehn Jahre leer. Ich habe Hannah den Kontakt vermittelt. Die Bäckerin war dankbar, dass dort wieder ein Brotladen entstehen sollte. Der Kauf-Preis war exorbitant niedrig. Hannah konnte ihn fast aus der Portokasse bezahlen. ¡Vale!

Bei mir in Barcelona taucht sie zweimal im Jahr auf. Wir sitzen zusammen in den Bars an den Ramblas, trinken Tinto und Orujo und lästern über die Sippschaft. Über die Urmutter Helene mit ihren bizarren Riten, zum Beispiel dem sonntäglichen Dinner, pünktlich um 18 Uhr und keine Minute später, wo es immer das Gleiche zu essen gab, beinahe wäre sie 100 Jahre alt geworden; über den Herrgott mit seinem autoritären Gehabe, der jede Rebellion im Keim zu ersticken suchte, der sich aufgeknüpft hat, als seine Tricksereien zur NS-Zeit öffentlich wurden; über ihren Vater Thomas Anton, den Buckligen, der sie nicht einmal im Leben umarmt hat; über Martin, den älteren Bruder, der nur der Verräter genannt wurde, dessen Ermordung im Gerichtssaal noch viele Jahre Thema in der Hansestadt war; und über ihre Mutter Karoline, die Galeristin, die niemals ihre beiden Töchter in Schutz nahm. Hannah und ich hatten eine Menge Spaß, wenn wir uns über die Statuen mokierten, die unsere Familie darstellten.

Ein Eisschrank – mit Superfrost. ¡Vale!

Alle waren wir erstarrt in unseren Rollen. Auch wenn ich schon früh mit meiner geliebten Rosanna in Rom ein freieres Leben genoss.

Hannah hat innerhalb von nur wenigen Monaten Spanisch gelernt, bewegte sich später im castellano aber auch im catalan mit einer solchen Finesse, dass ich nur staunen konnte. Im Laufe der Jahre hat sie fast jede größere Stadt auf der Pensinsula bereist, konnte kundig darüber reden und war begeistert von den Kunstschätzen auf der iberischen Halbinsel. Es war ein Vergnügen, sich mit ihr nach einer Reise zu treffen, weil sie mich mit ihrer Begeisterung ansteckte. ¡Venga!

Was ich ihr stets hoch angerechnet habe war, dass sie nicht ein einziges Mal eine abschätzige Bemerkung über Enricas Etablissement gemacht hat – ganz gleich, was sie darüber dachte. Ihr Motto: Chacun à son goût – Leben und leben lassen. Sie verstand sich mit meiner Tochter bestens. Manchmal gingen wir zu dritt in Enricas Club und hatten einen Riesen-Spaß. Besonders wenn wir unsere Duette sangen. Das Publikum wartete darauf, dass wir mit unseren Couplets, für die ich neue Texte angefertigt habe, auftraten. Einmal hat Hannah sogar mitgesungen, ich glaube, es war My way oder We are family. Ich kann mich aber auch täuschen. Hannah war die einzige in der Familie, die ahnte, dass ich meine Ehefrau Gertrud erst mit Rosanna in Rom und später mit Maria Lourdes in Barcelona hintergangen habe. Das hat nicht mal ein Achselzucken bei ihr hervorgerufen.

Immer wenn ich Hannah zum Flieger brachte, war mir ganz wehmütig. Hoffentlich werden wir uns wiedersehen. Lass es nicht das letzte Mal sein. Wenn nur solche Menschen wie Hannah meine Familie gewesen wären ...

Der Huneus-Eisschrank hat uns deformiert, zu Abziehbildern werden lassen, gerade so, als hätten wir nicht selbst gelebt, sondern seien gelebt worden.

Wenn Hannah in Barcelona war, dann blühte ich auf. Sie hat nie etwas von diesem Temperament verloren, von ihrer Aufmüpfigkeit, ihrer Revolte. Sie gab Widerworte, war unbotmäßig, liebte Worte wie »ungehörig«, um sich daran zu reiben. ¡Venga!

Eine feste Bindung kam für sie nie infrage, aber Männer mochte sie in großen Stückzahlen. Ma in Espania son ghia milletre, heißt es in der Leporello-Arie ... Wenn sie um meine Hand angehalten hätte ... ¡Vale!

$$x-o-x$$

Und eines Tages finde ich ein Schreiben vor – unter der Ladentür durchgeschoben. Ohne Unterschrift.

»Wir schlagen einen Deal vor: Sie lassen uns in Ruhe, wir lassen Sie gewähren. Wir gehen in Vorleistung und schicken Ihnen etwas aus Ihrer Feder, das uns zufällig in die Hände gefallen ist. Natürlich eine Kopie – das Original behalten wir – nur für den Notfall. Aber der wird ja nicht eintreten, weil Sie so klug sind und auf unseren Deal eingehen. Anbei ihr mokantes Schreiben, hat uns wirklich gut gefallen, kann aber für Sie brandgefährlich werden.«

Du gehst da jetzt rein und haust ihm eins auf die Mütze mach schon du Feigling das ist die einzige Sprache die er versteht erst lügt er dich an dann spielt er was vor dann zeigt er nach oben wo gegen dein Exposé entschieden worden sei dann reibt er sich die Hände und macht dir einen Vorschlag den du unmöglich ablehnen könntest dann lächelt er gelb und freut sich auf das nächste Zusammentreffen mit dir dann zeigt er die Zähne dann kaut er auf dem Wort das er nicht aussprechen möchte: Aus!

Du gehst jetzt da rein lässt dich nicht abwimmeln von keiner Barbiepuppe von denen drei in seinem Vorzimmer sitzen du drückst die Tür auf schnell um seinen verlogenen Schreibtisch herum und zack eins in die Fresse kein Kommentar kein Satz kein Wort einfach in die Fresse vielleicht sagt er dann das Wort: Aus!

Warum hast du ihm nicht den Finger abgebissen? Warum nicht die ganze Hand zertreten? Warum hast du ihm nicht die Nägel rausgerissen? Warum nicht die Hand verstaucht? Warum hast du ihm nicht die Knöchel gebrochen? Warum nicht seinen Zeigefinger in Scheiße gebohrt? Warum nicht den Handrücken verbrannt? Warum hast du ihm nicht den Ringfinger abgesägt? Warum hast du ihm nicht den Daumen eingeklemmt? Warum nicht die Fingerkuppen versengt? Warum hast du nicht die Hand, die dich füttert, abgeschlagen?

Ein Text in meiner Handschrift. Aus welchem Jahr? Ich muss damals außer mir gewesen sein, weiß gar nicht mehr, um welches Projekt es sich handelte.

»Wir wissen, wer du bist, wir wissen, dass du nicht Emma Livingstone heißt, sondern Hannah Huneus. Wir kriegen dich!«

Sie haben mich wieder unter Beobachtung. So wie damals in Hamburg, als ich keinen Schritt mehr aus der Wohnung wagte, weil sie mir dauernd auf den Fersen standen. Ich kann die Paranoia von damals immer noch spüren, sie hat mir manche Krankheiten beschert.

Wenn ich auspacken würde, wie die grauen Herren versucht haben, wieder auf meine Spur zu kommen ... mit einer vorgetäuschten Entführung und hundert Lügen, als die Sache aufzufliegen drohte. Bloß kein weiterer Verfassungsschutzskandal –

gerade jetzt nicht – deren Präsident steht massiv in der Kritik. Da würde mein wieder aufgerollter Fall ... dabei habe ich überhaupt nicht vor, diese Sache aufzuwärmen. Warum dann diese anonyme Drohung?

Wie komme ich zu der Ehre?
Du hast doch viele Jahre mit Wolfgang zusammengearbeitet.
Das ist aber sehr lange her.
Du warst mehr als ein Dutzend Jahre seine beste Kraft, wie er dich immer genannt hat.
In der letzten Zeit haben wir uns nicht mehr ganz gut verstanden. Wolfgang wurde ja immer, wie soll ich sagen, wunderlicher. Mir hat er häufiger mal Plädoyers gehalten, die eigentlich in den Gerichtssaal und nicht in die Kanzlei gehörten. Er konnte richtig sauer werden, wenn ich ihm nicht geduldig gelauscht habe.
Aber kommen würdest du?
Richtig prickelnd finde ich deine Einladung nicht.
Geht ja nicht um mich, Katrin, sondern um deinen ehemaligen Kollegen ...
Chef würde ich eher sagen. Das Kollegiale ist ihm leider in den letzten Jahren abhandengekommen.
Inwiefern?
Ach, das wollen wir mal lieber unterm Teppich halten. Wolfgang hatte schon seine Altersmacken. Hat nie akzeptiert, dass er nicht mehr der stadtbekannte Rechtsanwalt war, trauerte den großen Erfolgen nach und war immer bereit, von seinen zahlreichen Freisprüchen zu berichten. Da konnte er richtig ins Schwärmen geraten.

So habe ich ihn nie kennengelernt.
Du musstest ja nicht mit ihm arbeiten.
Könntest du über deinen Schatten springen und zu seinem Geburtstag kommen, er würde sich bestimmt freuen.
Bin zwar nicht begeistert, aber in früherer Verbundenheit … ich komme. Wann war das nochmal?
Am 6.Dezember.
Ach ja, da hat der Nikolaus Geburtstag. Wolfgang hat früher in der Kanzlei jedem ein kleines Geschenk mitgebracht.
Wie aufmerksam.
An sein letztes Geschenk kann ich mich noch gut erinnern.
Was war das?
Ein Päckchen Kondome, London extra feucht.

A bakers dozen means 13 – ein alter Spruch aus unserem Gewerbe. Vor ein paar Jahrhunderten entstanden bedeutet dieser Satz, dass die Bäcker, um einer Klage wegen zu geringem Brotgewicht zuvor zu kommen, lieber gleich einen loaf oder gar deren zwei dazu packten. Um dadurch einer eventuellen Bestrafung zu entgehen.

We have been very proud, als Emma uns erzählte, dass sie nun eine eigene bakery aufgemacht hat, schließlich hat sie bei uns das Backen gelernt. Früh aufstehen, so zwischen drei und vier in der Frühe, war zwar nicht gerade ihre Lieblingssportart, schon eher late TV … Manchmal kam sie verpennt zur Arbeit.

She was first hand a pretty shy girl. Wir können uns noch genau erinnern, als sie plötzlich im Laden stand und mit leiser Stimme fragte, ob sie die Stelle haben könne. Helping hand wanted, hatten wir groß an die Fensterscheibe geschrieben. Es gab ja weit und breit niemanden, der uns bei der Arbeit zur Hand gehen wollte. Wir frag-

ten Karla, silly name for a girl, eine weibliche Charles, ob sie schonmal Brot gebacken habe. No, no, no, but can I not learn it? Ihr deutscher Akzent war anfangs pretty curios. Deswegen haben wir sie ja in der ersten Zeit auch nicht an die Verkaufstheke gelassen. Some Brits still hate the Fritz, the Krauts, Hitlers sons and daughters.

Emma war sehr still. Viele Monate lang. We called her the shadow. Sie hat geschuftet, schnell gelernt, Backen und Englisch akzentfrei sprechen. Aber immer, wenn wir fragten, was sie denn in Germany so gemacht habe, wurde sie einsilbig, mal dies, mal das. Erst viel später hat sie uns erzählt, dass sie fürs Fernsehen Filme gedreht habe. How strange, what a career. Vielleicht schaute sie deswegen jeden Abend BBC und ITV. Manchmal bis tief in die Nacht.

Sie hat eisern gespart, um sich einen gebrauchten Morris Mini zu leisten, mit dem sie in jeder freien Stunde in Yorkshire herumgekurvt ist. Blieb auch häufiger über Nacht weg und kam dann ziemlich durch den Wind bei uns an. Warum die Briten auf der falschen Seite fahren, hat sie uns immer mal wieder gefragt. Die Antwort sind wir ihr schuldig geblieben. Für Hannah war das Linksfahren kein Problem. Nur dass sie keinen Führerschein hatte, machte uns ein bisschen nervös. Sie hatte Glück und wurde nie kontrolliert.

Eines Tages ruft uns ein Freund an und sagt, er habe unsere helping hand kennengelernt, obwohl sie eine Kraut sei sehr sympathisch, nur dass sie sich so ängstlich immer wieder versichert habe, dass for heavens sake niemand erfahren dürfe, wo sie wohnt und arbeitet, das sei ihm doch sehr merkwürdig vorgekommen. Sie hat ihn dringend gebeten, sie nicht zu verraten. Something to hide?

Gregg hat sie zur Rede gestellt. Da kannten wir uns ja schon mehr als ein halbes Jahr. Vertrauen gegen Vertrauen. Du musst uns schon sagen, weshalb du in England leben und arbeiten willst.

Emma hat gezittert und geweint, konnte sich kaum beruhigen. Sie sei auf der Flucht. What? What did she say? Gregg hat mich dazu geholt. Es war kurz vor Ladenöffnung an einem saturday, aber wir wollten das geklärt haben. Emma hat sich erst geziert und dann ein bisschen den Vorhang gelüftet. Terroristenfahndung, Hysterie. Germany is no longer a safe place for me.

Ich habe mit Gregg überlegt, wie wir Hannah helfen könnten. Wir wollten nicht ins Visier unserer Geheimdienste geraten. MI 5 und MI 6 haben nicht den besten Ruf im Land, ganz anders als Scotland Yard. Kam schon gar nicht in Frage, sie nach Deutschland zurückzuschicken oder gar irgendwelche Behörden zu informieren. Gregg machte den Vorschlag, wir könnten Emma adoptieren. Ob wir das wirklich für die tun würden, fragte Emma. She was in tears. Na klar, antworteten wir, you will get our family name Livingstone. Den Vornamen könne sie sich selbst aussuchen. After a short while sagte sie: Emma, so nennt man an der Nordsee die Möwen. Wir fanden passend, dass sie sich nach Möwen benennen wollte. Like a bird on the wire …

Hat ein paar Jahre gedauert, bis sie unseren guten blauen britischen Pass bekam, damit sie sich später mal auf dem Kontinent sicher fühlen konnte.

Fast jedes Jahr kommt sie für ein paar Tage zu Besuch, erzählt aus diesem sich verändernden Land namens Greater Germany und von ihren Reisen durch Spanien, wo sie vielleicht im Alter leben möchte. Barcelona, Pamplona, Malaga, überall, wo Gregg und ich immer mal hinfahren wollten. Aber wir sind über Yorkshire nicht hinausgekommen. Zweimal waren wir in London, beim letzten Mal wurden wir beklaut, that's it, thank you very much.

Wenn Emma uns besucht, packt sie gerne in der Backstube mit an. Immer eine Freude, mit ihr zu arbeiten. Nach und nach ist aus dem shy girl eine eloquent misses geworden.

Emma kennt verrückte Lieder, manchen Song haben wir von ihr gelernt und in der Backstube bei der Arbeit auch zusammen gesungen.

Sie hat immer ihren eigenen Kopf gehabt, manchmal war sie sogar ein bisschen bockig. Ab und zu ist sie mit Gregg zusammen gerasselt. Dann gabs ein paar Tage Sendepause, wie Emma das nannte.

Was sie von ihrer bakery in Greater Germany berichtet, incredible, really incredible. Zum Beispiel die Öffnungszeiten: Sie macht erst um 4 p.m. auf, damit ihre Kunden zum Abendbrot frisches Brot auf dem Tisch haben. Emma backt nur 50 Brote pro Tag. Die sind meist nach 2 Stunden verkauft. Wie bitte, hat Gregg gefragt, nur 50 Brote und die sind schnell ausverkauft? Was müssen das für Wunderbrote sein.

Emma probiert bei 5 Broten pro Tag eine andere Würzung aus. Mal Kurkuma, mal Koriander, mal schwarzer Sesam, mal Kreuzkümmel, aber auch Kräuter der Provence, Salbei oder Kardamon. Das wäre bei uns in Yorkshire undenkbar. Wir haben zwar auch irgendwann angefangen, brown bread vorsichtig gewürzt zu offerieren, integrale Brote und Croissants, aber sobald es zu exotisch wird … Am meisten gefragt ist immer noch unser Kastenweißbrot. Das soll morgens ab sechs frisch auf den breakfast table kommen, dann sind alle brits and girls zufrieden. Natürlich getoastet und mit Orange thick cut marmelade bestrichen.

x – o – x

An jedem Laib Brot ist die Handschrift des Bäckers zu erkennen.

Der erste Satz meines Lehrmeisters Chad Robertson, der in Kalifornien sein Brot backt. Fast 20 Jahre ist er durch die Welt vagabundiert und hat überall studiert, wie Brote unterschiedlich gebacken werden. Für mich eine Offenbarung. Meine nächste längere Reise soll nach Los Angeles gehen. Ich war nur in England und Frankreich unterwegs, um Erfahrungen zu sammeln.

Mein Brot sollte eine kräftig ausgebackene rustikale Kruste haben, leicht nachgiebig auf den Tisch kommen, locker geprägt durch die süßliche Note natürlicher Fermentation im Verein mit subtil ausgewogener Säure.

Ich habe lange mit verschiedenen Sorten Sauerteig herumexperimentiert, was auch in Yorkshire in der Backstube möglich war, nur dass ich die so entstandenen Brote kaum verkaufen konnte. Aber Mr and Mrs Livingstone haben mir freie Hand gelassen und sogar meine Experimente probiert. Manches fanden sie interessant, anderes kam ihnen zu gewagt vor. We have to sell it, Emma, first of all. Chad Robertson berichtet:

Ich war bei einem Bäcker im Langedoc, ein winzig kleiner Laden, der nur aus einem Raum bestand mit einem Holzofen und einem Wandregal. Draußen an der Tür hing eine Glocke, die nachmittags geläutet wurde als Signal, dass das Brot – gerade rechtzeitig zum Abendessen – aus dem Ofen geholt wurde. Das stellte die mir daheim vertraute Backzeit komplett auf den Kopf. Frisches Brot zum Abendessen zu haben, war einfach perfekt. Warum sollte man die ganze Nacht arbeiten?

SOS – das Schild habe ich immer gerne an der Ladentür umgedreht, selbst wenn draußen noch ein paar Kundinnen standen und bettelten, ich hätte doch bestimmt noch ein oder zwei Laibe in der Hinterhand. Nein, SOS. Sie müssten morgen wiederkommen, dann hätten sie bestimmt Glück, ein Brot zu erwerben.

Nur zwei Brote pro Käuferin, mein Grundsatz, sonst würden einige Leutchen aus dem Viertel mehrere Brote kaufen. SOS – auf der anderen Seite des Schildes stand: Yes, we are open.

Wie hat Bertolt Brecht in seinem »Arbeitsjournal« gejammert, dass er in den Staaten kein anständiges Brot zu essen bekomme, nur dieses künstliche Weißbrot. »Ich liebe es nachts aufzustehen und eine Scheibe schwarzen Brotes mit Butter zu essen.« Seine Klagen über die »Weltrauschgiftzentrale« Hollywood und die Missachtung der Autoren im Filmgewerbe hat mich ein wenig mit meinen Erfahrungen beim Fernsehen versöhnt – wenn schon dem großen Brecht solch ein Tort angetan wurde ... Vielleicht habe ich mich fürs Brotbacken entschieden, weil ich da meine eigene Frau sein kann. Io sono mia, dies war ein Graffito in Rom, das meine Nichte Hannah mir einmal geschickt hat. Da sitzt sie vor einem wuchtigen Marmordenkmal im Park der Villa Borghese, auf dessen Sockel zu lesen war: Ich gehöre mir.

Ich plädiere, einen Sauerteig mit sehr wenig Säure zu verwenden. Lieber süßliche Noten als sein säuerlicher, leicht nach Essig duftender älterer Bruder.

An der Wand neben meiner Ladentür steht geschrieben: No entry for racists fascists sexists – just fuck off!! Und jetzt habe ich noch hinzugefügt: Brexit lovers stay away.

Wolfgang hatte ein Abo bei mir, zweimal die Woche bekam er einen Brotlaib. Dem konnten die Zutaten nicht exotisch genug sein. Er wollte am Monatsende eine Rechnung haben, die ich ihm nie geschickt habe. Schließlich hat er all die Erbschaftssachen geregelt. Die Mieten aus der Huneus-Villa dritteln wir. Vor zwei Jahren ist die riesige Blutbuche in unserem Garten auseinandergebrochen. Das geschah am Tag 0, am Tag des Anschlages auf den ICE, in dem meine Schwester saß. Der Baum der Huneus-Sippe wurde gefällt.

In Frankreich mussten Bäcker-Lehrlinge damals 20 Jahre und länger arbeiten, bevor sie die Gelegenheit hatten, ihre eigene Bäckerei zu eröffnen. Zudem zwang sie die Tradition dazu, nur ganz bestimmte Sorten Brot zu backen, die die Kunden von ihnen erwarteten. Ein schwerer, großporiger Brotlaib galt in dieser Zeit nicht als gutes Brot.

Immer wenn ich das Schild an der Ladentür umdrehe, erinnere ich mich an meine Yorkshire-Eltern, freundliche, liberal denkende Menschen, die mit Stolz ihre in der Stadt keineswegs üblichen Meinungen vertraten. Was habe ich nicht alles von ihnen gelernt.

In kleiner Schrift steht auf dem Schild zwischen den Großbuchstaben: Sold Out Sorry.

Ach, die kleine Feige. Was für eine Ehre. Sprich mit mir.

Rolf, das ist 25 Jahre her.

Bleibt aber unvergessen, Hannah.

Ich heiße Emma, das weißt du doch.

Ich nenne dich immer noch Hannah. Du hast eine Riesenchance verpasst, nur weil du deine Ruhe haben wolltest.

Ich denke schon lange nicht mehr dran.

Hätte dein Durchbruch werden können.

Und für dich eine weitere Skandalgeschichte, mit der du wieder groß rauskommen wolltest. Dein Stern war ja damals auch schon verblasst.

Während deiner total erloschen war. Hast du nach deiner Rückkehr wieder fürs Fernsehen arbeiten können?

Ne.

Siehst du, wenn du mehr Mut gehabt hättest. Wir hätten die Geschichte rausgebracht und du wärst wieder im Geschäft gewesen.

Und dann hätten sie mich gejagt. Eine Terroristin, die in den Untergrund gegangen ist, sich versteckt gehalten und sogar fürs Fernsehen gearbeitet hat, um dann in England abzutauchen. Meinst du, so jemandem hätten die Rückratlosen vom Fernsehen auch nur ein Stück Brot gereicht?

Das wäre gar nicht die Story gewesen. Ich hatte ja sogar schon einen Redakteur, der das Stück ins Abendprogramm heben wollte.

Ach was.

Meinst du nicht, dass sich sofort die Printmedien drauf gestürzt hätten. Headline: Die Herren des Morgengrauens inszenieren eine Entführung, setzen zwei angesehene Familien in Angst und Schrecken, um wieder auf die Spur einer mutmaßlichen Terroristin zu kommen. Alles Fake, alles ein abgekartetes Spiel. Wir hätten die Verantwortlichen vor die Linse bekommen und abgeschossen. Wie bei diesem rechtslastigen VS-Präsidenten, dem sie jetzt eine großzügige Pension reinschieben.

Sie hätten alles geleugnet. Bist du immer noch so naiv zu glauben, dass der Verfassungsschutz irgendetwas zugibt, schon gar nicht, dass sie so einen Bockmist fabriziert haben.

Erinnere dich daran, wie ich damals die beiden Stasi-Typen vorgeführt habe, die an die in der Schweiz gebunkerten DDR-Devisen ranwollten. Wolfgang hat da mitgespielt. Und ist es ihm übel angerechnet worden? Überhaupt nicht. Er kam mit absolut weißer Weste aus dieser Story raus.

Ich hatte meine Gründe, nicht mitzumachen. Apropos Wolfgang, dem hast du im Interview erheblich zugesetzt. Nicht gerade zimperlich, wie du mit deinem Freund umgegangen bist.

Hannah, weswegen rufst du an? Doch nicht wegen der alten Geschichte.

Du hast davon angefangen, schon vergessen? Am 6. Dezember hat Wolfgang Geburtstag. Da will ich mit ein paar Gästen vor der Tür stehen.

Warum lädt Wolfgang nicht selber ein?

Soll eine Überraschung für ihn sein.

Wie alt wird er denn?

78.

Ist auch kein Alter, was? Hab letztes Jahr die 65 geknackt.

Kommst du denn? Wolfgang könnte es gut gebrauchen.

Wieso?

Es geht ihm nicht so gut. Er braucht ein bisschen Ablenkung und die Nähe von Freunden.

Dann komme ich. Kannst mich auf die Liste setzen. Trinkt er noch immer diesen spanischen Gran Duque d'Alba?

Es hätte mich meinen Job kosten können, kein Flachs, ich stand doch schonmal im Regen, als plötzlich der Staatsschutz im NDR auftauchte und mich verhörte. Wann ich sie das letzte Mal gesehen hätte? Ob wir eine geschlechtliche Beziehung haben? Seit wann ich wisse, dass sie unter falschem Namen tätig ist? Ob ich etwas von ihren terroristischen Plänen wisse? Fragen, Fragen, Fragen – und ich hatte kaum genügend Antworten. Ich habe damit gerechnet, dass sie mich in Handschellen aus dem Sender abführen. Von dem Spießrutenlauf träume ich noch heute. Ein Albtraum.

Klara, wie sie sich damals nannte, war immer schwer zu beschützen. Sie war bei den Medienjournalisten beliebt für ihre kritischen Dokumentationen und gehasst wegen ihres frechen Mundwerks. Wie oft habe ich ihr gesagt, sie solle sich in Sitzungen zurückhalten. Immerhin ging es darum, eins ihrer Themen durchzusetzen. Was beileibe niemals einfach war. Die Hierarchie hat doch immer gleich gerochen, wenn Linksverdacht bestand. Aber Klara schwadronierte munter drauflos, beleidigte den Redaktionsgruppenleiter, den Abteilungsleiter, den Fernsehdirektor und einmal sogar den Intendanten. Sie sagte zu ihm, er solle bloß mal einen Tag ohne Obdach leben anstatt in seiner protzigen Villa, dann würde er anders über die Marginierten reden. Zack, sowas konnte sie rauspfeffern.

Wenn wir nicht so ein gutes Liebesleben gehabt hätten ... das ahnten die Oberen nicht, sonst hätten sie mir den Spaß bestimmt gerne verdorben.

Über Jahre taucht Klara ab, England, Frankreich, Spanien, wo sie überall gewesen sein will, und dann soll ich sie wieder beschäftigen. Mir nichts dir nichts steht sie in der Tür, veränderter Haar-

schnitt, schicke Klamotten und immer noch diese erotische Ausstrahlung…

Eines Tages, als ich für ein paar Stunden allein in ihrer Wohnung war, fand ich das Männerbuch. Klara hat minutiös all ihre Liebschaften notiert und klassifiziert, oder besser: benotet. Ich stand auf Platz 15 oder so, weiß nicht mehr genau. Irgendein Bernie hielt Platz 1. Minutiös wie gesagt, wann, wie oft, wie gut, wie mittelmäßig, wie mies. Klara war männertoll, ich will nicht sagen, nymphoman, aber allein die Männer, die sie in Spanien vernascht haben will. Für mich war jedenfalls erstmal Verkehrspause. Ich musste verdauen, dass ich so weit hinten im Ranking kam. Vielleicht war es auch nur Platz 18. Ich habe Klara damit konfrontiert, erst ist sie völlig ausgerastet, hat rumgebrüllt, was ich in ihren Sachen rumwühlen würde, aber dann hat sie völlig gelassen erwidert, sie wolle sich an die Männer erinnern, mit denen sie es getrieben hat, deswegen die Übersicht und die Noten.

Nun betreibt sie eine Bäckerei. Ich wäre ja längst mal hingefahren. Aber kurz nach meiner Verrentung hatte ich einen Autounfall und sitze seitdem im Rollstuhl. Da wird der Radius leider sehr eng. Aber wiedersehen würde ich sie schon gerne. Ich überlege noch, ob ich sie mal anrufe. Vielleicht aber auch nicht.

$x - o - x$

Was haben wir von unseren Eltern gelernt? Nachdem wir ihre Bastionen geschleift hatten, blieb kaum etwas von ihren Moralvorstellungen übrig. Zucht und Ordnung perdu, Füße unter meinen Tisch, nein danke, superkorrekt und überangepasst, wozu. Aber alles nur verschwiegen, ohne großes Tamtam.

Zum Beispiel Don Alfredo, der vögelt sich durch Rom und Barcelona, natürlich alles heimlich und versteckt, niemand – schon gar nicht seine Frau Gertrud – hat je etwas erfahren, sie ist schon vor x-Jahren unwissend ins Grab gesunken.

Wir haben Schweigen gelernt. Alles wurde verschwiegen. Nicht nur in der Politik, wo Nazis bald wieder Ämter begleiteten, wo faschistische Juristen ... Welche Kommissköppe hat Wolfgang im Gerichtssaal erlebt ... Schweigen, Schweigen, das war die Währung nach 45, noch bevor die DM eingeführt wurde.

Wer aus der Huneus-Sippschaft oder dem Stamm van Bergen hat jemals über seine Mittäterschaft Auskunft gegeben? Immer wenn wir fragten, hieß es, dazu sagen wir nichts. Tempi passati. Darüber schweigen wir mal lieber. Das lassen wir ruhen. Und: einmal muss doch Schluss sein. Dabei hatte es doch noch gar nicht angefangen.

Vergangenheitsbewältigung fand vor 68 kaum statt. Und als Folge: Schweigen auch in privaten Dingen. Alles Unangenehme ausblenden. Wie den Selbstmord des Herrgotts, Thomas Huneus, der sich an seinem 80sten Geburtstag aufknüpfte. Er baumelte im Dachstuhl. Und warum? Weil ein Stück Wahrheit ans Licht gekommen war: Wie sich die Huneus-Sippschaft die Kanzlei und die Villa billig unter den Nagel gerissen hat, in dem sie eine jüdische Familie rausgeworfen und um viel Geld geprellt hat. Hat jemand sich deswegen geschämt? Hat auch nur einer in meiner Familie darüber ein Wort verloren, dass wir uns in einer zwangsenteigneten Bürgervilla eingenistet haben? Da musste erst ein Journalist wie Rolf kommen ... Noch jahrelang haben sie versucht, den vor den Kadi zu bringen. Was ihnen aber nicht gelungen ist.

Die offizielle Version über den Selbstmord des Thomas Huneus lautete: plötzlicher Herzinfarkt. Jedem einzelnen Familienmit-

glied wurde diese Version eingebläut. Wir wurden zwangsverpflichtet, die Unwahrheit zu sagen. Weil Selbstmord ein Familienmakel war und ist. Bis heute.

Die Methode hieß und heißt: Schweigen, Verschweigen. Nur nichts zugeben oder verlauten lassen.

Was für Auswirkungen hatte das Familienschweigen auf meine Nichte Hannah. Psychogener Stupor, so lautete der medizinische Befund. Die plötzlich einsetzenden Anfälle verflüchtigten sich erst, als Wolfgang und Gabriele ihrer Tochter mitteilten, es bestünde die Gefahr, dass sie miteinander verwandt sein könnten … viel zu spät, viel zu zaghaft wurde dieses Schweigen entnebelt.

Das haben wir gelernt. Schweigen, Tod schweigen, krank schweigen.

Was ist denn dieses zwanghafte Zugfahren Hannahs anderes als eine Auswirkung des Familiengiftes, aktualisiert durch den Schock über den Terrorschlag auf den ICE, in dem ihre Mutter saß.

So ergeht es uns Beschwiegenen: Wenn uns etwas aus der Bahn wirft, wirken die alten Gifte wie neu.

Er würde sich wahnsinnig freuen, Theo.

Bist du dir da sicher?

Ganz gewiss sogar. Du bist doch einer seiner besten Kunden gewesen …

Mandant meinst du, oder?

Wie oft hat Wolfgang dich rausgehauen. Fünfmal, zehnmal …

Das kommt nicht hin.

Und deswegen wäre er bestimmt froh, wenn du am 6. mit dabei bist.

Ich weiß nicht ... Hannah.

Emma, ich heiße Emma.

Entschuldigung, hatte ich vergessen. – Nur weil Wolfgang mich so oft verteidigt hat, soll ich mitfeiern?

Gerade deswegen. Dankbarkeit, Freundschaft ... warst ja nicht gerade ein einfacher Mandant, Theo.

Da hast du recht. Will Wolfgang denn feiern?

Wir wollen ihn überraschen. Ich habe alles vorbereitet. Wird uns schon nicht abweisen, wenn wir vor seiner Tür stehen.

Emma, ich habe schon so lange keinen Kontakt mehr zu Wolfgang gehabt ...

Soll ja eine Überraschung werden.

Eine Überraschung?

Das wird bestimmt ein schönes Fest ... für Wolfgang, meine ich.

Ich werds mir überlegen. Mal sehen.

Sag doch einfach zu.

pole position. yeah. und alle glauben ich sei tot. ein leben unterm abgrund. tief vergraben. wo es ganz dunkel ist. wo niemand mehr hinleuchten kann mich aufzuspüren. die jahre bei den kämpfern. haben mich vieles gelehrt. tarnen und täuschen und niemals auf der erdoberfläche einen abdruck hinterlassen.

ich bin nummer eins. unangefochten. die goldmedaille. nichts geringeres. wie viele hab ich abgehängt. pole position. missionarsstellung, wenn gewünscht. yippie.

ausziehrock'n'roll. ausziehtango. ausziehblues. we did it in the kitchen. great. we did it in the hall, even better. i got some on my finger and i wiped it on the wall. tantrasex is nix dage-

gen. wir passten aufeinander ineinander hintereinander ander ander ander. zogen uns aus. slow – real slow. zeitlupig. knopf für knopf. hemd um hemd. ganz langsam. griffen wir, was bereit war. erregt leuchtend. angespannt. hose um rock. fühlten. knutschten. leckten. knäuelten uns zusammen und steigerten uns hinauf hinunter hinein nein nein noch nicht. dazu musik vom alten chuck oder pink floyd even cat stevens. deep purple. violett wie mein schwanz und hannahs möse. ich bin schon wieder muksch. sagte sie gerne und bat um ein action replay. bernie sachse. king of fuck. pole position. ich hatte nie eine bessere.

in hamburg trennten sich unsere wege. sie stieg auf. ich stieg ab. sie machte kohle. ich brauchte kohle. als die jagd begann, musste ich bei ihr unterschlupf suchen. immer mal wieder. einmal sogar in ihrem geheimzimmer hinter einer tapetentür. wo es nur fotos von ihr und ihrer schwester gab. da war ihre paranoia noch ganz jung und bläulich. als die spürhunde uns umkreisten, wurde es ihr zu viel. sie hielt es nicht mehr aus. jeden tag die maske aufsetzen und im sender den clown spielen. jede minute auffliegen zu können. und ab dafür. in den hochsicherheitstrakt. einmal stammheim und nie wieder zurück. ich tauchte ab.

sie tauchte ab. hatte ihr früher schon frische saubere papiere verpasst. karla kaltenburg. was für ein bescheuerter name. was besseres fiel mir so schnell nicht ein. als der fälscher mich fragte. hätte ich sie hella hotpussy nennen sollen?

sie verschwand ins ausland. das letzte mal als wir uns sahen, sprach sie von Spanien. in Barcelona hätte sie einen vertrauenswürdigen Kontakt.

ich nach Syrien Libanon. Afghanistan. naher mittlerer ferner osten. trainieren. kämpfen. töten. bis dann control sagte: du gehst als schläfer in den verderbten westen und wartest auf ... ja auf was denn. du wirst schon sehen. Allahu Akbar.

also zurück. über holland, grüne grenze. unter dem radar der schergen. neue identitäten, neues leben, neue papiere, neue jobs. müllabfuhr, zeitungsbote, dreckjobs. nicht beklagen. keinen mucks. kein kontakt. control schweigt. alles ganz ruhig. und keine spur von hannah. so sehr ich sie gesucht habe. die erinnerungen an unsere tageundnächte in betten bleiben. ich war auf der hut. ließ mich nicht blicken in der hansestadt. nirgends. wenn jemand meine passbilder, damals und heute, nebeneinander hält... niemand würde denken, dass es dieselbe person ist. king of fuck. oh lord!

eines tages dann der call von control. Allahu Akbar. Bist du bereit. Allah ist groß und mächtig. Ich bin bereit. ich sollte einen koffer im wagen 7 des ICE 259 von München nach Hannover in das kofferfach stellen. und einen gleich aussehenden koffer an mich nehmen. bei der nächsten station aussteigen. unauffällig. ja wie denn sonst.

der typ hatte es verdient. sowas von verdient. rechte Sau. faschistenschwein. nazihetzer. holocaustleugner. verbreiter von pogromstimmung. dessen koffer sollte ich mir schnappen. austauschen. er sollte mit meinem Koffer in die Luft fliegen. Stunden später.

hat auch geklappt. ich bin ausgestiegen. er nicht. konnte ich wissen, dass die bombe schon im zug hochgeht und den ICE aus den gleisen schmeißt. 220 tote. kollateral. als ich control zu erreichen versuchte, hieß es lapidar: wir übernehmen die verantwortung für den anschlag. beinahe wäre ich mit in die Luft geflogen. nicht das erste mal, dass bombenbauer sich verbastelt haben.

hannahs ältere schwester soll in dem zug gewesen sein. glaub ich aber nicht. die hätte ich erkannt. gabriele oder wie die hieß.

man hat mir zugetragen, dass hannah einen kleinen laden hat. brotbacken oder sowas. die identität mal wieder gewechselt. als haifisch gestartet und als seepferdchen geendet. Ich würde sie gerne wiedersehen. aber ist zu gefährlich. auch wenn mich niemand erkennt. hannah würde mich erkennen. bernie sachse. einen namen, den man sich merken sollte. king of fuck. Sweet cunt.

x – o – x

Rezept für 50 Roggen-Landbrote

Zutaten	Menge
Weizensauerteig	4.100 g
Wasser (24°)	16.400 g
Roggenvollkornmehl	13.530 g
Helles Brotmehl /Typ 630 oder 812)	67.600 g
Salz	500 g

Ich hätte die Drohung ernst nehmen müssen, nur weil ein anonymer Brief auftaucht, dachte ich, wird schon nicht so schlimm werden. Aber als dann Tag für Tag zwei Männer mal mit grauen Hüten, mal mit schwarzen, mal mit Schlägerkappen oder auch ohne Kopfbedeckung an meinem Laden vorbeistreiften, da wusste ich, die Jagd geht wieder los.

Schon bei meiner ersten Verhaftung in der Schule, als ich aus dem Unterricht abgeführt und die steinerne Treppe im Kreutz-Gymnasium hinuntergestoßen wurde, habe ich Wut gegen die

Ordnungshüter gespürt. Was immer sie betreiben, das meiste ist nicht menschenfreundlich. Freund und Helfer, dass ich nicht lache.

Und nun stehe ich wieder am Pranger oder bilde ich mir das nur ein?

Als sie beim nächsten Mal wieder in meinen Laden stierten, bin ich raus und habe sie zur Rede gestellt. Nein, nicht gegen mich, nein, mit mir hätte das gar nichts zu tun, nein nein nein. Und dann ließen sie mich stehen und verschwanden im Laufschritt. Wenn nicht ein paar Kundinnen mich zurückgehalten hätten und mich beruhigten, ich wäre ausgerastet. Hätte jemanden verletzt. Mit dem Nudelholz. Oder dem hölzernen Teigspatel.

Ich habe versucht, Wolfgang zu erreichen, zehnmal am Tag, er geht einfach nicht ran. Hab aber auch keine Lust, vor seinem Geburtstag dort aufzutauchen, dann würde ich mir die schöne Überraschung versauen.

Rolf Campmann war sofort zur Stelle, als ich ihm telefonisch einen Deal anbot: du bekommst meine Entführungsgeschichte von damals mit allen Details, die ich schon recherchiert habe, und dafür sorgst du für einen friedlichen Abgang der beiden Herren des Morgengrauens.

Glücklicherweise hatte ich die Aufzeichnungen von der vorgetäuschten Entführung noch hinter den Büchern von Bakunin und Stirner im Bücherschrank versteckt, so dass Rolf nicht bei null anfangen musste. Er stellte mir Hunderte von Fragen, auch sehr intime, um nicht plötzlich von einer Information überrascht zu werden. Er wusste, dass sowohl der Polizeipräsident und sein Stellvertreter bereits verstorben waren und auch der Verräter, mein ältester Bruder Martin, war tot. Wer kam noch als Zeuge infrage? Rolf dachte daran, meine Story parallel im STERN oder SPIEGEL und zugleich in der ARD zu einem 45-Minüter zu machen.

Irgendwann wurde mir mulmig, aber ich konnte Rolf nicht mehr zurückpfeifen. Jetzt lief die Sache und ich war gespannt, wie man mit mir umgehen würde. Alle Anklagen von damals gegen mich waren ja verjährt.

Irgendwie freute ich mich über den Tanz, zu dem Rolf und ich jetzt aufspielen würden, wie in alten Tagen, als wir die Verhältnisse zum Tanzen bringen wollten.

Am nächsten Tag trauten sich die beiden Männer in die Warteschlange, um ebenfalls ein Brot zu kaufen. Nur damit Sie sehen, dass wir nichts gegen Sie im Schilde führen. Wir können Ihnen leider nicht sagen, weswegen wir uns in Ihrer Nähe aufhalten müssen. Sie persönlich haben absolut nichts zu befürchten!

Wenn ich so einen Satz höre, stellen sich bei mir die Nackenhaare auf, dann weiß ich, das Gegenteil ist gemeint.

In einer Bäckerei-Kette in Barcelona habe ich den Spruch gelesen. Crear un pan con amor es una creación única.

¿Puedo hablar con don Alfredo?
 ¿Con quién?
 ¿Con don Alfredo?
 ¿Quién?
Dr. Alfred Huneus.
No está disponible.
¿No es este su número de teléfono privado?
Lo es.
¿Y por qué no puedo hablar con él?
¿Quién está llamando?

Mi nombre es Emma Livingstone, anteriormente Hannah Huneus, su sobrina.

¿De Alemania?

Exacto.

Lamento mucho decirle que al Dr. Alfred Huneus lo asaltaron y asesinaron hace 4 semanas en el Barrio Gótico, en la Plaza de Carles Pi.

¿Por qué nadie nos lo dijo?

Llamé a su oficina y les conté lo que pasó y …

¿Cuándo es el funeral?

El funeral fue la semana pasada. Su cuerpo fue incinerado y las cenizas se esparcieron en el Mediterráneo. Lo siento.

Gracias.

Sie kann sich nennen wie sie will. Uns entgeht nichts. Und sie schon gar nicht. Es hat damals eine ganze Weile gedauert, bis wir unsere ZP wieder im Visier hatten. Die britischen Kollegen waren erst nicht besonders kooperativ, aber als sie hörten, dass wir eine Terroristin verfolgten, haben sie die Identitätsgleichheit von Karla Kaltenburg und Emma Livingstone manifest machen können. Und ab da wussten wir Bescheid und konnten unsere ZP auf dem Radar halten.

Immerhin hatte sie es ja geschafft, jahrelang beim Fernsehen zu überwintern, was schon eine Leistung war. Als wir dann endlich ihre Spur wieder aufgenommen haben, sah alles perfekt aus für eine problemlose Inhaftierung. Genau in dem Augenblick entwischt sie uns. (Von diesem dilettantischen Manöver unserer Kollegen vor 25 Jahren wollen wir lieber schweigen. Das ist nach wie vor einer der größten Fehlleistungen unserer Behörde, die allerdings – sehr zum Leidwesen einiger Kritiker der Nachrichtendienste – nie an die Öffentlichkeit kam.)

Backen in Yorkshire, gar keine schlechte Tarnkappe, eine englische Bäckersfrau – eine nahezu perfekte Doppel-Identität, zu der man erst die Drähte spannen musste. Endlich konnten wir ein Dossier anlegen. Es reichte in England eine 14-tägige Observation. Sie fuhr mit ihrem Morris Mini durch die Gegend, hat niemand Bestimmtes getroffen. Abgesehen von gelegentlichen One-Night-Stands.

1993 entschließt sie sich, England zu verlassen und kehrt in die Hansestadt zurück, und versucht sogleich, Nachforschungen wg. der vorgetäuschten Entführung zu machen. Nach ein paar Anläufen lässt sie die Sache fallen. Wiederum erstaunlich. Als sei sie von jemandem gewarnt worden. Passt nicht zu ihrem sonstigen Personenprofil.

Wir hatten uns für den Ernstfall schon gewappnet und ein paar pikante Details aus ihrem »Männerleben« bereitgehalten. Mit wem sie sich alles eingelassen hat. Wir haben das ganze Buch fotografisch erfasst. Da sind auch Namen aus der B-Promi-Liste dabei.

Was für uns wesentlich schwieriger war, ihrer ständigen Reiserei zu folgen. (Nebenbei: Das geht mit ihrer Nichte Hannah, die gewiss nicht zufällig den gleichen Vornamen wie unsere ZP trägt, einfacher, die reist nur in Deutschland. Per Zug. Ganz leichtes Spiel für uns.)

Die spanischen Behörden des CNI zeigten sich überhaupt nicht kooperativ, nichts zu machen. Die wollten genaue Details über Taten, Anschläge, Bankeinbrüche, Morde – andernfalls seien sie nicht bereit, für uns Observationen durchzuführen. Dass wir ihnen – ein bisschen außerhalb des Tatsächlichen – erzählten, Hannah H. sei eine Top-Terroristin, die mehr im Hintergrund tätig geworden sei, reichte immer noch nicht. So mussten Gelder beantragt und bewilligt werden, gelegentlich in Barcelona und anderen Orten Spaniens unsere ZP im Blick zu behalten. Irgendwann werden unsere Aktivitäten von Erfolg gekrönt sein.

Nun also Emmas Little Bakeshop – die gleiche Tarnung wie in Yorkshire, aber in ihrer alten Heimatstadt. Sie verhält sich vollkommen unauffällig. Was den Laden angeht, können wir sie durch engmaschige Beobachtung etwas unter Druck setzen. Ihr Telefon ist angezapft und ihre Wohnung mit zwei Abhörvorrichtungen ausgestattet. Das Telefonat mit Spanien muss erst noch transkribiert und übersetzt werden. Das sollte nur ein paar Tage dauern, bis wir herausgefunden haben, um was es sich in dem Gespräch drehte.

Unser Verdacht bleibt bestehen: sie war und ist eine mögliche Schläferin, die auf Anweisungen zum Beispiel aus Ost-Berlin wartet. (Die Stasi hat solche Leute viele Jahre lang im Dunkeln gehalten, bis sie dann aktiviert zum Einsatz kamen.) Auch fast 30 Jahre nach Auflösung des Ministeriums für Staatssicherheit gibt es immer noch die Strukturen der alten Seilschaften, die auf eine Destabilisierung der Bundesrepublik aus sind. Wäre das anders zu erwarten gewesen bei 100.000 offiziellen und 1.000.000 inoffiziellen Mitarbeitern des gegnerischen Geheimdienstes? Wer glaubt, da seien keine »ehemaligen« Aktiven am Werk, sollte sich nur mal die Finanzierung der AFD so kurz von den Wahlen im kommenden Jahr ansehen.

Es kann aber auch sein, dass uns ein ganz großer Fischfang gelingt: wenn Bernie Sachse, der erste Freund von Hannah,

Kontakt zu ihr aufnimmt. (Der steht in ihrem »Männerbuch« an Platz eins, wie wir bei einer abgedeckten Durchsuchung in Erfahrung bringen konnten.)

Dann hätte sich die gesamte Observation unserer Zielperson mehr als doppelt gelohnt.

x – o – x

Der Schock sitzt tief. Don Alfredo ausgeraubt, ermordet im Barrio Gótico in Barcelona. Seine Asche im Mittelmeer verstreut. Noch vor ein paar Monaten haben wir uns gegenübergesessen. Er war so lebenslustig wie immer, trotz seiner 93 Jahre. Scheint ein Fluch auf der Huneus-Sippe zu liegen, keiner erreicht die goldene Hundert. Don Alfredo hatte die besten Aussichten. Great expectations. Agil, schnell im Kopf, zwischen den Sprachen hin- und-herjonglierend. Er ging ein bisschen gebückt, manchmal tat ihm der Rücken weh und die Knie schmerzten, aber nichts Ernsthaftes, wie er sagte. Er orientiere sich immer an den Rollstuhl- und Rollator-Fahrern auf der Strandpromenade von Barcelona – dagegen seien seine Wehwehchen ein Klacks.

Die Familie schmilzt. Ich habe gleich versucht, Enrica zu erreichen. Sie ist nicht in der Lage, darüber zu sprechen. Am Telefon nur langes Schweigen. No puedo hablar, disculpe, annah, no puedo, es verdad. Sie will sich melden, wenn sie sich besser fühle. Enrica hat ein Netz von Freunden und Freundinnen in Barcelona, die sie gewiss auffangen werden. Aber sie hat niemanden aus der Familie. Die 4 Kinder, die Onkel Alfred mit seiner Frau Gertrud hatte, sind schon lange verstorben. Enrica ist kinderlos geblieben.

Nach Wolfgangs Geburtstag sperre ich den Laden für ein paar Wochen zu und fliege nach Barcelona. Wird auch mir guttun, mit Enrica um Don Alfredo zu trauern. Ausgeraubt und ermordet in der Stadt, die er so geliebt hat. Barcelona es un paraíso, hat er immer gesagt – die Hansestadt eine eiskalte Hölle.

Ich habe die Namen unserer Familientafel vorgenommen, der einzige, der von der nächsten Generation noch lebt, ist der Sohn vom Verräter. Martin, genannt Matteng, auch schon 44. Er hatte mal eine gute Beziehung zu meiner Nichte. Am Telefon blieb er ziemlich cool. »War das der Puffbesitzer? Das schwarze Schaf in unserer Sozietät.« Und dann lachte er und entschuldigte sich mit einem lateinischen Spruch. De mortuis nihil nisi bene. Er konnte sich gut an Don Alfredos Auftritte in den Sitzungen der Kanzlei erinnern. »Ich habe ihn durchaus als sympathisch empfunden. Jedenfalls einer, der nicht vor dem Herrgott kuschte. Konnte schon immer verstehen, warum er der spießigen Hansestadt den Rücken gekehrt hat.« Wieder lachte er. »Um sich seinen Liebschaften zu widmen. Ein Paradiesvogel. Schade, dass er nicht die 100 erreicht hat. Wirklich schade.« Und dann machte Matteng mir das Angebot, mich bei meiner Reise nach Barcelona ein paar Tage zu begleiten. Was mich doch sehr gewundert hat. Ein bisschen Bammel vor dieser Trauerfahrt habe ich. Zu Wolfgangs Geburtstag wollte ich ihn nicht einladen, auch wenn der sein Onkel ist. Zu viele Spannungen würden dem Abend nicht zuträglich sein.

Lange habe ich gezögert, Wolfgang vom Tod Alfreds zu informieren. Hatte mehrfach seine Nummer bis zur vorletzten Zahl eingetippt, aber dann wieder innegehalten und die rote Taste gedrückt. Verträgt er diese Nachricht? Was ist, wenn sie ihn noch tiefer in seine schwarzen Absichten, wie Alfred sein Befinden genannt hat, stößt? Ich will seinen Geburtstag abwarten. Dieses niederschmetternde Telefonat muss ich ihm solange verschweigen. Hoffentlich erfährt er nicht von dritter Seite etwas von Alfreds Tod.

Was ist mit Wolfgang? Der war neulich so … ich weiß nicht … so niedergeschlagen am Telefon …

Was hat er gesagt, Friedo?

Irgendwas von letzter Reise gefaselt, glaube, er war sturzbetrunken. Hat ja früher schon mal gerne einen gezogen.

Nein, das hat damit nichts zu tun. Seit dem Tag 0 ist er völlig von der Rolle …

Tag 0, was soll das sein, Emma?

Der Tod von Gabi – der Zug-Crash, der für uns alles verändert hat. Kannst du dich bestimmt noch erinnern.

Aber der ist doch schon mehr als 2 Jahre her.

Für Wolfgang nicht. Für den ist dieses Attentat immer noch wie heute, als würde es gerade jetzt im Augenblick passieren und seine geliebte Gabi … Entschuldigung, ich bin auch nicht drüber …, give me a minute … ich wollte fragen, ob du zu seinem Geburtstag kommst.

Wann ist der noch mal?

6. Dezember.

Ach ja, hatte ich ganz vergessen. Ich schau schnell in den Kalender.

Wir versammeln uns gegen 18 Uhr und überraschen ihn.

18 Uhr würde noch gerade gehen, aber um 20 Uhr habe ich Karten für die Deutsche Kammerphilharmonie, das Konzert will ich nicht verpassen.

Bist du mit von der Partie, Friedo?
Für die erste Stunde. Ich komme.
Weißt du noch die Adresse?

Wenn Emma nicht gewesen wäre ... weiß nicht, wohin es mich getrieben hätte, manche Stürme hätte ich nicht überlebt.

Ich kann mich genau erinnern, wie sie im Tweed-Kostüm zum ersten Mal vor unserer Haustür steht & nach Gabriele fragt. Dabei erfahre ich, dass ich eine Tante habe, die meinen Namen trägt. Da war ich immerhin schon 15. Wie sie später dann am Küchentisch unserer WG sitzt & einen Atem-Anfall bekommt. Ich dachte, sie geht hops. Sie brauchte eine Weile, um wieder zu sich zu kommen. War überwältigt von der neuen Situation: Am ersten Tag wieder in der Hansestadt zu sein nach vielen, vielen Jahren England. Müsste man mal wieder hinfahren, bevor die ihr Brexit-Fort verriegeln. Wie hat Paps in seiner SMS geschrieben: Die englische Premierministerin klammert sich an den Union Jack & der reißt & reißt & reißt ... nur die Fahnenstange ragt noch nackt in den Nachthimmel.

Emma hat mich aufgefangen, begleitet. Auch zu den Sitzungen des Demo-Komitees gegen den Staatsaufmarsch am 3. Oktober. Tag der Deutschen Gemeinheit. Sie hat sich sogar getraut, dort zu sprechen. Ich habe sie bewundert.

Emma hat mir Tipps gegeben, wie ich gegen den einsetzenden Sturm der Medien bestehen konnte, nachdem mein Erstling erschienen war. Da galt es einige Schreihälse abzuwehren, was Emma für mich gemacht hat. Sie war auf meiner Seite, als ich kurz vor dem Abi die Schule geschmissen habe & hat sich gegen meine Eltern gestellt, die mich zwingen wollten, in die Schule zurückzu-

kehren. Sie hat an meinem Bett gesessen, wenn mich der Stupor im Griff hatte. Manches Mal hat sie mich zur Therapie begleitet, auch wenn ich gebockt habe, weil ich anfangs keinen Sinn darin sah. Allora. Sie hat mir geraten, nach Italien zu fahren & eine Auszeit von Familie & falschen Freunden zu nehmen. Sie hat mit mir die ersten zwei Wochen in Bologna verbracht, wo ich mit dem Studium anfing. È vero. Sie war es, die mich verstanden hat, als ich plötzlich einen writers block hatte & nichts mehr zu Papier brachte, was wert war, veröffentlicht zu werden. Was habe ich ihr nicht alles zu verdanken, die Liste ist noch lange nicht zu Ende …

Emma & ihr Verfolgungswahn. Gabi hat mir mal davon erzählt. Wie sie in Hamburg vor Angst beinahe eingegangen sei. In der eigenen Wohnung ein Geheimzimmer eingerichtet, in das man nur durch eine hinter der Tapete versteckte Tür eintreten konnte. Molto strano. HannahKarlaEmma fühlte sich damals ständig verfolgt & bedrängt von Staatsschützern, die sie unter Druck gesetzt haben. Stronzi, vaffanculo.

Dabei hatte Emma doch Recht – auch jetzt wieder wird sie observiert, obwohl sie nichts Politisches macht außer Brot backen. Im Laden herrschen ihre Spielregeln. Ab & zu bekommt jemand Ladenverbot, wenn er sich dem rechten Gewäsch nicht enthalten kann. SMS von Paps: Wer rechts gegen die Wand rast – kommt niemals mit Heil davon.

Nun will Campmann ihre Geschichte aufrollen. Das könnte einigen Zunder geben. Ich habe Emma versprochen, meine Zugreisen aufzugeben, wenn sie meinen Beistand braucht. Ich wäre gerne so wie Emma. Die hat alle Anker gelichtet & ist nach England gegangen. Bescheiden. Hat … haha … kleine Brötchen gebacken. Kommt zurück … soso… & macht hier ihr eigenes

Ding. Konventionen null – wie wohltuend. Kein Kompromiss – mit niemandem. Nach dem Schlussknall hat sie sich bemüht, uns alle gegen den Sturm zu stellen. Verdammt, wo kommt jetzt dieses maritime Bild her ... ist ja peinlich ...

Ich kann mich erinnern, dass sie sich mal mit einem Typen vom VS angelegt hat. Ich war zufällig dabei. Anfangs war sie ganz leise, sachlich, mit spitzen Bemerkungen, dann schaltete sie eine Stufe hoch & konfrontierte den Kerl mit der Frage, was er denn Sinnvolles für die Gesellschaft leiste, um ihn dann anzubrüllen, ob er sich nicht schäme, andere Leute auszuspionieren. Öffentlich vor allen Kundinnen. Aber ich wollte doch nur ein Brot ... stammelte der Typ.

Ob Emma jemals eine Terroristin war, nein, kann ich mir nicht vorstellen. Dass sie mal eine Zeitlang mit diesem Bernie wiehießernoch zusammen war, ist das schon ein Staatsverbrechen? Sie hat keine Bank überfallen, keinen Menschen ermordet, kein Attentat begangen wie diesen Schlussknall, der unsere Familie in Atem hält, sie ist keine ...

Warum sie immer wieder ins Fadenkreuz gerät, ich weiß es nicht. Sie hat es nicht verdient.

Sie hat es nicht verdient.

Sie ist meine geliebte Tante Hannah, mit der ich den Namen teile, obwohl wir beide so vollkommen verschieden sind. Bis auf unsere Aussetzer. Apnoe, Atem-Anfall, psychogener Stupor, oderwiedasgenanntwird. Weiß gar nicht, ob Emma immer noch geplagt wird. Werde sie beim Geburtstag fragen. Ich jedenfalls bin davon frei. Applausi, applausi.

$x - o - x$

Catering um halb sieben, das sollte reichen. Erstmal muss Wolfgang die Überraschung verdauen ... Ich bin an seinem Haus vorbeigehuscht, brennt Licht, alles klar, er ist da.

Ich habe noch eine besondere Überraschung. Mal sehen, ob er sich an die Frau erinnert. Für die hat er einen Freispruch erzielt, obwohl sie ihm später gestanden hat, dass sie den Mord an Bord arrangierte. Habe ich zufällig in einer Zeitschrift gefunden unter der Rubrik: Was macht eigentlich ...?

Am liebsten würde ich vorher einen Raum für die Feier herrichten. Wolfgang war nie der große Ordnungsfex, meistens lagen Aktenbündel in roten, grünen, blauen, schwarzen Stapeln übereinander. Nur seine Sekretärin stieg da durch. Wir ziehen einfach in die Küche im ersten Stock, völlig wurscht, wie es da aussieht. Non mi frega un cazzo, hat mir Hannah beigebracht, die eine schöne Sammlung von italienischen Schimpfwörtern und Flüchen zusammengebracht hat. Sind schon über 200 Wörter und Zitate.

Überhaupt Hannah. Bin froh, sie endlich wiederzusehen. Und nicht nur am Telefon zu sprechen. Hoffentlich hat sie ein paar Tage Zeit mitgebracht und steigt nicht gleich wieder in den nächsten Zug. Wie weit ist sie mit ihren Flüchtlingsgesprächen? Da sollte ihr was gelingen, ungefilterte Gespräche aus dem Zug ergeben ein Stimmungsbild der Republik.

Rolf findet keine Zeitzeugen, die etwas Valides über meine sogenannte Entführung aussagen könnten. Alle verstorben, pensioniert, nicht auffindbar. Außer mir kann nur Wolfgang berichten, was damals geschehen ist und mit welchen Lügen unsere Familien abgespeist worden sind. Zum Beispiel, dass ich in der DDR untergetaucht wäre, hat man kackfrech als Erklärung ausgestreut – ich habe dieses Land niemals betreten. Bis heute nicht, was gewiss ein Fehler sein mag. Der Präsident des hiesigen Verfassungsschutzes hat sich bereit erklärt, in den Akten nachforschen zu lassen, ob es irgendwelche Spuren dieser Aktion gegen mich gibt ... Rolf will auch noch den Innensenator interviewen. Nach so vielen Jahren sollten die doch drüberstehen können, oder?

Die beiden VS-Leute sind nicht mehr aufgetaucht. Was für eine Erleichterung. Ich hatte Angst, der ganze Zirkus geht von vorne los. Muss Rolf fragen, welche Daumenschauben er verwandt hat. Vielleicht hat seine Recherche damit zu tun.

Ich habe meine Kundinnen instruiert, dass ab dem 6. Dezember der Brotladen bis zum Ende des Jahres geschlossen bleibt. Großes Murren. Wo sie dann ihr Brot ... ob es denn nicht eine Reservebäckerin ... Gerade vor Weihnachten ... Einige wollten a bakers dozen haben, wenigstens ein Brot mehr als ich ihnen verkaufe ... nein, da gelten klare Regeln. Ab 6. Dezember ist dicht. Dass ich nach Barcelona fliege und aus welchem Anlass, habe ich verschwiegen.

Habe mit Enrica lange gesprochen. Sie freut sich, dass ich sie besuchen komme. Macht mir am Telefon einen unruhigen, gequälten Eindruck. ¡Que pena! Sie hat mir erzählt, dass Don Alfredo viele körperliche Baustellen hatte, die er aber geschickt zu verbergen wusste. Wer viel über Krankheiten redet, wird schneller krank, sei sein Motto gewesen: Lieber eine Schmerztablette mehr als ein Jammern zu viel. Auch wenn der Arzt ihn gewarnt hat, er müsse aufpassen, nicht medikamenten-abhängig zu werden. In meinem Alter, soll Don Alfredo dem Doctor Montalban entgegengehalten haben. Und hat weiter seine Schmerzen mit Opiaten betäubt.

Matteng hat sich gemeldet. Ob es stimme, dass Wolfgang am 6. Dezember seinen 78. Geburtstag feiere. Bevor ich ihn fragen konnte, woher er das wisse, meinte er, ob er vielleicht ... Natür-

lich könne er kommen. Ich habe ihm erklärt, wie ich mir das Fest vorstelle und dass es um 18 Uhr losgehe. Er brauche nichts mitzubringen außer guter Laune, davon gebe es nämlich zu wenig gegenwärtig. ¡Venga! Auch wenn Wolfgang Mattengs Onkel ist, sonderlich gute Beziehungen haben die beiden nie gehabt. Als Juristen waren sie immer in unterschiedlichen Lagern. Ich glaube sogar mich zu erinnern, dass Matteng mal versucht hat, Wolfgang aus der Rechtsanwaltskammer entfernen zu lassen. Lange her, sehr lange her.

Das Catering kommt vom Asiaten. Sushi, Sashimi, Maki – all die fischigen Genüsse, die Wolfgang in den letzten Jahren bevorzugt hat. Für die Vegetarier habe ich geschmortes WOK-Gemüse bestellt. Und für die Anti-Asiaten Bratwurst und Kartoffelsalat von Heinos Werder-Grill.

Die Party kann steigen, so nannten wir das zu meiner Zeit.

Hannah, kommst du denn?

Wie viele hast du eingeladen, Emma?

Mit uns sind wir sieben.

Und Don Alfredo kommt wirklich? Auf den freue ich mich am meisten.

Nein, der ist tot.

Was? Das kann doch nicht wahr …

Man hat ihn in Barcelona überfallen und ermordet. – Seine Asche ist im Mittelmeer verstreut worden, wie er es im letzten Willen verfügt hat.

Das trifft mich sehr. Plötzlich, ausgeraubt, was für ein Ende. Hättest du mir nicht Ich musste es selbst erstmal verdauen. Tut mir leid, war keine böse Absicht.

Ich wäre zur Beerdigung hingefahren, Emma.

Ich auch. Wenn es uns einer mitgeteilt hätte. Ganz sicher sogar.

Weiß Wolfgang schon davon?

Ist vielleicht besser, es ihm noch nicht zu sagen. Er rechnet ja nicht damit, dass Alfred auftaucht.

Mit uns rechnet er auch nicht.

Verschwinden

Dunkel, kurz vor 6, fast alles dunkel. Die funzeligen Straßenlaternen beleuchten kaum die kleine Straße. Beide Seiten zugeparkt, auf den Bürgersteigen Mülleimer, kein Durchkommen. In allen Häusern Licht, matter Schein der Fernseher. Die Luft zu warm für Anfang Dezember. Ein Fahrradfahrer ohne Licht rast über die Straße und weicht im letzten Moment einer Passantin aus. Zwei Hunde bellen um die Wette.

Sabine Kerner wartet an der Straßenecke. Schaut auf die Uhr, niemand da. Ob er mich wiedererkennt? Da ist sein Haus, da war seine Kanzlei, da ist die große Holztür. Wie vor 40 Jahren. Gewiss wird er sich an mich erinnern. War doch fasziniert von meiner Erscheinung. Meinen eisgrauen Augen, wie er sie genannt hat. Ich werde ihm meinen Namen nicht sagen, das steht schonmal fest. Nach jedem Prozesstag druckten die Zeitungen Fotos. Von mir. Von ihm. Von uns beiden. Ich habe mich gerne fotografieren lassen. Als dann das große Interview im STERN erschien, das den Prozess aus den Angeln hob …Wie hat der Herr Rechtsanwalt da getobt, wollte das Mandat niederlegen, war außer sich … aber auch fasziniert. Von mir. Als ich den Freispruch geschafft hatte, konnte ich ihm ein bisschen Wahrheit zukommen lassen. Das hat ihn noch mehr erregt, aber ihm waren die Hände gebunden. Juristisch jedenfalls. Einer Sabine Kerner konnte damals schon niemand das Wasser reichen. Auch wenn es aus einem untergehenden Boot geschöpft worden war. Muss ich eben noch etwas warten.

Eine der Straßen, die von den Fliegerangriffen im 2. Weltkrieg, immerhin 172 Einsätze der Royal Air Force, verschont geblieben ist. Einheitliche Fassaden, jugendstilverziert, in Abstufungen von grau und weiß. Nur ein Haus sticht heraus, in kräftigem Grün mit weiß abgesetzten Elementen über und unter den Fensterbögen. Über dem Erker zwei sich anlächelnde Engelchen. Puttengleich, wie in italienischen Kirchen.

Rolf Campmann hat eine Methusalem-Flasche Champagner mitgebracht. 6 Liter feinstes Bitzelwasser. Welche Marke bevorzugte Wolfgang, die Witwe Cliquot oder die Schande von Moët? Sie würden sie gemeinsam köpfen. Campmann hat sich eine riesige Kühltasche angeschafft, damit das Gesöff nicht warm getrunken werden muss. Bin gespannt, ob Hannah rechtzeitig eintrifft. Auch von Emma ist noch nichts zu sehen. Die Frau, die an der Straßenecke wartet, kennt er nicht. Sie gehört bestimmt zu einer anderen Party.

Geduld, Geduld. Da hilft jetzt nur Geduld, nicht aufgeregt sein und schon gar keine schnellen Fragen stellen. Der Mann hat Geburtstag. Immerhin. Ich muss ihn allein sprechen, sonst hat sich der ganze Aufwand nicht gelohnt. Er muss mir einen Termin für das Interview geben. Erstmal ohne Kamera, nur ein kleines Vorgespräch. Notfalls muss ich Emma hinzuziehen. Die wird mir Schützenhilfe geben. Wenn scharf geschossen wird, braucht man eine gute Deckung. Campmann stellt die Kühltasche mit der Methusalem-Flasche vorsichtig auf dem Bürgersteig ab. Seine Investition soll nicht im letzten Moment zu Bruch gehen.

Wie war das noch bei ihrem letzten Coup vor 25 Jahren, als sie die beiden biederen Stasi-Typen gelascht haben: gierig auf das in der Schweiz gebunkerte DDR-Geld wurden sie bei der vermeintlichen Übergabe in einer Autobahnraststätte gefilmt. Vorher musste Wolfgang zum Schießen getragen werden, er hatte Schiss, in die Affäre hineingezogen zu werden, obwohl er nur der Treuhänder des SED-Geldes war. Vielleicht sollte ich ihn nicht daran erinnern, sondern mehr an den überwältigenden Erfolg: nach der Ausstrahlung des Scoops im Hauptabendprogramm zischten die beiden Ex-DDR-Gauner ab und tauchten nie wieder auf. Warten, weiter warten. Und sich nichts anmerken lassen.

Wie an einem Bindfaden aufgezogen die Häuser in dieser Seitenstraße. Ruhig, ganz ruhig, nichts zu hören von den Autos, die sich nur zweihundert Meter weiter durch das Viertel schieben. Gelegentlich ein Hundebellen, ein Fahrradklingeln, ein Hupen. Von dieser nächtlichen Seligkeit geht keinerlei Gefahr mehr aus.

Emma Livingstone zieht einen Leiterwagen hinter sich her. Wie bei einem Kohl&Pinkel-Ausflug. Hochprozentige Getränke, stilles und quirliges Wasser, Bratwurst in der Warmhaltepackung und Kartoffelsalat aus dem Werderladen. Die asiatischen Genüsse vom Caterer kommen später.

Erst zwei Leutchen da und schon fünf nach sechs. Ob Hannah es bis halb sieben schafft? Emma rechnet nicht damit. Aber sie könnten auch ohne Wolfgangs Tochter mit dem Singen anfangen. Hannah ist die Jüngste in ihrer Runde, erst 40 Jahre, oh Lord, mit 40 habe ich englisches Kastenbrot gebacken. Jeden Tag ab morgens um halb vier.

Schön, dass Sie kommen konnten, sagt Emma zu Sabine Kerner. Wo ich doch seine prominenteste Mandantin war, erwidert sie. Die Kerner wird die größte Überraschung für Wolfgang. Ganz schön eingebildet. Macht nichts. Mit der rechnet er ganz bestimmt nicht.

Was schleppst du da an, fragt sie Campmann, ihr solltet doch nichts mitbringen.

Ich dachte, ein Schlückchen in Ehren wird ihn aufmuntern und da wir ein paar mehr sind …

Hintergedanken, Rolf? Bitte nicht heute Abend, dürfen heute überhaupt keine Rolle spielen.

Ich weiß, welche Rolle ich spielen soll. Keine Sorge, Hannah.

Ich heiße Emma.

Ich weiß.

Sie schaut auf das Haus. In der obersten Etage hatte sie einen One-Night-Stand mit Wolfgang, nachdem er sie vor Gericht rausgepaukt hat. Von den ausgelassen feiernden Genossen und Mitgliedern der WG hat es niemand mitbekommen. Auch nicht ihre Schwester Gabriele, die damals schon mit Wolfgang liiert war.

Bei der dämmrigen Beleuchtung ist nichts von dem kräftigen Grün der Fassade zu sehen. Wie beim letzten Besuch, auch heute sind alle Zimmer erleuchtet. Gut, dann ist er wenigstens zu Hause. Warten wir ab, noch geht die Party nicht los.

Theo hat sich gar nicht erst auf den Weg gemacht – und er hat seine Gründe dafür.

Nicht nur bei dem jährlichen Straßenfest versammeln sich die Nachbarn. Sie spielen Skat und Doppelkopf, gehen gemeinsam boulen oder einzeln ins Fitness-Studio, laden zum Essen und zu Hausfesten ein – eine im Laufe der Jahre gewachsene Nachbarschaft. Niemand zieht gerne weg, es sei denn, er kann sich die ständig steigenden Mieten nicht leisten und muss seinen Wohnsitz an den Stadtrand verlagern.

Katrin Hermanns möchte am liebsten wieder umdrehen. Was soll ich bei einer Familienfeier? Sie wurde immer zu Wolfgangs Geburtstag eingeladen, ist auch hingegangen, stand aber meistens an einen Schreibtisch gelehnt mit einem Glas Sekt in der Hand und schaute auf den Stapel der noch zu erledigenden Vorgänge. Nachdem sie Wolfgang gratuliert hatte, sprach sie ihn nicht mehr an. Und auch nicht die anderen Gäste. Nach einer Anstandsfrist von einer knappen Stunde verdrückte sich Katrin Hermanns, ohne sich von irgendeinem der Gäste zu verabschieden. Um sich am nächsten Morgen in der Kanzlei die immer gleiche Frage anzuhören, ob ihr die Feier gefallen habe. Nein, hat sie dann mit fester Stimme geantwortet.

Emma begrüßt sie, danke, dass du es möglich gemacht hast.

Ich bleibe wohl nicht so lange, erwidert sie.

Fände ich äußerst schade, schaltet sich Campmann ein. Ich habe ein wirkliches gutes Tröpfchen hier in meiner Kühlung, dass sollten wir gemeinsam genießen. Bevor das nicht alle ist ...

Ich darf mich vorstellen, Sabine Kerner, waren Sie damals schon in der Kanzlei, als ich ...

Nein, das war wohl vor meiner Zeit. Ich bin erst nach der Jahrtausendwende bei Wolfgang in die Sozietät eingestiegen.

Emma schaut sich um. Wo bleibt ihre Nichte? Langsam wird es Zeit. Und auch Theo ist noch nicht da. Der würde der eingebildeten Kerner ein bisschen die Schau stehlen mit seinen vielen

Vorstrafen und Verfahren, bei denen Wolfgang ihn so oft rausgehauen hat. Wenn der Rechtsanwalt und sein bester Mandant zusammenhocken, Berichte von den Schlachtfeldern der hansestädtischen Justiz.

Matteng Huneus biegt in die Seitenstraße ein, stockt kurz, als er das Trüppchen erblickt, nickt der Kerner und Emma zu, ignoriert Hermanns und Campmann und stellt sich lautstark vor: Martin Huneus, einer aus der Sippe Huneus, Rechtsanwalt, Kollege von Wolfgang, erbittert gestritten, alles vergeben und vergessen, Wolfgang van Bergen sein Onkel.

Matteng, entschuldige, dass ich dich so nenne …

Keine Ursache, Emma, ist schon klar.

Danke, dass du kommen konntest.

Ich habe ein paar Termine aus meinem Kalender streichen lassen und da bin ich. Wo ist denn Hannah, Wolfgangs Tochter?

Die kommt mit dem Zug, wird wohl etwas später.

Ach, der Herr Campmann, nicht gerade ein Freund meiner Familie, oder? Wie Sie meinen Urgroßvater zur Strecke gebracht haben, bleibt in unserem Haus stets in böser Erinnerung.

Es war längst Zeit geworden, dieses dunkle Kapitel der Familiengeschichte zu beleuchten …

Vergeben und vergessen, wenigstens heute Abend. Und wer sind Sie?, fragt Matteng Huneus.

Sie nennt ihren Namen. Katrin Hermanns. Mitarbeiterin, Sekretärin, Kollegin, ganz wie Sie wollen. Auf jeden Fall immer zur Stelle, wenn es was auszubügeln galt.

Sie hat er aber gut versteckt gehalten, der Schlingel. Sind wir ansonsten vollständig?

Emma bittet noch um etwas Geduld.

Wenn sich Streitigkeiten zwischen Nachbarn ergeben, dann geht es meistens um Mülltonnen, die von der Abfuhr geleert nicht schnell genug wieder in die Garagen zurückgebracht wurden, und um Hundekot, um zu hohe Bäume, die dem Nachbarn das Licht wegnehmen, um zugeparkte Einfahrten, und um Hundekot, um zu viele Räder, die an fremden Gartenzäunen angekettet wurden, und um Hundekot, und ab und zu auch um lärmende Kinder, die die heilige Mittagsstunde stören.

Friedo kommt im Laufschritt an. Schon im Konzert-Outfit.

Hallo Emma, hallo in die Runde, tut mir leid, mein Fahrrad hat einen Platten, das hab ich gleich bei der Radstation geparkt und bin dann hierher gespurtet. Ein ganz verrückter Tag, alle Termine geplatzt, nichts auf die Reihe gekriegt und dann heute auch noch die beiden ... ich weiß gar nicht ... wie sehe ich aus?

Verschwitzt, Friedo, ganz verschwitzt. Kannst dich drinnen ja erst mal trockenlegen.

Können wir anfangen, fragt Friedo, als könne er jetzt den Beginn der Feier bestimmen.

In diesem Augenblick fährt ein Wagen der Sushi-Factory vor.

Emma zieht ihre Geldbörse und zahlt den Boten. Nimmt die Ware in Empfang.

Sollte für eine Kompanie reichen, meint Friedo.

Martin Huneus lupft einen Plastikdeckel und schaut in eine Schale. Puh, asiatische Hungerspeise, gibt's auch Bratwurst?

Keine Sorge, Matteng, ist reichlich da. Die Sushis und Shiautse solltest du aber auch mal probieren.

Roher Fisch kommt mir nicht zwischen die Kiemen, er lacht laut auf, da kann er noch so japanisch daherschwimmen.

Auch nicht mit einem Schluck besten Champagners? Den erlaube ich mir beizusteuern.

Champagner trank meine Großmutter immer, wenn sie mit ihren Freunden in ihrer Kunstgalerie zusammentraf. Ganze Batterien Schampus sind da vernichtet worden.

Aber gewiss nicht so teuren, insistiert Campmann.

Entschuldigung, wenn ich mich einmische, sagt Friedo, ich habe nachher Konzert, Deutsche Kammerphilharmonie, möchte ich nicht verpassen.

Zu spät kommen, aber früh gehen, Sabine Kerner schüttelt den Kopf, das sind uns die liebsten Gäste.

Hannah van Bergen kann sich nicht entscheiden, Taxi oder per pedes. Sie wird auf jeden Fall zu spät kommen. Wäre ja nichts Neues. Also laufen und nicht spurten. Sie hat einen Zug früher genommen, ist aber durch ein spannendes Gespräch im Wagen 7 in Bann geschlagen worden, und hat deswegen verpasst, in der Hansestadt auszusteigen. Eine Frau teilte ihrem Mann telefonisch mit, dass sie sich von ihm trennen werde und hoffe, ihn dabei finanziell ausbluten zu lassen und für immer zu ruinieren. Bei der nächsten Station musste Hannah van Bergen eine halbe Stunde auf den Gegenzug warten.

»Viel Glück und viel Segen auf all deinen …« Emma unterbricht den schwachstimmigen Gesang. Ein bisschen lauter müsst ihr schon sein, sonst wird er uns nicht hören.

Emma hat dreimal lang, einmal kurz, dreimal lang geklingelt, das seit ewigen Zeiten verwandte Familienklingelzeichen und dann den kleinen Chor zum Intonieren des Ständchens animiert.

»Viel Glück und viel Segen auf all deinen Wegen, Gesundheit und …«

Auf der anderen Straßenseite gehen zwei Fenster auf. Die Nachbarn stimmen sofort mit ein.

»Frohsinn sei auch mit dabei.«

Jetzt nochmal richtig laut.

Weitere Fenster werden geöffnet. Und alle singen gemeinsam …

Wer hat denn Geburtstag?, ruft die junge Frau von gegenüber.

Wolfgang, mein Schwager, erwidert Emma.

Dann viel Spaß zusammen.

Und noch einmal wird das Geburtstagslied angestimmt. Der Gesang ist jetzt in der ganzen Straße zu hören.

Bin ich zu spät, ruft Hannah van Bergen, die dann doch in einen kleinen Spurt verfallen ist. Schließlich möchte sie Wolfgangs Gesicht sehen, wenn er von der Gästeschar überrascht wird.

Seit Tagen brennt das Licht. Herr van Bergen ist da, ruft ein Mann quer über die Straße.

Im Notfall müssen wir die Tür aufbrechen, sagt Matteng und macht eine Geste, als wolle er jemanden zu Boden schlagen.

Emma kontrolliert die Köstlichkeiten des Asia-Ladens. Die andern schauen sie erwartungsvoll an. Stundenlang hier auf der Straße stehen wird niemand wollen. Hätte ich ihn wohl doch besser vorgewarnt.

Hannah wühlt in ihrem roten Rucksack. Zwischen den Büchern und den anderen Utensilien sucht sie etwas zu entdecken.

Inzwischen sind andere Nachbarn hinzugekommen und fragen, was denn los sei. Wenn es etwas zu feiern gibt …

Wenn das hier zu lange dauert, muss ich gehen, sagt Friedo, der sich den Schweiß weggewischt hat, aber dessen Gesicht immer noch stark gerötet ist. Die warten mit dem Konzert bestimmt nicht auf mich. Er lächelt etwas verlegen.

Katrin Hermanns tritt von einem Fuß auf den anderen, ihr fällt keine Begründung ein, gleich wieder zu verduften.

Sabine Kerner steht regungslos auf dem Bordstein und betrachtet die Geburtstagsgäste distanziert. Wenn er nicht feiern will, sagt sie, lässt den Satz aber unvollendet.

Könnte ich schon mal eine Bratwurst haben, fragt Matteng, das würde mir die Wartezeit verkürzen.

Emma schüttelt den Kopf. Jetzt auf der Straße die Warmhaltefolie auspacken, kommt nicht in Frage. Die Flaschen mit den hochprozentigen Gewässern hätte ich gleich zu Hause lassen können, es sei denn, wir schenken jedem, der vorbeikommt, einen Schnaps ein.

Rolf Campmann schwenkt die Kühltasche, schaut in die sich vergrößernde Gästeschar. Soll ich eine erste Runde ausgeben? Schon mal antrinken. Vorglühen. 6 Liter wollen bewältigt werden.

Könnte ich auch …

Ich hatte den Schlüssel irgendwo, sagt Hannah.

Emma geht die Treppenstufen bis zum Eingang des Hauses hoch, und klingelt erneut. Dreimal lang, einmal kurz …

Da oben hat sich jemand bewegt, ruft ein Nachbar, und zeigt auf die Fenster im ersten Stock. Erleichterung. Alle Blicke gehen dort hinauf. Aber sie können nichts …

Katrin Hermanns sagt, sie habe auch noch einen Schlüssel von Wolfgangs Haus, aber leider liege der in ihrer Wohnung.

Also doch Tür aufbrechen? Matteng lässt ein schepperndes Lachen folgen. Oder wir veranstalten ein Straßenfest. Wenn es nicht zu kalt dafür wäre. Für Speis und Trank ist gesorgt. Vielleicht geruht der Hausherr auch selbst zu erscheinen. So kenn ich meinen Onkel, am Anfang immer forsch voran und wenn es knallt in Deckung gehen.

Ach, das wusste ich gar nicht, sagt eine Nachbarin, die gerade hinzugekommen ist, dann sollten wir doch gemeinsam singen. »Happy Birthday …«

Keiner stimmt ein.

Ich hatte dir doch gesagt, Emma, Wolfgang ist nicht zum Feiern. Du hättest ihn fragen sollen, dann würden wir jetzt hier nicht so dumm rumstehen.

Dann wäre die Überraschung perdu gewesen, verteidigt sich Emma.

Katrin Hermanns nutzt die Gelegenheit und sagt, ich geh dann, ohne Geburtstagskind keine Feier …

Und mein Schampus?, fragt Campmann. Ziemlich angesäuert.

Ich hab den Schlüssel, ruft Hanna, schwenkt den kleinen Bund hin und her. Sofort kommt Bewegung in die Gästeschar, nacheinander betreten sie die steinernen Stufen, seit Jahrzehnten ausgewetzt, und stellen sich hinter die 40-Jährige, die ihnen Einlass in das Haus des Geburtstagskindes verschaffen wird.

Nicht so drängeln, sagt Emma, die mit den asiatischen Köstlichkeiten beladen die Sandstein-Stufen hochsteigt.

Paps, Paps, ruft Hannah, komm raus, du Feigling, wir wollen dich hochleben lassen …

Katrin Hermanns ist dann doch noch nicht gegangen. Sie betritt die Kanzleiräume, die sich im Erdgeschoss befinden, ihren Arbeitsplatz für mehr als ein Dutzend Jahre. Wolfgang, Wolfgang, versteckst du dich hinter den Akten?

Schönes Treppenhaus, sagt Matteng und bewundert das schmiedeeiserne Geländer und die reich verzierte Stuck-Decke. Ganz schön herrschaftlich für einen Linksanwalt. War eben doch ein Bourgeois im Wolfsmantel.

Ich muss jetzt wirklich gehen, entschuldigt sich Friedo, das Konzert, tut mir leid, hätte ihm gerne gratuliert, aber wenn er nicht … Könnt ihm ja meine Wünsche ausrichten. Friedo dreht sich um, nicht ohne auf die asiatischen Genüsse zu schauen, die immer noch unangerührt auf die Gäste warten. One for the road, wäre jetzt prima …

Emma ruft immer mal wieder Wolfgangs Namen, aber bekommt keine Antwort.

Matteng betritt im ersten Stock das Zimmer, auf dessen Tür steht: Naturkatastrophen.

Anchorage-Erdbeben 2018   Cuajinicuilapa-Erdbeben Dürre und Hitze in Europa − 60 Tage über 30 Grad
Erdbeben in Haiti 2018 Hurrikan Florence Hitzewelle in Australien 2018 − Hokkaidō-Erdbeben

Kann ich mich gar nicht dran erinnern, sagt Matteng ein ums andere Mal. Säuberlich sind die Artikel nebeneinander an die Wand geklebt. Verwüstungen, Zerstörungen, Massenelend.

Kälteanomalie in Europa 2018 Lombok-Erdbeben vom 5. August 2018 Zyklon Luban Orkantief Friederike Sturmtief Burglind Sulawesi-Erdbeben 2018 Tornado im Kreis Viersen vom 16. Mai 2018
Tsunami auf Java und Sumatra Unwetter in Japan 2018 Unwetter im Alpen-Adria-Raum
Waldbrände in Kalifornien und Schweden.

Ihm wird schwindelig, je länger er liest. Gerade so, als würden zugleich alle Katastrophen in diesem Augenblick über ihn hereinbrechen. Ihm ist die Lust auf eine Feier vermiest. Er tritt auf den Treppenabsatz und ruft hinunter: Kommt mal her! Das müsst ihr euch ansehen. Er wendet sich wieder den Zeitungsausschnitten zu. War ich gar nicht auf der Welt, als diese Vorkommnisse stattfanden … Auf jeden Zeitungsausschnitt hat Wolfgang van Bergen mit seiner akkuraten Handschrift das Datum, die Quelle, Tageszeitung oder Wochenmagazin und die Seitenzahl festgehalten.

Katrin Hermanns streicht über die Folianten, Gesetzbücher aus vielen Jahrhunderten. In den letzten Jahren hat niemand in der Kanzlei Staub gewischt. Jetzt könnte ich doch einen Sekt gebrauchen. Sie eilt die Treppe hoch. Campmann hat die Kühltasche im Windfang abgestellt.

Sabine Kerner öffnet ein paar der Plastikschalen, stibitzt, bewaffnet mit zwei Stäbchen, von den Sushis und Makis. Köstlich, wirklich köstlich. Sie nimmt die Visitenkarte des Sushi-Kaisers an sich. Für den Fall der Fälle …

Hannah ist inzwischen im zweiten Stock angekommen. Auf einer Zimmertür liest sie: ACHTUNG! MAFIA!

Undurchsichtige Parteienfinanzierung: Alice Weidel und die AfD – wie die Gelder aus der Schweiz den Wahlkampf finanziert haben.
Transparency International: Berlin tut zu wenig gegen Korruption – Deutschland rutscht im Index auf Platz zwölf ab.
Hannah weiß nicht, wohin sie zuerst blicken soll. Ihr Vater hat seine Sammelwut ausgelebt, sich ausgetobt, süchtig nach Skandalen, Durchstechereien. Korruption, wohin man blickt. Jeder greift das ab, was er mitgehen lassen kann, ohne erwischt zu werden. Das elfte und alles entscheidende Gebot, du sollst dich nicht erwischen lassen, hat Paps immer gesagt.
Malta macht Mafia-Politik: In Malta kapituliert der Rechtsstaat vor der Korruption, das organisierte Verbrechen breitet sich aus.
Misstrauensvotum in Spanien: »Die Korruption in Rajoys Volkspartei hat beängstigende Ausmaße.«

Hannah ruft die anderen herbei. Alle versuchen sich zu erinnern, was haben wir nicht alles vergessen oder niemals wahrgenommen, die Geburtstagsgäste sind gleichermaßen fasziniert und abgestoßen. Ein Zimmer mit Artikeln über Gifte in Lebensmitteln, was man alles nicht mehr essen darf, ein Zimmer mit Gauner- und Ganovenstorys, ein Zimmer mit Reportagen über Missbrauchsfälle, #MeToo, #MeToo, Vatikan bügelt wieder ab ...

Hannah van Bergen denkt an ihre Zuggespräche und die Geschichten, die sie danach verfasst hat. Was für ein schmales Spektrum, Liebesdebakel und Rechtsradikale. Angesichts dieses Panoramas, das ihr Vater an den Wänden versammelt hat, sie müsste viel weiter ausholen ...sich für andere Themen ... mal sehen, was die Verlegerin sagt, die sie zu einem Treffen eingeladen hat.

Sie steigt noch einen Stock höher, in Wolfgangs Studierstube, wo er oft – ermattet von den stundenlangen Prozesstagen – seine Stories aufgeschrieben hat. Auch hier das gleiche Bild: Artikel, Zeitungsausschnitte, Fotos, kleine Meldungen, Splitter, noch die kleinste Erwähnung des Terroranschlages auf den ICE 259 von München nach Hannover festgehalten.

Es dauert eine Weile, bis die anderen Gäste im obersten Stock wieder zusammenkommen.

Wir haben alles abgesucht, Wolfgang ist ausgeflogen, sagt Emma, wohin auch immer. Was sollen wir tun ...

Schweigen. Alle verlegen.

Ist geflohen vor seinem Geburtstag, denkt Emma.

Will nicht gefeiert werden, denkt Sabine Kerner.

Dem ist nicht zum Feiern, denkt Hannah.

Hat keine Lust auf Gäste, denkt Katrin Hermanns.

Matteng studiert den Artikel, der im SPIEGEL über den Anschlag stand, vor rund 2 Jahren. Der Anschlag, dem seine Tante zum Opfer fiel.

Hannah schaut aus dem Fenster, von dem man über die Stadt bis zum Dom blicken kann.

Campmann hat die Kühltasche bis ganz nach oben geschleppt und öffnet die riesige Champagnerflasche. Hast du Gläser?, fragt er, nachdem der Korken mit lautem Plopp an die Regalwand geknallt ist.

Emma öffnet den Einbauschrank unter der Dachschräge, im unteren Fach stehen ungeordnet Gläser.

Campmann betrachtet missmutig die Gläser, die Emma ihm reicht und befüllt ein Glas nach dem anderen. Die Feier hat er sich anders vorgestellt. Statt auf Wolfgang zu treffen, muss er mit dem prahlerischen Matteng vorliebnehmen. Vielleicht sollte ich ihn befragen. Der war doch auch damals dabei, er muss etwas davon mitbekommen haben. Aber ob er den Mund aufmacht … Ohne ein Interview mit Wolfgang van Bergen kann er seine Story über die vorgetäuschte Entführung von Karla Kaltenburg abschreiben. Seine bisherigen Erkenntnisse reichen nicht mal für einen Zeitungsartikel. Dabei wäre das Timing richtig, die Gunst der Stunde, der Präsident des Verfassungsschutzes ist aus dem Amt gejagt worden, das Interesse an der Arbeit der Geheimdienste und im Besonderen des VS ist groß wie nie. Er muss den Redakteur hinhalten. Irgendein Vorwand wird sich finden.

Sabine Kerner und Katrin Hermanns trinken zielgerichtet ein Glas nach dem anderen.

Sollen wir nicht in die Küche geben, fragt Emma, oder wollt ihr euch hier oben die Kante geben?

Wir stürmen das Büffet, ruft Matteng, Bratwurst und Veuve Cliquot, was für ein Fest, schade nur, dass Wolfgang nicht … Er schleicht Schritt für Schritt die Treppe hinunter. Behutsam um nicht ins Stolpern zu kommen.

Vielleicht gibt es da auch anständige Schampusflöten, sagt Campmann, das edle Gesöff aus diesen … ihm fällt kein Begriff ein, der despektierlich genug wäre.

Eine Stunde später sind die Gäste angeheitert, beduselt, benebelt, berauscht, beschwipst, betrunken, besoffen, blau – Hannah zählt die Wörter auf, mit denen die Italiener den jeweiligen Zustand des Suffs bezeichnen, Emma steuert die Worte im Spanischen bei. Inebriated, smashed, dead drunk, sagt Campmann, I am pissed.

Die japanischen Delikatessen sind verputzt, ein kleiner Rest Kartoffelsalat und eine halbe Bratwurst bilden die letzte Reserve. Immer wieder hebt jemand sein Glas, eine echte Schampusflöte, und trinkt auf den Abwesenden.

Vielleicht denkt Paps, Mitternacht ist mein Geburtstag vorbei und kommt dann nach Hause, um nicht feiern zu müssen, sagt Hannah.

Hätte ihn gerne mal wiedergesehen, sagt Sabine Kerner, schwere Zunge, rötliches Lächeln, ich glaube, er war in mich verliebt.

Katrin Hermanns übergibt sich im Badezimmer, roher Fisch, der in Sekt badet, ist nicht ihr Fall gewesen.

Campmann ist so betrunken, dass er die geleerte Methusalem-Flasche aus einem Meter Höhe auf die Küchenfliesen fallen lässt, wo sie in tausend Teile zersplittert. Tschuldigung, lallt er.

Matteng spricht mit dem letzten Restchen Bratwurst, dann schnappt er es sich und lässt es in seinem Mund verschwinden. Schmeckt auch kalt, murmelt er.

Keiner der Gäste hat entdeckt, dass in jedem der Zimmer, die Wolfgang mit Artikeln ausgestaltet hat, eine Botschaft für die Überlebenden steht: Leaving no traces. (ZEN) Gedruckt, in einer 26-Punkt, zwischen den Schlagzeilen.

Auftauchen

Hannah, bist du dran?
    Ich sitze im Zug.
    Halt dich fest.
    Ist Paps wieder da?
    Ne. Der nicht.
    Sondern?
    Du wirst es nicht glauben.
    Mach es nicht so spannend, Emma.
    Weißt du, wer hier in meinem Laden steht?
    Wer?
    Deine Mutter.
    Wer?
    Meine Schwester.
    Gabi.
    Die ist tot. Was soll das, Emma? Deine anarchistischen Scherze kann ich jetzt nicht gebrauchen.

Hysterichtig, was soll dieser Anruf, Emma spinnt, panikkoma, mir so einen Schrecken, desastdrama, ich kann den Termin im Verlag nicht absagen, wenn die mich schonmal einladen, allora, va bene, tutto ... hysterfalsch & dramasolo,

Kommen Sie doch durch, Sie werden schon erwartet, Frau van Bergen. Schön, dass Sie Zeit gefunden haben.

Hannah ist erstaunt, dass der uniformierte Portier an der Rezeption, dessen Seitenhaar mit dem Rasierer gemäht wurde, wie es Spitzenfußballer einer ganzen Männer-Generation vormachen, ihren Namen kennt und dann auch noch so freundlich ...

Die Verlegerin steht hinter ihrem gläsernen Schreibtisch und hält die Hand ausgestreckt hin.

Nach der Begrüßung sagt sie: Wir drucken ihr Buch, das wollen Autoren ja immer als erstes wissen. Wir alle sind sehr beeindruckt, so authentisch, so heutig, so gegenwärtig, genau das, was wir jetzt in die Buchhandlungen ... nehmen Sie doch Platz. Ich lass gleich unseren Marketingchef dazukommen, der ist genauso begeistert wie ich und überhaupt die anderen Abteilungen auch, so aktuell, so auf dem Garpunkt unseres Landes, so fotorealistisch, so präzise, so welthaltig.

Die Verlegerin trägt einen grauen Hosenanzug, rotes Einstecktuch, ein Silberkettchen am Handgelenk, keinen weiteren Schmuck ... Ihr Haupthaar fällt schwarz gewellt über ihre Schultern.

Ah, da ist ja unsere Erfolgsautorin, der Marketingchef trompetet in das oberste Büro des Verlages, Gratulation, auf diesen Text haben wir gewartet. Er im grauen Zwirn, mit grünem Einstecktüchlein, wenn die Chefin die Ampel auf Rot schaltet, denkt Hannah, die von diesem Überfall irritiert ist.

Die beiden ergehen sich in Elogen. Noch hat Hannah keinen Satz herausgebracht, sie ist zu erregt, um ein Wort ...

Wann war Ihr erster Bestseller, fragt der Marketingchef, wie viele Jahre ist das her?

23, erwidert Hannah, sind ziemlich genau 23 Jahre. Sie ist froh, etwas gesagt zu haben.

Wunderbar, ganz wunderbar. Eine Wiederauferstehung, Phönix und so weiter, das werden wir hervorragend platzieren können, 23 Jahre nach Ihrem Bestseller, er hebt beide Hände und entwirft in der Luft die Schlagzeile: 23 Jahre nach ihrem Welterfolg erscheint ihr neuer Bestseller … einen Titel haben wir auch schon …

Ach ja, geht Hannah dazwischen.

Die belauschte Nation.

Gut, den Titel finde ich gut. Obwohl er wohl eher zu einem Sachbuch passen würde, oder?

Das ist ja gerade der Gimmick. In Zeiten der fake news, des Infotainments, der Reizüberflutung durch Sex&Crime, die Leute erwarten Authentizität auch in der Belletristik, Schwarzbrot, um es mal auf den Begriff zu bringen, niemand kommt dem so nahe wie Sie, verehrte Frau van Bergen.

Die Verlegerin faltet die Hände, entfaltet sie, faltet sie wieder, überlässt dem Marketingchef die Konversation.

Wie haben Sie das nur so hautnah hinbekommen, das würde mich wirklich interessieren? Wie haben Sie belauscht … Er lacht.

Mit dieser Frage hat Hannah gerechnet und sich eine Version zurechtgelegt, in der keinesfalls von ihrem technischen Hilfsmittel beim Abhören die Rede ist, sondern nur von dem jahrelangen Zugfahren, dem dauerhaft Zuhören können, der Stimmung in den Zügen undsoweiter undsoweiter …

Aha, sagt der Marketingchef, da lässt sich einiges draus basteln. Wichtig aber ist: Ein neuer Stern ist aufgegangen, der aus einem alten … Wieder formulieren seine Hände eine Schlagzeile in der Luft.

Ich habe mal nachgesehen, Ihr erster Bestseller ist in Deutschland schon lange aus dem Sortiment, aber in einigen Ländern immer noch lieferbar, chapeau, nach so vielen Jahren, nicht nur Best- sondern auch Longseller. Wunderbar. Wir kaufen die Rechte auf und bringen den Titel im Taschenbuch zwei Wochen nach dem fulminanten Start heraus ... und dass es ein fulminanter Start wird, dafür garantiere ich ... er schaut die Verlegerin an, dafür garantieren wir ... wo bleiben eigentlich die Getränke?

Als hätte jemand hinter der Tür auf das Stichwort gewartet, kommt ein Sekretär mit einem Tablett und vier Gläsern herein. Er strahlt.

Um diese Uhrzeit trinke ich Tee oder Wasser, wendet Hannah ein.

Nur zum Anstoßen, verehrte Frau van Bergen, das ist unsere Hausmarke.

Gläser klingen, Elogen schwingen, der Rausch des Erfolges rauscht heran, alles ist beseligt und erwartungsfroh über den bevorstehenden Goldrush ...

Der Vertrag, sagt die Verlegerin, geht Ihnen in den nächsten Tagen zu. Wir machen das bei allen Erstlingswerken so, ach Ihres gehört ja gar nicht ... egal, das werden wir noch berücksichtigen, die üblichen Konditionen, 7% vom Ladenverkaufspreis, steigert sich ab 10.000 Exemplare auf 8% und später auf 10% ab 50.000 Exemplaren. Brauchen Sie einen Vorschuss?

Hannah schaut sich in dem Verlagsbüro um, das von Bücherregalen umstellt ist, eine feste Burg der Belletristik, belle triste, denkt sie und lacht auf: Ja, ein Vorschuss wäre nicht schlecht, ich habe noch so viele Schulden.

Sagen Sie eine Summe, schaltet sich der Marketingchef ein. 5.000, wäre das zu viel?

Sagen wir 3.500, o.k.? Der Marketingchef hält ihr die Hand hin.

5.000 €, nicht einen Cent weniger, das geht in Ordnung, Frau van Bergen. Sagt die Verlegerin bestimmt.

Trompetenjerichoraketenfeuerstuhl & Hallejollalujatuja, was für eine Sause, kann es nicht fassen, ich hatte damit gerechnet, dass man mir sagt, schöner Text, muss aber noch viel dran gearbeitet werden, na gut, eine Lektorin sitzt schon dran & soll ein paar vorsichtige Vorschläge, die müssen Sie aber nicht ... nur zu Ihrer Unterstützung, immer besser, wenn noch ein paar mehr Augen draufschauen... (Meer-Augen? Schönes Wort)

Was wird Paps dazu sagen? Den wird das aufmuntern, ich lade ihn zu einer Reise ein, ganz nach seiner Wahl, den kriege ich wieder aus seinem Tief, Depriretterin Hannah vom Dienst. Erscheinungsdatum, Covergestaltung, Werbefotos, Lesetournee, Talkshow-Auftritte, Homestory für die BRIGITTE, 15 Seiten in meiner monatlichen Lieblingslektüre mobil, in der Deutschen Bahn, Werbeetat von rund 100.000 €! Hätte ich vielleicht mehr Vorschuss verlangen sollen?

Eigentlich ist das Buch noch gar nicht fertig, hätte ich sagen sollen, aber das habe ich meinen beiden jubelnden Fans verschwiegen. Wie so manches andere auch. Verschweigen haben wir ja gelernt. Verschweigen kann ich, fast besser noch als lügen.

Die belauschte Nation, eine Gratwanderung zwischen Fiktion & facts, die kleinen witzigen Szenen aus der Bahn, die könnte man vielleicht ein bisschen reduzieren, über die DB macht ja heute jeder

Dödel Witze. Recht hat sie, die elegante Verlegerin, da setze ich nochmal das Messer an. Radiermesser, Rasiermesser, ob Wolfgang immer noch diesen Vollbart hat, der ihm überhaupt nicht steht?

Hannah, endlich gehst du wieder ran! – Wo bleibst du denn? Wir warten …

Ich hab einen Vertrag für ein neues Buch, Emma, hätte nie damit gerechnet. Sie wollen es drucken. Ich bin völlig …

Hannah, deine Mutter ist hier! Warum kommst du nicht nach Hause?

Ich war im Verlag …

Das ist doch jetzt wirklich egal. Deine Mutter ist hier, hörst du nicht zu, verdammt?

Wie kann das denn sein … Du verkohlst mich nicht?

Keine Spur, Hannah.

Wir sitzen in meiner Wohnung und trinken Tee. Gabriele ist ganz begeistert von meinem frischen Brot.

Dann gib sie mir mal.

Das geht nicht.

Und warum nicht?

Gabi ist stumm. Ihr Sprachzentrum ist zerstört.

Und wie redet ihr dann miteinander?

Das wirst du sehen, wenn du endlich hier auftauchst.

Hast du Wolfgang schon Bescheid gesagt?

Der geht nicht ans Telefon.

Gibt es auch keine Verwechslung, Emma? Bitte sag es mir, damit macht man keine Scherze.

Gabi sitzt hier neben mir. So wie früher. Die beiden Schwestern endlich wieder vereint. Fast so wie vor vielen Jahren, als ich aus England zurückgekommen und als erstes bei euch aufgetaucht bin.

Aber wie hat Gabi denn den Schlussknall überleben können? Das waren doch Berge von Leichen …

Ihre war nicht dabei.

Ich meine, wie, wie hat sie …

Das soll sie dir selbst erzählen.

Aber wenn sie nicht sprechen kann, hast du doch selbst gerade …

Du wirst schon sehen, komm erst mal her.

kann Frau Glück pachten? gibt es eine Stelle, wo man sich eintragen lassen kann, sich anstellen, immer der Reihe nach, drängeln Sie doch nicht so, hier bekommt jeder die Ration Glück, die ihm zusteht, wieviel Glück ist da so drin, praeter propter, wenn ich fragen darf, nein, das dürfen Sie nicht … Glück hat, wer Glück hat, sagte mal ein holländischer Autor, der sein Land in Richtung Maine verlassen hat, weil sein Land ihm kein Glück brachte.

würde ich mein Land verlassen, dann in Richtung Italien, warum bin ich überhaupt zurückgekommen damals, nach Bologna & Roma & Napoli & den vielen kleineren Städten, die voller Kultur & Anmut & dolce farniente & … ich habe mich so wohl gefühlt in bella Italia, kann mich nicht mehr erinnern, was der Grund …

nun also meine Mutter, keine Sprache mehr – aber lebend, Sprachzentrum zerstört – aber mit beiden Beinen in der Welt – wo hat sie gesteckt in den letzten zwei Jahren – seit dem Schlussknall den Paps Absturz & Tante Emma Tag 0 nennt – für die Welt ein terroristischer Anschlag – für uns: Familiennacht.

Nicht umdrehen, drehen Sie sich nicht um.

Hannah dreht sich um und sieht zwei Männer in roséfarbenen Windjacken, Jeans, schwarzen Turnschuhen und karierten Schlägerkappen. Zwillinge der Staatsmacht?

Was wollen Sie?

Gehen Sie einfach weiter. Nicht umdrehen, verdammt nochmal.

Was wollen Sie, sagen Sie schon!

Sie beschützen.

Bin ich denn in Gefahr?

Mehr als Sie ahnen. Sagt der eine.

Sagt der andere: Ihr Leben ist in Gefahr.

Und wer …

Nun gehen Sie weiter, wir dürfen nicht auffallen.

Werden es Ihnen schon erklären, sagt der eine.

Sagt der andere: Ihr Leben ist in Gefahr.

Hannah van Bergen denkt, was sind das für zwei Schlappenschammesse, wie Wolfgang sie immer bezeichnete, Wichtigtuergorillas, sie beschleunigt ihre Schritte, dann sollen die mich nach Haus begleiten.

Ohne sich umzudrehen, fragt sie, hat Wolfgang sie geschickt oder wer?

Weiß nicht. Sagt der eine.

Der andere: Kein Kommentar.

Na bravo, erwidert Hannah, dann sind wir ja schon zu dritt von der Ich-weiß-nix-Fraktion.

Beinahe wäre sie falsch abgebogen, angetrieben von den beiden Schützern, die irgendwas im Schilde führen. Ich will ja gar nicht nach Hause, sondern zu Emma, in ihre Wohnung über dem Brotladen.

Wenn ich die Polizei rufe, sagt Hannah überlaut, einige Passanten bleiben stehen und starren sie an.

Das würden wir Ihnen nicht raten. Sagt der eine.

Sagt der andere: Die sind auf unserer Seite.

Können Sie mir nicht wenigstens einen Tipp geben, wer mich umlegen will?

Die beiden lachen.

SOS – steht auf dem Schild an Emmas Ladentür. Davor stehen vier Frauen, bereit zum Einkaufen, nicht bereit zu warten, sie schimpfen, warum der Laden noch nicht geöffnet sei, sie tippen auf ihre Armbanduhren …

Kann Ihnen leider nicht helfen, sagt Hannah. Erst jetzt bemerkt sie, dass die beiden Schattenmänner verschwunden sind. Einschüchterung, denkt sie, bloße Schikane, wer sollte mir schon nach dem Leben trachten, der ehemaligen und zukünftigen Bestsellerautorin, hallejollalujatuja.

Hannah geht ums Haus herum und klingelt – dreimal lang, einmal kurz, dreimal lang – an der von Rosensträuchern umrankten Eingangstür. Ein Marlitt-Idyll, auf das Emma viel Mühe verwendet.

Bist du allein?, flüstert ihre Tante über die Gegensprechanlage.

Nein, ich bringe eine Hundertschaft von Gratulanten und ein Meer von Tränen mit.

Der Summer.

Hannahs Herz schlägt. Äußerst schnell. Sie muss sich. Am Geländer. Festhalten. Pause machen. Langsamer. Bevor sie die schmale Treppe hinaufsteigt.

wie war das, als wir zunächst ahnten, dann fragten, dann ohne Auskunft blieben, dann Klarheit bekamen, dann davon ausgingen, dann sicher waren, dass Gabriele in diesem ICE saß. Gerade in dem Wagen, in dem die Bombe explodierte. wie war das, als wir Gewissheit hatten, dass wir Gabi nie mehr wiedersehen würden, wie war das? Emma verschanzt sich in der Backstube. Wolfgang in seiner Katastrophenhölle. Ich bis zur Erschöpfung in den Zügen.

F1: Ich kann nicht sprechen.

F2: Mein Sprachzentrum ist zerstört.

F3: Sie brauchen nicht zu brüllen.

Das Gesicht von zwei wulstigen Narben gezeichnet, die Haare streichholzweiß und stoppelkurz, die Nase eingedrückt, Hannah und ihre Mutter liegen sich in den Armen, ein Meer von Tränen, ein Ozean der Freude, minutenlang heftiges Schluchzen, das nicht enden kann, nicht enden will ...

F4: Ich kann Sie gut verstehen.

F5: Ich bin eine Überlebende des Zugunglücks vom 17. September 2016.

F6: Ich kann mich nicht erinnern.

Gabriele van Bergen, HautundKnochen, keine 50 Kilo auf den Rippen, die Augen liegen tief in den Höhlen, das linke aus Glas, sie stehen sich gegenüber, ohne voneinander zu lassen, die Hände fest ineinander geklammert ...

F7: Ich habe zwei Jahre im Wachkoma gelegen.

F8: Können Sie mir helfen?

F9: Ich suche meinen Mann, Wolfgang van Bergen.

Gabriele nimmt sich das Tablet und tippt F9. Mit dem Zeigefinger. Sie hat nur diesen einen Finger an der rechten Hand.

Wir wissen es nicht, sagen die beiden Hannahs, von denen eine sich Emma nennt, fast synchron.

Gabriele tippt, schnell: Wann habt ihr ihn das letzte Mal gesehen?

Die beiden erzählen von dem verunglückten Geburtstagsfest, von den vergeblichen Versuchen, ihn telefonisch zu erreichen.

Gesehen habe ich ihn das letzte Mal vor drei, vier Monaten, genauer kann ich das nicht sagen, sagt Hannah, ich wollte ihn wieder besuchen, aber er hat sich abgeschottet …

Warum?

Er konnte deinen Tod … schreckt zusammen, spürt einen Kloß im Hals, verschluckt die Worte, die sie nicht aussprechen kann, weil sie quer liegen, wie ein Riegel an der Tür …

Du müsstest unser Haus sehen, sie sagt bewusst unser Haus, denn sie gedenkt, mit ihrer Mutter dort zu leben und umgehend das Nomaden-Leben aufzugeben, keine Züge mehr, keine Verspätungen, keine Ausreden, Bann gebrochen …

Wer könnte etwas wissen, tippt Gabriele auf ihr Tablet.

Ich weiß nicht, wen wir noch fragen sollen, antwortet Emma, aber ich bin gerne bereit, meinen Laden ein paar Tage, was sage ich, ein paar Wochen zu schließen, um dir bei der Suche zu helfen.

Hast du denn nicht im Wagen 7 gesessen, Platz 66, fragt Hannah ohne Umschweife. Ich habe im Netz immer wieder deine Online-Buchung angeschaut, da stand Wagen 7 Sitzplatz 66.

Ich saß im Speisewagen. Letztes Bild. Danach Schwarzfilm. Ein ohrenbetäubender Lärm. Und der Geruch von verbranntem Fleisch. Mehr weiß ich nicht.

Und deine Papiere, Unterlagen? Damit man dich identifizieren konnte …

Keine Ahnung, interessiert mich nicht.

Gabriele tippt auf die Funktionstaste F9.

Emma holt ein Blatt Papier und beginnt, Namen derjenigen zu notieren, mit denen sie über Wolfgang gesprochen hat. Die Liste füllt fast die ganze Din-A4-Seite. Sie reicht sie wortlos an ihre ältere Schwester.

Wir müssen alle nochmal befragen, tippt Gabriele.

Gut, machen wir, sagt Emma und nickt Hannah zu.

Hannah van Bergen scheitert an dem Versuch einer Erklärung, wie es gewesen sein kann, dass ihre Mutter zwei Jahre verschollen war, Wachkoma, Krankenhaus, keine Papiere … als sei das jetzt wichtig …

Hannah nimmt sie fest in den Arm, sie ist aufgetaucht, allein das zählt, allein das zählt. Vielleicht sollten sie ein paar Tage bei Emma wohnen, Platz ist genug da, bis ich die Wohnung von all den Katastrophenmeldungen gereinigt habe, in so einer Depri-Hölle kann niemand leben, es würde für ihre Mutter ein Schock … schon gar nicht die hunderte von Artikeln über den terroristischen Anschlag, der den ICE entgleisen ließ …

Es klingelt. Dreimal lang, einmal kurz. Dann nichts mehr.

Lass es klingeln, das werden Kundinnen sein, die unbedingt Brot kaufen wollen, sagt Emma. Ich werde nachher runtergehen.

Du kannst gehen, tippt Gabriele, jetzt ist Hannah ja da.

Nein, ich bleibe bei dir, erwidert Emma. Sie nimmt ihre Nichte und ihre Schwester in den Arm.

So stehen sie zu dritt. Im kleinen Kreis.

Die Arme um die Schultern gefasst.
Und weinen.
Verhalten.
Leise.

Bringst du mich nach Hause, tippt Gabriele auf ihr Tablet und schaut zu Hannah hin. Die zögert, will etwas sagen, stockt, sieht Emma an.

Wir gehen zusammen, sagt Emma. Ich will rasch nur noch meinen Kundinnen …

Schon ist sie verschwunden. Durch das Fenster können Gabriele und Hannah sehen, wie Emma ihre Brote an die Wartenden verschenkt.

Wir können los, ruft sie.

SOS – Emma hat das Schild an der Tür umgedreht. Wer weiß, wann ich meinen Laden wieder aufmache.

Untergehakt gehen die drei Frauen durch das Viertel. Es sind nur ein paar Straßen. Immer wieder bleibt Gabriele stehen und tippt auf ihr Tablet. Fragen über Fragen, zu denen Hannah und Emma keine Antworten wissen. Es scheint gerade so, als hätte Gabriele in den zwei Jahren im Koma Fragen aufgetürmt.

Sie schlängeln sich zwischen den geparkten Rädern und Autos durch, halten sich aneinander fest, um nie wieder getrennt zu sein, sie lächeln sich an, unsicher, vorsichtig, niemals laut, sie spüren die Wärme ihrer Hände. Drei Frauen, drei Leben, wie sie unterschiedlicher kaum sein können, eine Familie.

Die Tür steht auf, ruft Hannah. Erschrocken. Sie rennt plötzlich los. Springt auf die andere Straßenseite, wäre beinahe mit einem Fahrradfahrer zusammengestoßen, schnell hat sie die sechs abgewetzten Treppenstufen überwunden.

Auch die anderen haben ihre Schritte beschleunigt.

Im Windfang steht eine silberne Urne.

Was soll das ..., mehr bekommt Emma nicht raus. Gabriele und Hannah bleiben erstarrt davor stehen. Können ihren Blick nicht von dem silbrigen Gefäß wenden.

Wolfgang, bist du da?, ruft Emma ins Haus hinein. Wolfgang, wo bist du?

Theo kommt die steile Treppe herunter. Er trägt zwei Koffer.

Emma fährt ihn an: Was hast du denn hier zu suchen?

Kleidung.

Was willst du damit? Verhökern? Klaust du hier was?

Nein, nein. Wolfgang braucht neue Kleidung, er hat mich gebeten...

Was soll das? Willst du uns verscheißern?

Wolfgang hat mich geschickt und mir die Schlüssel gegeben. Wie zum Beweis schwenkt er einen Schlüsselbund in der Luft hin und her.

Wo ist Wolfgang?, will Emma wissen.

Wo ist Paps?, ruft Hannah.

Gabriele öffnet den Mund ganz weit, aber es kommt nur ein unverständliches Krächzen heraus.

Bei mir zuhause, erwidert Theo.

Wieso bist du nicht zu seinem Geburtstag gekommen?, fragt Emma.

Wolfgang wollte nicht feiern. Wir waren unterwegs.

Was heißt, wir waren unterwegs? Warum hast du mir nicht Bescheid gesagt?, fährt Emma ihn an.

An seinem Geburtstag waren wir an der Unfallstelle, wo der ICE explodiert ist. Wolfgang wollte Abschied nehmen. Wir waren drei Tage da. Jeden Tag hat Wolfgang dort getrauert. Hat ihm gutgetan, mit mir dahinzufahren.

Theo unterbricht sich: Sag mal, bist du nicht …

Das ist Gabriele, Wolfgangs Frau …

Ich weiß, wer das ist, Theo gibt Gabriele die Hand. Er strahlt, schüttelt den Kopf, als könne er nicht glauben, was er sieht. Das ändert alles.

Wieso?, fragt Hannah. Was ist mit Paps?

Schon O.K., antwortet Theo. Das soll euch Wolfgang selbst erzählen. Er hatte einen absurden Plan. Völlig irrwitzig. Meinte sogar, ich könnte ihm …

Was für einen Plan, Theo?, will Emma wissen.

Fragt ihn selbst. Ich habe Wolfgang jedenfalls eine Zeitlang hinhalten können … am Geburtstagsmorgen ist er mit mir zusammen losgefahren, um … Wieder hält er inne. Jetzt kann er doch nicht mehr … Theo fasst sich an den Kopf. Mein Gott, dass du wieder da bist.

Gabriele ist in den ersten Stock gestiegen, ins Katastrophenzimmer »Fälle und Todesfälle«. Sie legt sich auf das Bett. Das eigene Bett. Sie ist zuhause angekommen. Beachtet die Zeitungsausschnitte an den Wänden kaum. Sie will Wolfgang so schnell wie möglich wiedersehen. Steht auf, obwohl ihr schwindelig ist.

Hannah und Emma führen sie die Treppe hinunter.

Theo fährt uns jetzt zu Wolfgang, sagt Emma.

Die drei Frauen bleiben vor der Urne stehen.

Was soll die hier, Theo?, fragt Hannah.

Ach ja, hätte ich glatt vergessen, muss ich noch ausliefern. Geht ganz schnell. Nur einmal um die Ecke. Ich hatte der Familie versprochen, die Urne heute Mittag vorbeizubringen. In der Hansestadt kann man nämlich im eigenen Garten seine Lieben beerdigen.

Wie geschmackvoll, erwidert Hannah.

Die drei Frauen nehmen auf dem Rücksitz Platz, die Urne steht auf dem Beifahrersitz.

Wieder halten sie sich an den Händen.

Hannah und Emma lächeln sich an.

Gelöst, entspannt, frei.

Gabriele in der Mitte.

Auch über ihr vernarbtes Gesicht geht ein schmales Lächeln.

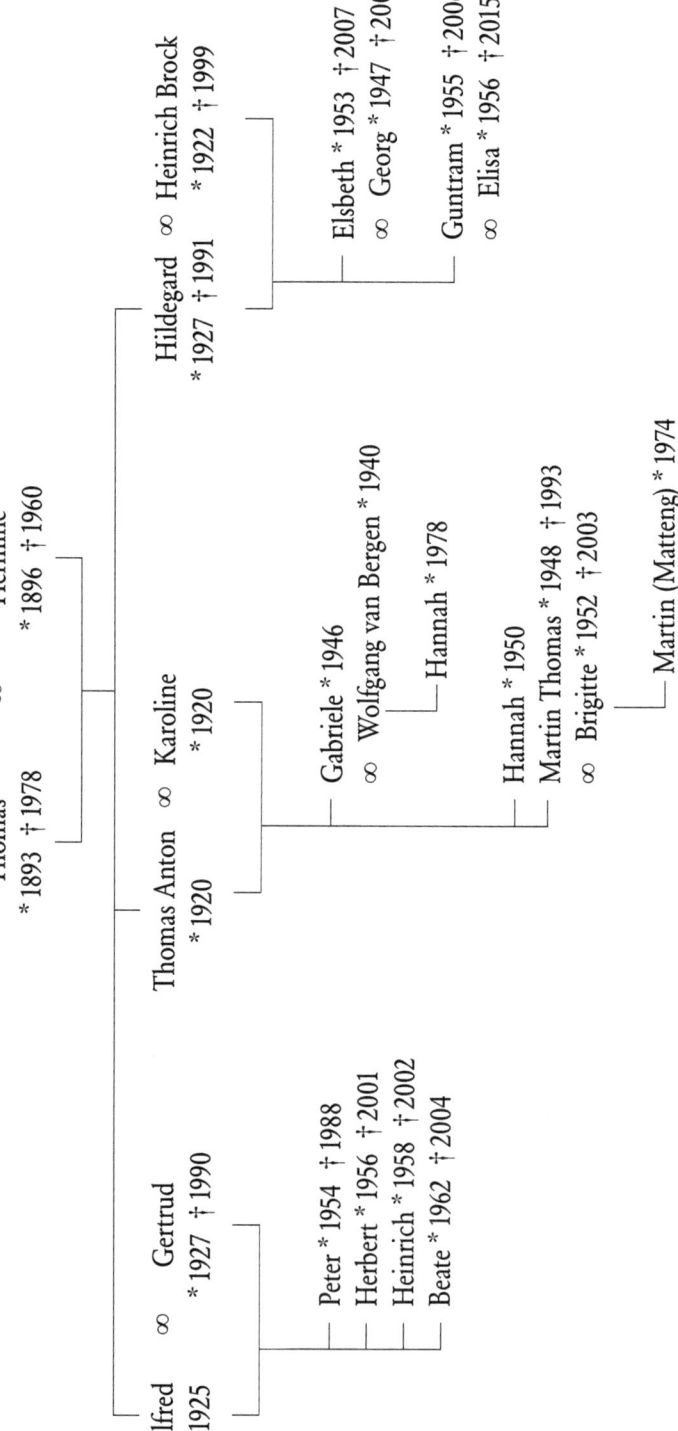

Die Familie van Bergen

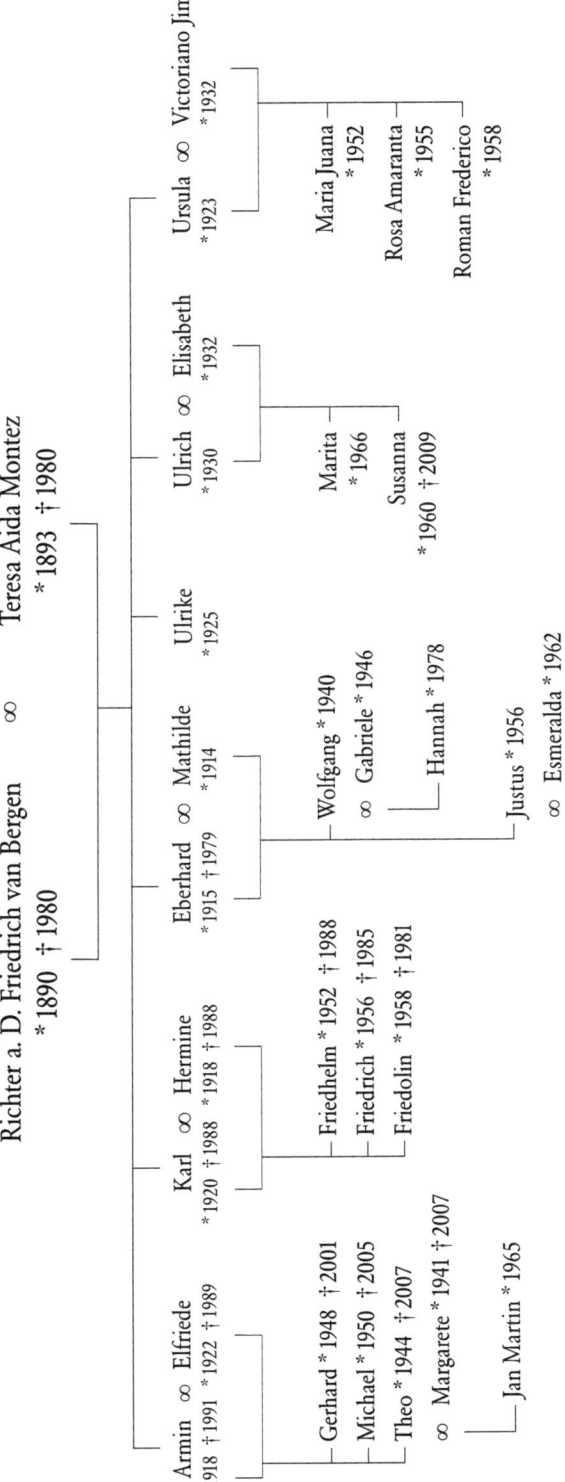

Nachwort

Es hat einige Jahre gedauert, bis ich meine Familientrilogie zu Ende schreiben konnte. Mal waren es andere Romane, mal fehlte ein neuer Ansatz, mal hatte ich den Plan einer Fortsetzung gänzlich aufgegeben. Dennoch blieb ich daran interessiert, was aus meinen Personen geworden ist. 50 Jahre nach dem ersten Band: *Familienfoto* und 25 Jahre nach dem dritten: *Familiengift*. Wer lebt noch im Jahre 2018?

Das Zitat im ersten Teil zum Thema Flüchtlinge und Mafia stammt von Karl-Heinz Meier-Braun »Schwarzbuch Migration« Verlag C.H.Beck 2018. Die Zitate zum Thema Brotbacken im 3. Teil stammen aus: Chad Robertson »Das Brot« erschienen im AT-Verlag 2018.

Ich habe einigen Mitstreitern zu danken: Atoussa Bayanifar, Gerd Hochapfel, Jürgen Mücher im medizinisch-psychologischen Bereich – Christian Haisch, Gerd Schimmelpfenning bei juristischen Fragen – Sven Kuntze, der Ideen zum »Romänchen« im zweiten Teil beigesteuert hat.

Vor allem danke ich meiner Frau Marita, die mit ihrem überaus intensiven und klugen Lektorat mir geholfen hat, diesen nicht ganz leichten Text zu überarbeiten.

Jürgen Alberts
Möhlenhof/Las Palmas/Bremen
Frühjahr 2019

Die spannende Juristen-Saga ist nun vollständig!

Jürgen Alberts
Familienfoto

Roman
Taschenbuch, 304 Seiten
14,90 Euro
ISBN 978-3-95494-167-4

Der erste Roman der ursprünglich als Trilogie angelegten Reihe über zwei Patrizierfamilien im Deutschland der Nachkriegszeit

Bremen im Jahr 1968; es ist eine stürmische Zeit, geprägt von Umbruch und Aufbruch, von Visionen, Illusionen und Enttäuschungen.

In dieser politisch turbulenten Zeit spielt dieser große deutsche Gesellschaftsroman. Zwei verfeindete Familien, ein spektakulärer Prozess und die verbotene Liebe zwischen zwei jungen Menschen stehen im Mittelpunkt des Geschehens. Gegen alle Widerstände kämpfen die beiden Liebenden um ihr gemeinsames Glück.

Jürgen Alberts
Familiengeheimnis

Roman
Taschenbuch, 260 Seiten
14,90 Euro
ISBN 978-3-95494-168-1

Ein schreckliches Geheimnis droht eine große Liebe zu zerstören

Deutschland in den Jahren 1977/78. Die so genannte »bleierne« Zeit. Sie hat auch vor den Häusern der beiden verfeindeten Anwaltsfamilien Huneus und van Bergen nicht Halt gemacht. Gabriele und Wolfgang versuchen ihr zu trotzen, indem sie sich ihre Liebe schwören. Doch ein übereifriger Journalist hat die Vergangenheit des Hauses Huneus recherchiert und ist dabei auf ein schreckliches Geheimnis gestoßen.

Nach »Familienfoto« die Fortsetzung der Geschichte um zwei Bremer Anwaltskanzleien.

Jürgen Alberts
Familiengift

Roman
Taschenbuch, 272 Seiten
14,90 Euro
ISBN 978-3-95494-169-8

Alte Wunden und neue Hoffnung

Die Hansestadt Bremen im Jahr 1993: Drei Jahre nach der deutschen Vereinigung haben auch deren Probleme die Bürger erreicht. Der bekannteste Weinhändler der Stadt hat im Osten das große Geschäft gewittert und ist kläglich gescheitert. Er zerbricht an diesem Misserfolg, und es kommt zu einer Amoktat. Im darauf folgenden Prozess stehen sich wieder die beiden verfeindeten Kanzleien Huneus und van Bergen gegenüber.

Der dritte Teil der großen Familiensaga.

Krimis aus Bremen

Toby Martins (Hrsg.)
Der Tod tischt auf
23 mörderische Rezept-Geschichten aus Bremen und umzu
Krimi
192 Seiten, Taschenbuch, 14 x 22 cm
9,90 Euro
ISBN 978-3-95494-141-4

Hochzeitssuppe, Kabeljau und Gänsekeule – leckere Speisen, die diabolisch zu einem mörderischen Mahl verarbeitet wurden. So gediegen die Kaufmannsstadt Bremen äußerlich wirkt, so teuflisch sind die Kräfte, die in den Küchen am Herd wirken können.

Der Bremer Krimistammtisch um Jürgen Alberts und Toby Martins hat ein »Kochbuch« der besonderen Art zusammengestellt – Essen aus Norddeutschland – tödlich gewürzt! 23 Kriminalautorinnen und Autoren aus Bremen, Bremerhaven und der Region haben bekannte und weniger bekannte landestypische Gerichte als Grundlage für ihr makabres Festgelage gewählt. Jeder Geschichte ist aber auch – das völlig ungiftige – Originalrezept angehängt. Guten Appetit!

Toby Martins, Liliane Skalecki (Hg.)
Muse, Mord und Pinselstrich
22 illustrierte Kunstkrimis
176 Seiten
Taschenbuch, Format 13,5 x 21 cm
mit 22 s/w-Illustrationen
12,- Euro
ISBN 978-3-95494-048-6

22 kriminelle Hommagen an die Kunsthalle Bremen – Kunstwerke und Kunsthalle stehen im Mittelpunkt der Geschichten aus den Federn von Autorinnen und Autoren des Bremer Krimistammtisches um Jürgen Alberts. Von Edvard Munchs »Mädchen und drei Männerköpfe« über André Massons »Nach der Exekution«, Boris Beckers »Piranha« zu Max Liebermanns »Nähende Mädchen in Huyzen« reicht der Bogen der Werke, die die Autorinnen und Autoren inspiriert haben. Da wird gestohlen, gelogen und gemordet, denn auch die Welt der Kunst ist nicht vor Verbrechen gefeit. So entsteht eine seltene Melange aus Erhabenheit und Niedertracht – für Kunst- und Krimi-Freunde gleichermaßen. Jede Geschichte ist gekonnt illustriert von Illustratorinnen und Illustratoren aus Bremen.

Gesa Schwarze / Anja Ulbig
Fünf Minuten Fies
Kurzkrimis aus Bremen
208 Seiten
Taschenbuch, Format 22 x 14 cm
14,90 Euro
ISBN 978-3-95494-106-3

Begleiten Sie unsere beiden Autorinnen auf ihren schaurigen Streifzügen durch Bremen und umzu – vielleicht entdecken Sie ja einen Schauplatz vor Ihrer Haustür ...

Fieser Spaß mit jeder Menge schwarzem Humor!